KB265449

장랑행로
진패랑
新무협 판타지 소설
FANTASTIC ORIENTAL HEROES

장랑행로 2

진패랑 新무협 판타지 소설

초판 1쇄 찍은 날 § 2007년 7월 27일
초판 1쇄 펴낸 날 § 2007년 8월 3일

지은이 § 진패랑
펴낸이 § 서경석

편집장 § 문혜영
편집책임 § 유경화
편집 § 이재권 · 유혜림

펴낸곳 § 도서출판 청어람
등록번호 § 제1081-1-89호
등록일자 § 1999. 5. 31
어람번호 § 제2-1259호

주소 § 경기도 부천시 원미구 심곡1동 350-1 남성B/D 3F (우) 420-011
전화 § 032-656-4452 팩스 § 032-656-4453
http://www.chungeoram.com
E-mail § eoram99@chollian.net

ISBN 978-89-251-0825-4 04810
ISBN 978-89-251-0823-0 (세트)

진패랑
新무협 판타지 소설
장랑
행로
2
張郎
行路
우공이산(愚公移山)
FANTASTIC
ORIENTAL HEROES
도서출판
청어람

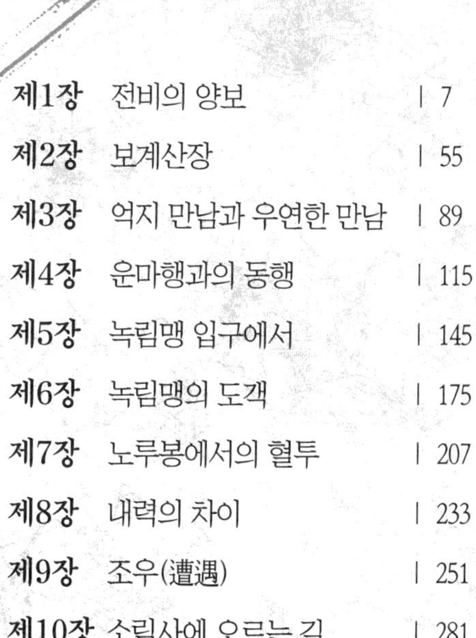

目次

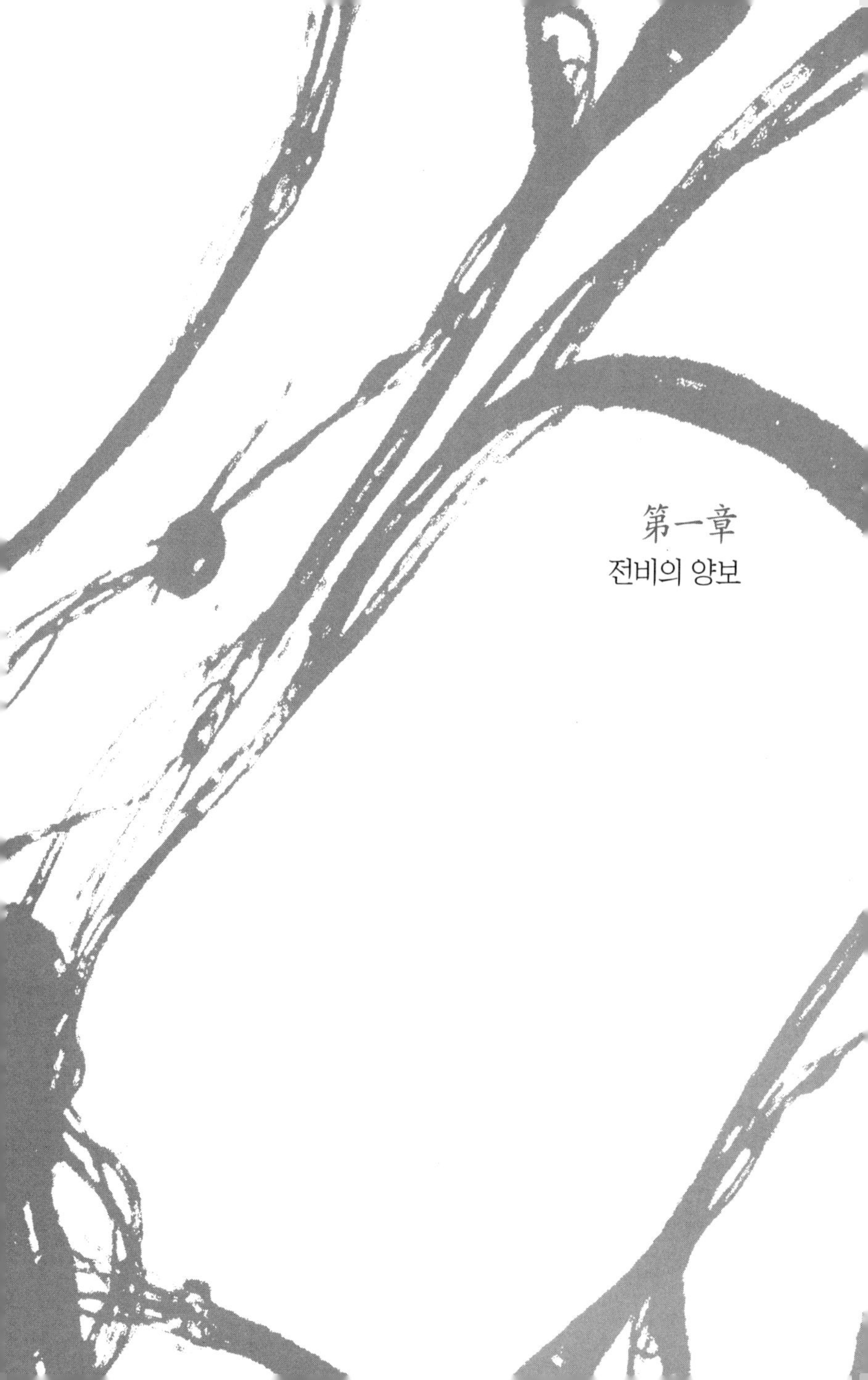

第一章
전비의 양보

張郎
行路

迎請神真老君演此真妙經竟
音降臨速歸正一　道音廣奉
至大改元四月佛浴為
弟子趙孟順敬

석지를 떠나온 지 벌써 오 일째.

"휴우."

답답했다.

밤낮을 가리지 않고 경공을 펼쳐 달렸기에 계산상으로 어제저녁쯤 산단에 도착해야 옳았다. 그런데 어찌 된 영문인지 가도 가도 끝이 나지 않는 황토 모래 구릉뿐이었다.

제법 거대한 크기의 모래언덕에 올라 안력을 높여 주변을 살펴보았지만 사방 어디에도 개미 새끼 한 마리 찾을 수 없는 무인지경이었다.

해가 중천 가까이 서 있는 것으로 보아 정오가 조금 지난 듯했다.

사막의 날씨는 좀처럼 적응하기 힘들었다. 잠잠했던 모래 폭풍이 수시로 매서운 기세로 불어댔다. 피풍의로 온몸을 감싸고 준비한 두건으로 얼굴까지 가려보지만 모래바람이 워낙 거센지라 앞으로 전진하기가 쉽지 않았다. 모래폭풍이 멈추면 내리쬐는 따가운 햇볕과 발밑에서 올라오는 뜨거운 지열과 폭염이 정말 지독했다.

'사막이란 정말 무서운 곳이구나.'

절로 고개가 저어졌다.

관도를 따라 움직이는 것보다 직선으로 움직이면 반나절 가량 시간이 절약될 것 같았다. 그런데 오히려 하루를 더 허비하고 그도 모자라 길까지 잃어버렸다. 여럿이 이동할 때는 몰랐는데 사막은 철저한 준비 없이 절대 혼자 이동해서는 안 되는 곳이었다.

장랑은 등에 메고 있던 커다란 물주머니를 풀어 입 안을 적셨다. 말가죽으로 만든 주머니라서 그런지 물에서 아주 고약한 냄새가 났다. 하지만 냄새보다 더 인상을 찡그리게 만드는 것은 입속까지 비집고 들어와 있는 황토 모래먼지였다.

"퉤!"

장랑은 물을 마시지 않고 입 안에 가득한 모래먼지를 뱉어내는 데 사용했다.

"으음……."

얼마 걷지도 못하고 몸이 금방 지쳐 왔다. 한 걸음 한 걸음이 천근만근이었다. 아무리 생각해도 너무 성급했다. 절로 한숨이 나오지만 힘을 내어 산단으로 추정되는 방향으로 걸음을 옮길 수밖에 없었다.

반 각가량 휴식을 취한 이후 벌써 한 시진 넘게 걸었다. 신기루일까? 멀리서 뿌연 먼지가 길게 줄을 이어 피어올라 바닥에 깔린 구름처럼 보였다. 장랑은 반가운 마음에 방향을 바꾸어 그쪽을 향해 달렸다. 먼지 속에 가려 정확한 인원을 알 수 없지만 대략 열 명 남짓한 인원이었다.

그쪽에서도 장랑을 발견했는지 두 명 사내가 무리를 이탈해 흙먼지를 일으키며 마주 달려왔다.

'마적?'

그들은 차림만 봐도 한눈에 마적 떼임을 알아볼 수 있었다.

"워어~"

두 명 장한이 장랑과 삼 장여를 남겨두고 말을 멈춰 세웠다.

"뭐냐? 길을 잃고 헤매던 놈인가?"

"그러게. 에이 쌍! 괜히 달려왔네."

두 명 장한은 장랑에게 몹시 실망한 기색이었다.

"그냥 갈까?"

"그냥 가긴? 우리 체면 문제도 있고 또 여기까지 달려온 보람도 없잖아."

“하긴… 야, 너! 우리가 누군지 알지?”

서로 말을 주고받던 장한 중 하나가 장랑에게 다가오며 눈을 부라렸다.

장랑은 어처구니가 없었다. 사막에 들어서고 나서 이틀 만에 처음 만난 사람이 마적 무리라니.

“댁들을 지금 처음 보는데 내가 어떻게 알겠소?”

“이 새끼가? 야, 임마. 이 근처에서 얼쩡거리면서 우리가 누군지도 몰라?”

다가오던 장한은 기가 찬다는 표정이었다.

“야, 야! 귀찮다. 거, 길 잃고 헤매는 놈이잖아. 불쌍하니까 통행세나 조금 받고 말아.”

지켜보던 장한은 사정을 많이 봐준다는 태도를 보였다. 그러나 통행세라는 그 한마디가 길만 묻고 조용히 지나쳐 가려던 장랑의 신경을 건드리고 말았다.

“들었지? 약간의 성의만 보여. 그러면 조용히 보내줄게.”

앞선 사내가 느물거리는 표정으로 장랑을 재촉하듯 바라보았다. 그 순간 장랑은 그들에게는 말보다 행동을 먼저 보여줘야 한다는 사실을 깨달았다.

“내라면 내야지! 자, 이런 식의 통행세는 어떨까?”

장랑은 그대로 솟구쳐 올라 허공에서 왼발을 휘돌려 찼다. 앞선 사내가 순간적으로 장랑의 발을 걷어내려 손을 내밀었다. 그러나 소용이 없었다.

퍽!

철퍽.

장랑의 일격에 말에서 떨어진 사내가 어깨를 감싸고 일어섰다. 지켜보던 장한이 깜짝 놀라 기형검을 꺼내려 했다.

빠악!

그러나 그 역시 이 장을 날아가 걷어찬 장랑의 발끝에 턱을 얻어맞고 삼 장 넘게 날아가 모래 속에 머리를 처박을 수밖에 없었다.

멀리서 수하 두 명이 단번에 모랫바닥을 뒹구는 모습을 바라보던 귀사도(鬼邪刀) 탁측(倬側)은 짜증이 치밀어 올랐다. 그 두 놈은 뭐든 제대로 일을 처리하는 꼴을 보지 못했다.

"저런 멍청한 놈들. 가자!"

두두두두—

귀사도를 비롯한 여덟 명의 마적들이 말 옆구리를 힘껏 걷어차 엄청난 황토 먼지를 피어올리며 장랑을 향해 돌진해 달려왔다.

피이잉—! 피이잉—!

오십 장 떨어진 곳에서 빠른 속도로 날아오는 두 개의 강전.

장랑은 걸음을 멈추고 고개를 젖혀 가볍게 두 개의 화살을 피해냈다.

'이놈들이 흑운대 본진?'

마적들은 원래 화살을 잘 사용하지 않는다. 특히 강전을 사용하는 경우는 거의 없다고 봐도 무방하였다. 하지만 흑운대는 화살을 전술적으로 잘 활용했다.

우우웅―!

맨 앞서 달려오던 마적 놈이 긴 쇠사슬에 매달린 철퇴를 휘둘러 기습적으로 장랑의 머리를 노렸다.

번쩍!

서걱!

"크악!"

장랑이 휘두른 청강장검에 철퇴를 날렸던 마적의 팔목이 날아갔다. 뒤이어 기형도와 박도, 그리고 장창 등 여러 종류의 병기들이 장랑의 이곳저곳을 노리고 마구 날아왔다.

픽! 파팍! 팟! 빠악!

하지만 그들은 딱 한 번씩밖에 자신들의 병기를 휘둘러 보지 못했다. 장랑의 눈부시게 빠른 동작을 미처 따라잡지 못했기에 턱이 돌아가고, 코뼈가 주저앉거나 팔목이 부러졌다. 운 나쁘게 청강장검 세례를 받은 놈은 어깨가 날아가거나 가슴팍이 길게 갈라지기도 했다.

한 번에 한 명씩. 그에게 달려들었던 마적들은 모두가 모랫바닥에 얼굴을 처박았다.

귀사도는 눈앞의 광경을 믿을 수 없다. 눈 몇 번 깜짝거릴 동안, 달려든 일곱 명 수하 중 멀쩡히 서 있는 놈이 한 명도 없었다.

수하들이 무공의 고수는 아니지만 수년에서 수십 년 동안 마적 노릇을 해왔기에 실전무술 달인에 가까운 인물들이었다. 그런 수하들이 단 일격에 쓰러졌다.

"네, 네놈은 누구냐?"

귀사도 탁측의 목소리가 떨리고 있었다.

"……."

장랑은 대꾸하지 않았다. 상대가 마적 패거리라면 한가하게 이야기 나눌 이유가 없었다. 일단 때려 눕힌 다음 천천히 이야기를 나눌 생각이었다.

장랑이 귀사도를 향해 걸음을 옮기려는 순간.

"이런, 괘씸한 놈!"

귀사도 탁측이 마상에서 몸을 날려 장랑에게 떨어져 내리며 귀두도를 힘껏 내려쳤다.

쇄에엑―!

깡!

"엉?"

"헛!"

두 사람 모두 헛바람을 켰다.

장랑은 큰 힘을 들이지 않고 탁측의 도신을 받아내려 했다. 그러나 귀두도에는 생각 외로 꽤나 강한 내력이 실려 있었다. 하마터면 들고 있던 청강장검을 놓칠 뻔했다.

장랑은 상대를 경시하던 마음을 즉시 버렸다. 수하들과 달리 두목으로 보이는 인물은 절정고수였다.

"마적치고는 실력이 제법이로군."

"이런 쌍!"

귀사도는 회심의 일격이 빗나가고 젊은 애송이에게 비웃음을 사게 되자 자신도 모르게 욕설을 뱉어내고 말았다.

"그렇다면 예우를 해주지."

장랑은 검을 고쳐 잡고 정식으로 싸울 자세를 취하였다.

"예우? 이런 쥐새끼 같은 놈. 감히 나 귀사도 탁측에게 예우한다는 말을 함부로 내뱉다니? 죽지 못해 환장을 했구나."

탁측 입장에선 열받을 만했다. 지금은 흑운대주 전비의 오른팔 노릇을 하고 있지만, 십여 년 전만 해도 산서에서 가장 악랄한 고수 열 명을 꼽으라면 항상 앞에서 두 번째 내지는 세 번째에 거론될 정도로 이름이 높았다. 어지간한 중소문파의 수장들은 자신 앞에 서면 오금이 저려 기를 못 펴던 시절도 있었다. 나이가 들어 이제 은거를 고려하는 단계에 접어들고 있던 차에 토벌대인가 뭔가 하는 놈들이 나타났다. 싸움은 없고 대치만 길어지자 심심풀이 삼아 졸개 몇 명을 이끌고 바람도 쏘일 겸 정탐도 겸해서 밖으로 나왔다. 그런데 머리에 피도 안 마른 새파랗게 젊은 놈에게 개망신을 당하는 중이었다.

귀사도는 내력을 잔뜩 끌어올렸다.

“죽어버려.”

우우웅!

귀두도가 검처럼 옆으로 뉘어 날아오는데 파공성이 묵직했다. 날아오는 동안 도신이 위아래로 가볍게 떨리기까지 했다.

‘백변섬(百變閃)?’

검이 아닌 귀두도였다. 상대가 우락부락 단순무식하게 생겼다고 힘만 센 인물은 절대 아니라는 소리로 도식(刀式)에 변화를 담을 정도라면 최소한 절정고수라는 의미였다. 장랑은 감히 방심하지 않았다.

귀두도를 청강장검으로 맞받아쳤다.

땅! 따따땅!

순식간에 여섯 합을 주고받았다.

귀사도의 입에서 괴성에 가까운 고함이 터져 나왔다.

“천참륜(天塹淪)!”

귀두도에서 환영과도 같은 열두 줄기의 빛살이 쏟아져 나와 장랑의 전신 요혈을 노리며 날아왔다. 허초가 아닌 열두 개 모두 실초(實招)였다.

‘대단하군! 어떻게 이런 사람이 마적질을?’

속으로 감탄을 한 장랑은 급히 뒤로 네 걸음 물러서며 공세를 막아냈다.

까강깡! 깡! 깡!

귀두도와 장검이 마주칠 때마다 백색에 가까운 불똥들이 사방으로 튕겨 나간다. 십여 차례의 공수만으로 잘 정련된 청강장검 곳곳에 이가 빠지고 검날의 절반가량이 뭉개져 버렸다.

'이대로는 안 되겠군.'

상대가 경험과 초식의 운영이 월등히 높았다. 단순히 초식의 공방만으로는 쉽사리 결판이 나지 않을 것 같다.

장랑은 마음을 달리 먹고 최선을 다하기로 했다. 은연중 비무와 실전 경험을 살리기 위해서라면 귀사도는 더없이 좋은 상대다. 하지만 지금은 한가하게 비무처럼 싸우고 있을 상황은 아니었다.

스스스스!

장랑의 검끝에서 연한 하늘색 아지랑이 같은 기운이 어른거렸다. 점차 그 길이가 늘어나는가 싶더니 어느 순간 급격히 증가하여 일순 넉 자 길이를 넘어서며 넘실거렸다.

"엇! 검기?"

이를 발견한 귀사도는 소스라치게 놀랐다.

"이런 썅!"

그리고는 스스로 투지를 불태웠다. 검기를 두려워할 그가 아니었다.

"에이 까짓것. 어디 너 죽고 나 죽어보자."

그는 지금까지 어떤 상대를 만나든 정면 승부를 피해본 적이 없었다. 죽을 때 죽더라도 끝까지 싸우고 보자는 각오로 살아왔다.

"광참섬(光斬閃)!"

귀사도가 벼락같이 휘두르는 귀두도와 검기를 머금은 장랑의 이빨 빠진 청강장검이 허공에서 부닥쳤다.

스아악!

'……?'

이상했다. 당연히 나야 할 소리가 나지 않았다.

"이, 이런 말도 안 되는……."

탁측은 그토록 애지중지하던 귀두도가 썩은 무 잘라지듯 싹둑 잘려 나가자 모골이 송연해졌다. 하지만 너무 뒤늦게 연푸른색 아지랑이의 정체를 알았다.

"컥!"

피한다고 피했지만 가슴에 깊고 가느다란 상처를 입고 말았다.

"거, 검기가 아니었단 말인가?"

투지가 완전히 꺾인 풀 죽은 목소리였다. 장랑은 대꾸없이 공동의 절기 복마검법을 펼쳐 냈다.

팟!

"그, 그 나이에 어떻게 검강을……."

주르르르…….

귀사도의 가슴팍이 쩍 벌어지면서 시뻘건 선혈이 분수처

럼 뿜어져 나왔다. 삽시간에 진한 갈색 피풍의가 온통 시커멓
게 물들어 버렸다.

“어, 어디서… 이런 개 같은……”

탁측은 더 이상 말을 잇지 못하고 무릎을 꿇으며 모랫바닥
에 고개를 처박았다.

‘다행이다.’

장랑은 안도의 한숨을 내쉬었다. 조금 전 귀사도가 워낙 흉
흉한 기세로 달려들었고, 또한 빠른 승부를 위하여 장랑은 아
직 완벽하게 구현되고 있지 않은 검강으로 약간의 무리수를
두었다. 사실 검강이 아니라면 귀사도의 실력이 워낙 출중하
여 한없이 길고 긴 싸움을 하게 되었을는지도 몰랐다.

“헉!”

“……”

주변에 둘러섰던 마적 졸개들은 너무 놀라 입을 다물지 못
하였다.

귀사도는 탁측은 흑운대의 서열 세 번째 인물.

졸개들은 당연히 탁측이 이길 것이라 예상했다. 서열이 세
번째라 해도 그냥 세 번째가 아니었다. 악명이지만 귀사도는
강호에 너무나 잘 알려진 절정고수였다. 졸개들은 처음부터
도망갈 생각이 아예 없었고 간만에 아주 좋은 구경거리가 생
겼다고 좋아했다.

장랑에게 두들겨 맞고 다친 상처의 아픔도 잊고, 오로지 애

송이 놈 장랑이 피를 뿌리며 꺼꾸러지기를 기다리고 있었다.

그런데 철석같이 믿고 있던 탁측이 죽고 애송이 놈의 서늘한 눈빛만이 그들에게 꽂혀 있었다.

"이리들 와."

장랑의 짤막한 한마디.

후다다다닥.

일사불란했다. 아홉 명 마적들은 누구 할 것 없이 재빨리 장랑 앞으로 달려와 부동자세로 서고 말았다.

"말해봐. 너희들 정체가 뭐냐?"

말 한마디에 목숨이 왔다 갔다 한다. 그럼에도 마적들은 곁눈질로 한 사람의 눈치를 살피면서 우물쭈물했다.

장랑은 한 사내를 똑바로 쳐다보았다.

"다들 네 눈치만 살피는군."

"네? 아, 아닙니다."

사내의 이름은 지정(池井). 이십여 명 수하들을 이끌고 마적 노릇을 하던 자다. 일 년 전에 느닷없이 지옥야차 고패랑이 찾아왔다. 거세게 저항해 보았지만 일각 만에 수하의 절반을 잃었다. 그 자리서 투항하여 지금은 흑운대 본진 외곽 경비를 담당하고 있었다.

"계속해 봐."

지정은 장랑이 특별히 지정해 묻지 않았음에도 흑운대에 대해 자신이 알고 있는 모든 사항을 하나도 남김없이 털어놓고 있었다.

"그렇단 말이지?"

"네."

"계속해."

"네."

지정은 장랑의 눈빛에 주눅이 들어 이각 가까이 자신의 지식(?)을 총동원하여 상황을 설명하고 말았다.

"그러니까 여기서 말을 타고 반나절을 더 아래로 내려가야 한다 이 말이지?"

"네. 그, 그렇습니다."

확실히 지나쳐 온 것이 맞았다.

장랑은 문득 전비라는 인물에 관심이 갔다. 그가 종남에서 파문을 당했다는 부분에서 동병상련의 느낌이 들었다.

백 년 전, 검 한 자루로 강호의 전설이 된 인물 진옥상. 종남에서 검의 신으로 추앙받는 종남검왕 진옥상과 비슷한 자질과 성취로 검신(劍神)의 자리에 넘볼 정도로 뛰어난 인물인 전비가 무엇 때문에 파문이 되었는지 궁금하였다. 파문을 당했다고는 하나 천하를 오시하기 직전 단계까지 갔던 인물이 무엇이 아쉬워 마적 패거리를 모아 도적질을 하는지 이유가 궁금해졌다.

가장 흥미를 끄는 부분은 전비가 고패랑을 무척이나 아낀다는 사실이었다. 고슴도치도 제 자식 사랑이 끔찍하고, 천하의 공적으로 몰리는 대마두조차 자식 앞에서는 한없이 약해진다고 한다. 그러나 그건 어디까지나 피를 나눈 혈육간의 정이다. 사제지간은 조금 다르다. 명해 도장처럼 제자를 친자식 이상으로 아껴주는 사부가 많을 것 같아도 실은 그리 흔한 편이 아니다.

제자를 그렇게 끔찍이 생각한다면 전비는 악독한 인물이 아닐 수도 있다는 소리였다.

"고패랑, 그자가 이곳으로 돌아오지 않은 이유는 뭐야?"

"그, 그건 저도 잘 모릅니다. 단지 추측하기를 고 대주는 간혹 강남 땅 소주로 향한다는 말을 하였기에 곧바로 그곳으로 가지 않았을까 합니다."

"강남의 소주?"

"네, 그렇습니다."

'소주라면? 강남무림맹?'

정신이 번쩍 들게 하는 아주 중요한 정보였다.

장랑은, 전비라는 인물을 한번 만나보고 싶었다. 어딘지 이야기가 통할 인물 같았다.

장랑은 막금상의 토벌대와 합류를 잠시 보류하기로 마음먹었다.

'이제부터는 실력보다 배짱이다. 누구의 배짱이 더 큰가에 따라 크게 달라진다.'

"앞장서!"

"네?"
지정이 눈을 동그랗게 뜨고 반문했다.
"두 번 말하게 하지 마."

*　　　*　　　*

분광일초 전비는 주눅이 들어 제대로 고개를 들지 못하는 지정을 물끄러미 바라보았다.
"귀사도가 이 종이 쪼가리를 보낸 놈 손에 죽었다고?"
"네, 그렇습니다."
기가 막힐 노릇이었다.
귀사도는 구대문파의 장문인이라고 해도 한 수 접어주는 인물이었다. 그런 귀사도를 꺾은 인물이 약관을 겨우 넘긴 애송이라니… 믿어야 할지 말아야 할지 판단조차 서지 않았다.
"그래, 그놈은 지금 어디에 있나?"
"북초(北哨)에 있습니다."
"북초? 허! 간덩이가 부운 놈이로군."
전비는 짤막한 서신을 다시 한 번 읽어보았다.

노선배님.
귤화위지(橘化爲枳)라는 말이 있습니다.
노선배님의 제자가 어쩌면 그런 처지가 아닐까 합니다.

만나서 제자 분의 미래에 대해 이야기를 나누고 싶습니다.

참, 제가 인맥은 넓지 않으나 소주 땅에 아는 사람이 여럿 있습니다.

'놈이 얼마나 알고 있다는 소리인가?

묘하게도 자꾸 하나하나가 신경을 건드렸다. 귀사도는 조금 경망스럽긴 해도 실력만큼은 인정해 줄 만한 놈이었다. 그런 귀사도를 어렵지 않게 죽일 정도의 실력자라면 허언이 아닐지 모른다. 전비는 자신도 모르는 사이 이마에 내천자를 그려냈다.

"그놈을 불러와."

내키지 않지만 직접 만나 이야기를 들어봐야 할 필요성이 있었다.

"저, 그게 총대주님께서 직접……."

지정이 우물쭈물 망설이며 뒷말을 잇지 못했다.

"허허."

전비는 어쩔 수 없이 자리를 털고 일어섰다.

장랑은 멀리서 지정을 앞세우고 천천히 걸어오는 회색장포의 반백노인을 지켜보고 있었다. 마적단 두목은커녕 일대종사의 느낌이 났다.

노인이 이 장 앞에 멈춰 섰다. 가까이에서 보니 감히 대적할 엄두조차 나지 않았다.

'진정한 고수다!'

장랑은 송진자와 남궁노인을 제외하고 이처럼 강렬한 기도를 풍기는 인물을 지금까지 본 적 없었다.

그는 양손을 모아 포권한 상태로 공손하게 허리를 굽혔다.

"장랑입니다."

고수만이 진정한 고수를 알아보는 법이었다. 은연중 장랑의 기도를 살피던 전비는 자신도 모르게 감탄을 하고 말았다.

"젊은 나이에 대단한 성취를 이루었구나."

"이렇게 오시게 해서 죄송합니다."

"얼마나 배포가 큰 놈이기에 나를 협박하는지 한번 보고 싶어서 왔다."

"협박이 아니고 거래입니다."

"거래?"

"저는 저의 사부님을 위해서, 노선배님은 노선배님의 제자를 위한 거래입니다."

장랑은 허리를 펴고 당당히 말했다.

"네게는 거래일지 모르나, 내게는 어린아이의 거짓 투정으로밖에 안 보인다."

"보기에 따라 그럴 수도 있습니다. 하지만 저는 지금까지 허언을 해본 적이 없습니다."

"자신감이 넘치는구나. 네가 세상을 얼마나 살았다고 그런

호언을 하느냐?"

"강산이 두 번 변할 만큼의 시간을 살아왔다면, 누구라도 적지 않은 시간이라 인정할 겁니다."

"제법 말재주가 있구나. 용기와 만용은 구분되어야 한다. 용기있는 자에게는 관용이 허락되지만, 만용을 부리는 자에게는 용서가 아닌 죽음밖에 없다. 너는 어느 쪽이냐?"

"노선배님, 저는 그런 구분보다 현명함을 택하라 권하고 싶습니다."

"현명함?"

한쪽에서 몸을 움츠린 채 두 사람의 대화를 지켜보는 지정. 그는 도무지 상황이 이해되지 않았다. 웬 선문답인지 모르겠다. 더구나 두 사람은 마치 아주 오랜만에 자리를 함께하게 된 조손(祖孫)이 다정하게 이야기를 나누는 것 같아 보였다.

사실 그는 총대주 전비가 장랑이라는 젊은 놈을 단숨에 제압하여 무릎을 꿇린 후 죄인을 심문하듯 할 줄 알았다.

'이게 무슨 도깨비놀음이지? 어떻게 된 거야?'

지정의 생각과 달리 장랑과 전비는 한참 동안 이야기를 주고받았다. 그러던 어느 순간.

장랑이 돌연 호탕한 웃음을 터뜨렸다.

"하하하하! 노선배님, 저는 반드시 살아 돌아갑니다."

장랑의 목소리엔 확신이 있었다.

"어째서 그렇게 생각하지?"

"원래 멀쩡하게 돌아갈 확률이 절반이라 생각했습니다. 그런데 막상 노선배님을 뵙는 순간 그 확률이 두 배로 늘어났고 지금은 무사히 돌아갈 것이라는 확신이 섰습입니다."

"이유를 물어도 되겠느냐?"

"굳이 제 입으로 설명하지 않아도 잘 아실 텐데요?"

이미 알고 있었다는 뜻일까? 아니면 그냥 긍정인가?

전비의 고개가 미미하게 끄덕여지고 있었다.

"중요한 것을 안 물어보았군. 어디 문하더냐?"

"공동의 문하입니다."

"공동이라… 공동이 오랜만에 좋은 인물을 거두었군."

"그럼 거래는 성사된 걸로 하겠습니다."

장랑이 허리를 굽히려 했다.

"잠깐. 한 가지 확인할 것이 남았다."

"……?"

"너의 배짱과 판단력은 좋다. 또한 성취도 훌륭한 건 알겠다. 하나 과연 내 눈이 정확했는지는 확인해야겠다."

"구태여 그렇게까지 하실 필요가 있습니까?"

"세상에는 공짜가 없는 법."

스르륵.

선비가 먼저 검을 뽑아 들었다.

장랑은 전비의 눈에서 살기를 읽을 수 없었다. 과연 그만한 실력을 갖추었는지 평가하려는 의도임이 틀림없다. 입장을 바꾸어 장랑이 전비였다 해도 똑같이 확인하려 들었을 것이었다. 아무리 제자를 위한다지만 전비 입장에서 단순한 말 몇 마디에 그동안 쌓아왔던 모든 것을 던져 버릴 순 없었다.

"좋습니다."

장랑도 등허리에 묶고 있던 청강장검을 풀었다.

스스스스!

장랑의 검에서 푸르스름한 청광이 흘러나왔다. 처음부터 전력을 다할 생각이었다. 이를 바라보던 전비의 입가에 희미한 미소가 번져 나왔다.

"오호! 검강이라… 아직 완성은 아니지만 그 정도면 정말 훌륭하구나."

"감사합니다."

"오거라!"

쉬ー익!

장랑의 장검이 파란 섬광으로 허공을 가르며 빠른 속도로 전비의 가슴을 노리고 날아갔다.

땅! 땅!

경쾌한 쇳소리.

장랑의 두 갑자에 달하는 내공이 실린 검강을 전비는 여유롭게 받아내고 있었다.

장랑은 다섯 합을 연속으로 교환한 뒤 일단 뒤로 서너 걸음 물러섰다. 전력을 다한 공세가 전혀 막히지 않았다. 생각대로 역시 지금까지 상대해 왔던 인물들과는 차원이 전혀 달랐다. 얼마 전 상대했던 귀사도 탁측이나 철장마 조벽 등은 감히 비교조차 되지 않는 엄청난 고수였다.

피리리링!

날아가는 장랑의 검끝이 가볍게 진동을 했다. 검봉이 꽃잎 떨어지는 모습처럼 하늘하늘 너울대면서 전비의 목젖과 왼쪽 어깨를 노리고 춤을 추는 듯했다.

따땅!

이번에는 한없이 느려, 기다리는 사람이 지루함을 느껴 하품이 나올 정도로 느리게 움직였다.

따— 앙! 따— 땅!

그러나 어느 순간에는 너무 빨라 눈이 미처 따라가지 못할 정도로 빠르게 날아가기도 했다.

따따땅!

느리거나 빠르거나 공세일초에는 각기 서른여섯 번의 변화가 들어 있었다. 하나 전비는 시종일관 일정한 자세, 일정한 보폭으로 장랑의 검세를 막아냈다.

연속적인 공세가 먹히지 않자 장랑은 또다시 물러서며 심호흡을 했다. 돌연 물러서는 장랑을 바라보는 전비, 그의 표정에는 호기심이 가득했다. 그리고 여전히 입가에 사라지지 않는 희미한 미소.

적대적인 관계라면 도저히 지어 보일 수 없는 그런 미소
였다.

사실 전비는 지금 이 순간만큼은 모든 것을 잊었다. 제자
고패랑의 목숨과 당분간 강호 활동을 방해 않겠다는 엉뚱한
제안을 제시한 건방진 후배 애송이를 바라보는 눈빛이 아니
었다.

그저 지금까지 잊고 있었던 무인의 순수함을 일깨워 준 후
배의 검술 시범을 바라보는 그런 느낌이었다.

"이번에는 어떤 수법을 쓰려고 그렇게 뜸을 들이지?"

"제가 가진 모든 전력을 이번 한 수에 쏟아 부을 겁니다.
노선배님께서는 조심하는 게 좋을 겁니다."

"일수에 모든 것을 쏟아 붓는다? 하하하하, 어디 한번 해보
게."

장랑은 활짝 웃는 전비의 목젖을 뚫어져라 쳐다보았다.

일점집중(一點集中)! **정신감응**(精神感應)!

한곳을 오랫동안 집중하여 바라보면 작았던 부위도 커진다.
모래 속에 섞여 있는 좁쌀 한 알은 육안으로 구분하기 무척 어
렵다. 하지만 정신을 집중하여 계속 바라보다 보면 어느 순간
그 좁쌀이 미친 듯이 부풀어 올라 사과처럼 크게 보이는 때가
있었다. 이 집중력을 그냥 그대로 정신의 세계에 끌어들이면 바
로 정신감응이었다. 정신감응이 일어나면 사물이 사물로 보이

지 않는다.

정신 수련에 따라 초인적 힘을 발휘하는 것이었다.

강호잡기총요 정신감응편.

장랑은 아직까지 일점집중이나 정신감응 수법을 완벽하게 소화하지 못했다. 머리로는 아는데 가슴으로 느끼지 못했다는 의미였다. 그러나 이참에 무리를 해서라도 수련한 바를 한 번은 꼭 써보고 싶었다.

"차압!"

장랑은 속보로 네 걸음을 달려나가며 전비의 안면에 거의 일직선으로 검을 찔러 넣었다. 단순 무식해 보이는 수법. 하나 자세히 보면 장랑의 검끝은 여름 매미의 날갯짓처럼 미세한 파동을 동반한 떨림이 있었다. 더구나 아무렇지도 않게 보이지만 장랑이 가진 두 갑자 반 넘는 내력이 몽땅 깃든 공세였다.

전비가 방심하고 가볍게 맞받아친다면 십중팔구 큰 내상을 입고 피를 토하거나, 검끝에 숨어 있는 변화를 읽지 못하면 목구멍에 커다란 구멍이 뚫릴 것이었다.

장랑은 달려가는 도중에 언뜻 전비의 얼굴에 웃음기가 사라지는 모습을 보았다. 방심은커녕 상당히 긴장한다는 느낌이 들었다.

빠르게 날아가는 장랑의 검이 전비의 목젖과 한 자가량을 남겨두었을 때였다.

전비가 돌연 몸을 옆으로 비틀며 장랑의 검을 비켜 쳐냈다.

꽈꽝!

"크윽!"

"으음."

엄청나게 큰 폭음. 짧은 비명성과 답답한 탁음이 동시에 흘러나왔다.

장랑은 중심을 잃고 옆으로 여섯 걸음을 이동한 후에 몸의 중심을 잡았다. 전비 또한 대각선 방향으로 두 걸음을 물러섰다.

한편, 십 장 밖에 물러서 있던 지정은 검풍의 회오리에 휘말려 다섯 걸음이나 물러서면서 양손으로 귀를 감싸고 말았다. 혹시나 고막이 터지지 않았나 걱정이 되어 머리를 좌우로 흔들기까지 하였다.

'뭐야? 검과 검이 부닥쳤는데 어떻게 천지가 개벽하는 굉음이 생겨난 거지? 젠장!'

그는 총대주가 인간 같지 않다는 사실은 진작부터 알고 있었다. 그런데 새파란 애송이가 그런 전비에게 맞서고 있으니 묘한 질투심이 일어났다.

이때 전비가 천천히 검을 내려뜨리고 놀라운 감정을 숨기지 않으며 입을 열었다.

“지금 그것이 정녕 복마검법의 천천유변(韀韀流變)이었더 냐?”

“…….”

장랑은 말은 못하고 힘겨운 표정으로 고개만 끄덕였다. 입을 열면 목구멍까지 치밀어 올라 있는 핏물을 토해낼 것 같아서였다.

“역시, 초식의 좋고 나쁨은 따로 없어. 누가 어떤 식으로 운용을 잘하느냐의 차이일 뿐이야.”

“…….”

장랑은 여전히 대꾸하지 못했다. 단 한 번의 충돌로 인해 적지 않은 내상을 입은 것이었다.

장랑은 비릿한 무언가를 꿀떡 삼키며 다시 전의를 불사르기 위해 검을 곧추세웠다. 하나 전비는 이미 검을 거둔 상태였다.

“고강한 내공을 바탕으로 복마검법을 그 정도로 펼쳐 낼 실력이라면 더 이상의 시험은 무의미하다.”

“…….”

“사실 내가 강호에 나온 이래 물러선 경우는 거의 없다. 한때 나의 사부였던 종남검성 그분과 겨룰 때가 마지막이었으니 거의 사십 년 전이군.”

“…….”

회상에 젖었던 전비가 발길을 돌리려다 문득 그 자리에 멈추어 섰다.

"무인으로서 한 가지 충고를 해줘도 되겠느냐?"

"세이경청하겠습니다."

"보아하니 너는 특별히 무공사부를 두지 않고 홀로 수련한 모양이더구나. 맞느냐?"

"그렇습니다."

"으음!"

전비가 잠시 말을 멈추고 생각에 잠긴 듯하다가 다시 입을 열었다.

"모든 무공 초식에는 길과 결이 있다. 그리고 참을성과 적절함을 유지하는 것도 중요하다. 너는 그걸 늘 잊지 말아야 한다."

순간 장랑은 정신이 번쩍 들었다.

"실례가 되지 않는다면 조금 더 자세한 설명을 부탁드립니다."

"결이란 말 그대로 결이다. 결을 찾은 초식과 그렇지 못한 초식은 속도와 위력에 있어 천양지차가 있다. 결을 찾는 것은 무척 어려운 일이다."

"결은 어떻게 찾아지는 것입니까?"

"찾는다고 찾아지면 얼마나 좋겠느냐. 그저 일초 일초에 최선을 다하다 보면 느껴진다고 해야 할까? 참고로 한마디 덧붙인다면 바람의 길과 결은 같은 것이라 착각하는 사람들을 종종 본다. 바람의 길과 내가 말하는 결은 일맥상통하는 점은 있다. 하지만 엄밀히 따지면 전혀 다른 것이다. 세기의 조절과 초식의 특성에 맞게 내공을 운용하다 보면 조금씩 보이는 것이 결이니, 조급하게 생각하지 말고 원칙을 지키다 보면 자연히 알게 될 것이다.”

“그렇군요.”

장랑은 고개를 끄덕였다. 알고는 있었지만 실천에 옮기지 못했던 부분이었다.

‘역시! 훌륭한 사부를 모시려고 하는 사람들은 이런 점 때문에 명사를 찾아다니는 것이로군.’

장랑은 지금까지 거의 독학 수준으로 무공을 익혀왔다. 동작이 옳고 그른지, 정확하고 부정확하교의 판단은 모두 자신의 몫이었다. 명해 도장의 도움을 받기는 했지만 무공의 사부라기보다는 아버지 같은 존재요, 의술의 사부일 뿐이었다. 더구나 열여섯 나이에 이미 명해 도장의 무공 수준을 넘어서 버렸기에 명해 도장은 도움을 주고 싶어도 줄 수 없는 상황이었다.

“고맙습니다.”

장랑은 다시 한 번 깊은 감사를 표했다.

“고맙다고 생각한다면 오늘 나에게 말했던 그 부분의 약속을 반드시 지켜라.”

“노력하겠습니다.”

전비가 발길을 돌려 점점 멀어져 갔다.

장랑은 전비의 뒷모습을 바라보며 감회에 젖고 말았다.

'결이라……'

작은 것을 얻으러 왔다가 큰 것을 얻은 격이었다. 명해 도장과 만약당 식구들이 위험한 상황에 놓이지 않도록 조금의 노력을 기울였을 뿐이었다. 성공할 확률이 높지 않았지만 혹시나 하는 생각으로 찾아온 것이었다.

전비 말에 의하면 지옥야차 고패랑은 신분을 바꾸고 개과천선하여 앞으로는 새로운 인생을 살 것이라 하였다. 전비는 그것을 확신하는 듯하였다.

장랑은 전비와 세 가지 약속을 했다.

첫째, 고패랑이 강호의 공적(公敵)이 되지 않는 한 향후 십 년 동안 그의 신분을 발설하거나 그의 일에 일체 간섭하지 않는다.

둘째, 고패랑이 설령 천인공노할 짓을 저질렀다 해도 일단은 그의 편에 서줄 것.

셋째, 만에 하나 종남파에 예기치 않은 누란이 발생하면 적극적으로 도와줄 것.

간단하고 쉬운 일 같지만 어려운 일일지도 몰랐다. 하지만 그 정도는 명해 도장의 안위에 비하면 아무것도 아니다.

사실 구대문파의 일원인 종남에 변고가 생길 가능성은 거의 없다고 봐야 했다. 다만 염려되는 것은 고패랑이 정말 개과천선을 하느냐, 아니면 계속 악인으로 남을 것이냐였다. 하지만 장랑은 소주나 강남 쪽으로 갈 일이 없으니 걱정할 필요는 없었다.

*　　　*　　　*

전비는 바위산 중턱에 자리한 커다란 동혈 입구에 앉아 있었다. 저 아래에는 군영을 방불케 하는 토벌대 무리가 진을 치고 있었는데 대치는 오늘로서 보름째, 일부러 충돌을 피하는 것은 아닌데 아직 이렇다 할 공방은 벌어지지 않았다.
전비는 막금상의 의도가 무언지 알 것 같았다.
소문대로 막금상은 무모하거나 어리석은 인물이 아니었다. 거대 표국을 운영하는 경험 많고 노련한 인물다웠다.
장랑이라는 청년의 예상대로 막금상은 무모한 전면전을 벌이려 하지 않았다. 싸우러 왔다면 진작 쳐들어왔어야 정상이었다.
지금의 대치는 '봐라. 내 뒤에 공동파뿐 아니라 다수의 구대문파가 버티고 있다' 하고 무력 시위하는 것으로밖에 볼 수 없다. 아무리 생각해도 장랑이라는 청년의 통찰력이 신통하게 느껴졌다.
'공동에서 정말 제대로 된 물건을 만들어냈군!'
장랑의 충고대로 구대문파 전체를 적으로 돌려서는 절대

안 된다.

전비는 이런 상황을 몰고 온 제자 고패랑을 탓할 생각은 없었다. 오히려 가만두고 방조한 책임은 자신에게 있었다.

난주표국을 부추겨 공동파를 끌어내고, 그들과 일전을 벌이려 했던 생각은 나쁘지 않았다. 중간에 꼭 남궁세가의 부추김이 있어서만도 아니었다.

제자이면서 분신과 같은 고패랑은 중원 진출에 앞서 많은 경험을 쌓아야 했다. 이왕이면 시시껄렁한 놈들이 아닌 진짜 무인을 상대로 피 터지는 격전을 벌이도록 해주고 싶었다.

순조롭게 진행되다가 고패랑의 젊은 혈기로 인해 예상보다 일이 조금 더 커졌을 뿐이었다.

"이보게, 남궁 청년. 이리 와보게."

"네, 전비 노선배님."

전전긍긍 전비의 눈치만 살피던 남궁병은 급히 달려갔다. 그는 전비가 무슨 말을 하려는지 짐작하고 있었다. 뜻을 같이 해 세가를 박차고 나온 일곱 형제들. 그중 가장 성공적으로 일을 추진시키고 있었다고 생각했는데… 안하무인이고 건방진 고패랑 놈이 일을 복잡하게 만들어 버렸다. 남궁세가와 자신들의 목적은 공동파 붕괴에만 있을 뿐, 다른 강호동도들과 적이 되려는 것이 아니었다.

"자네도 알다시피 상황이 좋지 않아. 저들과 죽기를 각오하고 싸운다면 우리가 승리할 가능성은 칠 할 이상이지."

"네, 압니다."

"문제는 저들 무리 속에 구대문파 인원이 다수 포함되어 있다는 것일세."

"……."

남궁병도 잘 안다. 그도 가장 난감하고 당혹스런 부분이었다.

"구대문파는 공동과 점창을 제외하면 그들끼리 결속이 잘 되는 족속이야."

"그러시다면?"

"나는 원래 내가 가진 세력의 절반 이상을 잃더라도 자네들과의 약속은 지키려 했네. 하나 그것은 공동과 난주표국에 한정되었을 때 이야기, 구대문파까지 나선 이상 물러서야 하네."

"……."

"약속은 이쯤에서 끝내야겠네."

"……."

"자네가 잊지 말아야 할 것이 있어."

"무슨 말씀이신지요?"

"만일 자네들이 훗날 남궁세가의 주축이 된다면, 우리가 성공은 못했더라도 자네들을 위해 힘을 썼다는 점은 잊지 말게."

"그거야……."

남궁병은 잠시 말꼬리를 흐렸지만 곧 단호한 표정으로 대답했다.

"전비 노선배님, 남궁세가는 은원 관계가 분명합니다. 노선배님과 흑운대의 노력은 잊지 않겠습니다."

"믿겠네."

전비는 고개를 끄덕였다.

"과안."

"네, 대형."

오십대 중반쯤 되는 사내가 쏜살같이 달려왔다.

순간 남궁병은 눈을 동그랗게 뜨고 물었다.

"혹시, 낙성검객(落星劍客) 과안 노선배님?"

"아직도 내 이름을 기억하는 사람이 있었군."

간접적인 시인이었다.

"그, 그러셨군요."

남궁병은 다시 한 번 놀라고 말았다. 도무지 흑운대의 정체가 뭔지 알 수 없었다. 무슨 놈의 마적 집단에 이름이 알려진 고수들이 이리도 많은지……

"이 청년을 영등(永嶝)까지 데려다 주게."

"네, 대형."

전비는 암도(暗道)로 사라지는 남궁병과 과안을 바라보다가 느리게 몸을 일으켜 세웠다.

약속을 했고 결단을 내렸으면 망설일 필요가 없다.

*　　　*　　　*

"형님! 저, 저기를 보십시오!"

손짓을 하는 금적산의 목소리는 무척 컸다.

"이제야 움직일 마음이 생긴 모양이군."

막금상도 조금 전부터 자신들을 향해 천천히 걸어오는 반백 노인을 지켜보고 있었다. 흰머리가 반쯤 섞인 오십 초반의 노인이었다. 하지만 노인이 전비라면 실제 칠십을 훨씬 넘긴 나이일 것이었다.

금적산의 음성이 너무 컸는지, 아니면 모두 전면에 이목을 집중하고 있었을지도…….

각파에서 파견된 수뇌급 무인들이 하나둘 막금상 주변으로 모여들었다. 모두 긴장한 표정이었다. 소문만 들었지 전비를 직접 대면했던 사람은 없었다.

종남에서 파견된 열두 명의 도사. 그들만이 다른 문파와 달리 애증이 교차하는 시선으로 반백 노인을 바라볼 뿐이었다.

전비는 전면을 가로막은 수백 명의 무인들 앞에 섰다.

낯이 익은 인물이 없다. 그의 시선이 종남의 도사들에게 잠시 머물렀다. 종남에게는 늘 미안한 마음이었다.

"누가 막금상인가?"

전비의 목소리는 노인답지 않게 당당하고 기백이 있었다.

막금상은 조심스럽게 한 걸음 앞으로 걸어나왔다.

"소생이 막금상입니다, 선배님."

막금상은 최대한 예를 갖추었다. 마적단의 수괴라고 하나 전비는 한때 모든 무림인의 존경을 한 몸에 받았던 대선배였다. 또한 전비는 그만한 예우를 받을 만한 인물이었다.

삼십여 년 전, 당시의 사도련 련주였던 석흥방(昔興邦)은 정도무림과 불가침의 밀약을 맺으려는 시도를 하였다. 그 때문에 무림은 갑자기 시끄러워졌다. 정도무림은 정도무림대로, 사도무림은 사도무림대로 그 불가침의 밀약을 반대하는 목소리가 높았다.

당시 정도무림은 무림맹주 원중일(元中一)이 직접 나서서 구대문파 및 오대세가, 그리고 무림의 유력한 여러 문파를 직접 방문해 머리를 숙여 사과하는 발빠른 대응으로 그런대로 수습이 잘되었다.

하지만 사도무림의 사정은 달랐다. 그것을 계기로 큰 사단이 벌어져 결국 내분까지 일어나고 사도련은 사분오열되고 말았다.

그 외중에 정도무림이나 사도무림 양측 모두의 큰 골칫거리가 되는 존재들이 등장하였는데, 백마천(百魔天)이 그들이었다.

백마천은 사도 무리 가운데 특별히 마인(魔人)의 성향이 강한 부류의 인물들이었다. 그들은 팔십여 년 전에 강호에서 완전히 자취를 감춘 마도(魔道) 세상. 그 마도의 세상이 도래하기를 꿈꾸는 집단이었다. 때문에 무림맹이나 사도련의 입장에서 백마천은 껄끄러운 존재였고 이 세상에서 완전히 지워버려야 할 집단이었다.

혼란한 와중에도 정사의 수뇌는 한자리에 모여 뜻을 모았고, 그들은 백마천을 무림공적으로 몰아 척살하기로 결정하였다.

백마천은 천주인 수라환마(修羅幻魔)를 비롯한 전원이 악명이 높은 절정고수급 이상의 마인들이었는데 그들의 결속력은 무림맹과 사도련의 상상을 초월할 정도로 강력하였다.

강남북 무림맹과 구대문파, 오대세가와 중소문파연합, 그리고 사도련 등은 연합하여 백마천를 토벌하기 위한 추살대를 조직하였다.

이후 삼 년에 걸친 백마천과 추살대 칠백여 명 간의 쫓고 쫓기는 추격전이 벌어졌다. 그 삼 년 동안 백마천 소속의 마인 수십 명이 검하고혼이 되었고, 추살대는 그 배에 해당되는 백 명이 넘는 인원이 희생되었다. 그러던 어느 날 황산의 이름 없는 어느 계곡에서 백마천과 추살대 간의 최후 일전이 치러지게 되었다.

그선 각자의 실력이 일파의 장문인들의 실력을 능가한다는 사십오 명의 마인과 추살대 육백 명 간의 처절한 싸움이었다. 훗날 황산혈사(黃山血史)라 불리게 되는 그 싸움은 처음부터 무척이나 치열하게 전개되었는데, 무려 칠 주야에 걸친 대혈투였다고 전해졌다.

그 황산혈사에서 최후까지 살아남은 인원은 피아를 합쳐 모두 오십여 명.

백마천의 무인들은 도망친 두 명을 제외하고는 전원 피떡이 되도록 난자당했고, 추살대 역시 오백 명이 넘는 인원이 그 계곡에 뼈를 묻었다.

그런데 그 황산혈사에서 타의 추종을 불허하는 발군의 실력을 발휘, 순식간에 영웅이 되어버린 중년의 한 도사가 있었는데 그가 바로 종남의 도사 범계였다.

백인천 무인들의 무공은 워낙 고강하여 한 명의 마인을 상대로 추살대의 정예 오륙 명이 달려들어도 당해내기 힘든 상황이었다. 그런데 종남의 도사 범계는 혼자서 무려 일곱 명의 마인을 척살했으며 도망치는 수라환마의 왼팔까지 잘라내는 쾌거를 이루었다. 그날 이후 도사 범계의 명성은 하늘 높은 줄 모르고 치솟아올랐고, 범계의 소속 문파 종남의 위상도 덩달아 치솟아올랐다.

그런데 수년 후, 도사 범계가 돌연 파문을 당해 종남을 떠났다는 소문이 강호에 떠돌았다. 강호인들은 궁금해하였지만 도사 범계의 행방은 묘연하였고, 종남도 제자들에게 철저한 함구령이 내려졌다.

그리고 다시 이십 년이 지난 후 도사 범계는 전비라는 속명과 수백 명의 마적단을 이끄는 수괴로서 하서주랑에 그 모습을 드러냈다.

막금상은 강호의 전설이나 다름없는 전비라는 인물을 나쁘게 보지 않았다. 전비가 만일 파문을 당하지 않고 정도의 길의 걸었다면, 그의 이름 앞에 분명 천하제일검의 칭호가 붙었을지도 몰랐다. 그리고 그건 막금상뿐만 아니라 그 자리에 모인 대부분의 생각이었다.

전비의 시선이 막금상의 얼굴에 한참을 머물렀다.

"인상이 좋구나. 용호권의 명성이 감숙을 넘어 중원에 널리 알려졌다고 하더니 과연 그럴 만한 기도를 지녔어. 표국주로 썩기 아까운걸."

전비는 막금상을 치켜세웠다.

"과찬이십니다."

막금상이 황망히 허리를 숙였다.

"자, 그럼 내가 왜 왔는지 짐작을 하고 있을 터, 거두절미하고 본론에 들어가도록 하지."

"말씀하십시오."

막금상은 흔쾌히 수락하였다.

"나도 내가 세자를 잘못 가르친 죄가 크다는 사실을 잘 알아. 해서 사과하는 의미로 빠른 시일 안에 감숙을 떠날 테니 며칠만 시간을 주게나."

　전비는 별일 아니라는 듯 가볍게 말했는데 막금상은 별로 놀라지 않았고 당연히 그럴 줄 알았다는 표정이었다. 단지 눈치없는 몇몇 무인들만이 놀랍다는 반응을 보일 뿐이었다.

　"선배님, 선배님의 제자 손에 백 명에 가까운 무고한 사람들이 죽었습니다. 그냥은 보내 드릴 수 없습니다."

　막금상의 어조는 단호한 느낌이었다.

　"기어코 피를 봐야 하는가? 이미 더렵혀진 이름, 마음만 먹으면 여기 있는 사람의 절반은 되돌아가지 못해. 그래도 상관없겠나?"

　막금상을 바라보는 전비의 눈길이 서늘하였다.

　전비가 독하게 마음을 먹는다면 그의 말처럼 주변이 온통 피바다가 될지 모른다. 하지만 각오는 하고 왔다. 표국주로 살아가려면 간혹 목숨을 걸어야 하는 경우가 있었다. 지금이 바로 그때다. 막금상은 뱃심 두둑하게 전비의 살기 어린 두 눈에 정면으로 맞섰다.

　"선배님, 저는 방금 하신 말씀은 선배님의 본심이 아니라고 생각합니다. 아시겠지만 여기 모인 분들은 저희 난주표국을 도우러 오셨지만, 그냥 온 것이 아닙니다. 모두 죽음을 각오하였으며, 각기 속한 문파의 체면이 걸려 있습니다."

　돌려 말하기는 했지만 전면전을 불사하겠다는 의지였다.

　전비는 눈에 들어간 힘을 풀었다. 등을 돌려 멀리서 자신을 바라보고 있는 수하들을 보았다. 자신의 손짓 한번이면 수백의 무리가 일시에 말을 몰아 막금상 진영에 난입할 것이었다.

하지만 장랑과 이미 약속을 하지 않았던가?

"자네의 그 이야기는 결코 빈손으로 돌아갈 수 없다는 뜻인가?"

"그렇습니다."

막금상은 공손하게 허리를 꺾었다. 그런 막금상의 모습을 바라보던 전비가 빙긋 웃었다.

"자네 역시 용기도 있고 고집도 센 친구로군. 좋아! 이왕 은거를 결심했으니 팔 하나를 내주겠네. 그 정도면 나의 어리석은 제자 손에 죽은 백 명의 목숨값은 되리라 생각하는데, 어떤가?"

막금상이 포권으로 전비에게 감사의 인사를 건넸다.

"팔이요? 전비 선배님의 팔이라면 저뿐 아니라 여기 계신 강호동도 여러분께서도 모두 동의하실 거라 생각합니다."

막금상의 말대로 전비의 팔 하나는 그만한 값어치가 있었다.

쓰앗!

"……."

툭―!

전비의 왼쪽 어깨에서 피가 솟구쳤다.

분광일초 전비가 스스로 팔을 끊고 은거를 선언했다는 소식은 감숙은 물론 중원 전체로 삽시간에 퍼져 나갔다.

막금상의 명성은 더욱 높아졌다. 그는 이 일로 인해 감숙 제일의 영웅으로 그 위치를 공고히 하게 되었다. 일부 호사가들은 싸우지도 않고 말 몇 마디로 승리를 거두었기에 별 의미 없는 승리라고 막금상을 깎아내리려 했다. 엄밀히 따지면 틀린 말도 아니었다. 하지만 그건 모르는 사람들의 이야기다. 장랑이 중간에 끼어든 것은 예상하지 못한 의외의 변수였고, 그로 인해 빠르게 마무리되었지만 전비를 은거시키고 큰 희생 없이 일을 처리하려던 그의 생각이 틀린 것은 아니었다.

어차피 모여든 사람 중에 전비를 감당해 낼 만한 인물은 아무도 없었다. 그렇기에 전비를 죽일 수 있으리란 생각은 처음부터 하지 않았다.

다만 전비의 수하들을 모두 죽여 전비를 고립무원의 지경에 빠뜨려 홀로 떠나게 하는 것과 팔을 끊고 홀로 떠나는 것에 대한 차이는 없었다.

'옥하 사제, 자네에게 큰 빚을 지게 되었네. 고맙네.'

막금상은 멀리 떨어진 곳에서 명해 도장과 다정하게 이야기를 나누는 장랑을 바라보며 그런 생각을 하였다.

"괜찮겠느냐?"

"뭐가요?"

"고생은 네가 하고 공은 막 국주가 차지하게 된 것 말이다."

"하하하, 상관없어요. 제가 뭐 막 대협을 위해서 일을 한 건가요? 다 저와 사부님, 그리고 만약당 식구들의 희생을 막고자 한 일이에요."

"그렇게 생각한다니 다행이로구나."

명해 도장은 장랑을 흐뭇한 표정으로 바라보았다.

막금상의 이름에 가려 크게 부각되지 않았지만 장랑의 이름도 감숙의 일부 무인들 사이에 조금씩 거론되고 있었다. 물론 그들에게 장랑이 목숨을 걸고 전비와 막후에서 담판을 지었다는 사실은 알려지지 않았다.

*　　　*　　　*

옥도 도장은 앞서 걷는 장랑의 뒷모습을 바라보면서 자책감을 느꼈다. 부상을 당해 절룩거리며 걷는 옥인 도장도 비슷한 감정이었다.

한 달 전, 산을 내려오면서 얼마나 설레었던가!

아홉 살에 공동산에 입문하여 산에서만 삼십 년 가까이 살았다. 난주표국을 도우러 간다고 하지만 도움 주겠다는 마음은 어디까지나 건성이고 뒷전이었다. 그 바탕에는 까짓 마적 놈들쯤은 한칼에 처리할 자신이 있었기 때문이다. 그렇기에 삼십 년 만에 산문을 나서 세상 구경을 할 수 있다는 기쁨과 즐거움, 그리고 자유로움을 만끽하려는 생각만이 마음속에 가득하였다.

난주표국에 도착했을 때 표국주 막금상에게 극진한 환대를 받았다. 도사의 신분으로 그래선 안 되는 줄 알지만 기분이 좋아 절로 어깨에 힘이 들어갔고 고개도 뻣뻣해졌다. 그리고 옥하가 난주표국에 머물고 있다는 이야기를 들었을 때 기분이 나빴다. 그놈 때문에 장문 사백조님이 돌아가시고 한동안 상심에 잠겨 있던 사부님과 여러 사백, 사숙들… 어두운 분위기에서 완전히 벗어나는 데 꼬박 일 년이 걸렸다.

주변에 보는 눈이 많고 명해 사숙 체면 때문에 억지로 웃어 보이긴 했지만 이후 다신 마주치지 않기를 바랐다.

그런데 그놈이 공동파 도사들이 위기에 빠지자 생사를 돌보지 않고 뛰어들어 여러 목숨을 구했다.

놈이 사용한 무공은 개천풍운장과 육합권, 그리고 비각퇴였다. 그건 공동의 도인들이라면 누구라도 다 아는 장법이요, 권법이고 각술이었다. 하지만 지금까지 개천풍운장이 그렇게 빠르고 정확하게 펼쳐지는 모습을 본 적은 없었다. 개천풍운장은 원래 부드러움을 강조하는 장법이었고, 비각퇴는 빠르고 신속함을 추구하는 각술이었다.

원래 한 동작에서 빠름과 느림이 동시에 펼쳐지기는 무척 어려운 일이다. 어려울 뿐만 아니라 불가능에 가까웠다. 심신은 그렇게 움직이려 해도, 진기 흐름이 그렇게 움직이지 않는다. 그런데 장랑 그놈은 그 어려운 동작을 완벽하게, 그것도 아주 자연스럽게 펼쳐 내었다. 그때 고마운 마음 한편으로 수십 년 고련(苦練)이 허무하다는 생각도 들었다.

장랑은 자신을 바라보는 옥도 도장의 눈빛이 무얼 말하는지 알았다.

시기와 질투.

육 년 만에 난주표국에서 다시 대면했을 때의 그 거만함은 많이 사라졌다. 한편으로 그의 행동이 조금 유치해 보였다.

하지만 미우나 고우나 공동파의 제자라는 공통점, 그것이면 족하다. 웃으면서 넘겨야 한다.

멀리 공동산이 보이는 세 갈래 길이 나왔다.

오른쪽으로 곧장 움직이면 공동산이었다. 중앙 길은 섬서로 향하고, 오른쪽은 무도(武都), 남평(南坪)을 지나 운보령을 넘어 사천의 성도(成都)로 가는 빠른 길이었다.

"사부님, 여기서 그만 헤어져야 할 것 같습니다."

"그래, 어서 가거라."

명해 도장은 섭섭함 가득한 눈길을 보내왔다. 장랑을 잘 알지 못했던 몇몇 현자배 도사들은 장랑에게 존경하는 눈빛을 보내왔다. 그들도 만약당 식구들 못지않게 아쉬워하는 눈치였다.

"되도록 빨리 돌아오도록 하겠습니다. 사백님, 여러 사형들, 그리고 너희들도… 조심해서 올라가거라."

장랑은 사문 어른과 동문 사형, 그리고 사질들에게까지 골고루 인사를 하였다.

"그럼, 제가 먼저."

장랑은 선뜻 몸을 돌려 섬서로 향하는 관도에 성큼 발을 들
여놓았다. 먼저 자리를 뜨지 않는다면 명해 도장과 서로 빨리
가라고 실랑이가 벌어질 것이다. 그 점을 예상 못할 장랑이
아니기에 차라리 먼저 발길을 돌리는 편이 낫다고 판단하였
다.

출도한 지 이제 한 달. 남들은 평생에 한번 겪을까 말까 하
는 격전을 몇 차례나 치르면서 많이 성숙해졌다.

장랑은 가슴을 펴고 보무당당하게 걸었다.

第二章
보계산장

張郎
行路

逝請神真老君演此真妙經竟
降臨遠滑正一
道旨廣奉
至大政元四月佛洽爲
日弟子趙孟頫敬

구대문파 비무회까지 두 달이 조금 더 남았다. 명일 도장은 난주표국의 일이 마무리되는 대로 공동으로 돌아와 장문인께 인사를 드리라고 당부를 하고 떠났었다. 명해 도장도 만약당에 잠시 머물면서 기력을 회복하라고 권유하기도 하였다.

하지만 그렇게 하고 싶지 않았다. 아직은 때가 아니라는 생각이었다. 다시 공동의 산문을 들어설 때에는 지금도 마음속 깊은 곳에 자리 잡고 있는 어색함과 불편함, 그리고 서운한 감정의 앙금을 깨끗이 지운 상태에서 오랜만에 고향집을 찾아가는 심정으로 오르고 싶었다. 때문에 명해 도장을 비롯한 공동의 제자들에게 소림에서 합류하고 싶다는 의사를 밝혔다. 또 그래야만 할 것 같았다.

감숙과 섬서를 구분 짓는 경계석(境界石)이 눈에 들어왔다. 십 년 전 아버지 장만덕과 함께 공동으로 향하던 도중 잠시 휴식을 취했던 팔각정자도 예전 그대로 서 있었다.

피풍정(避風亭).

그때 물었었다.

"아버지, 왜 피풍정인 거죠? 눈이나 비를 피하기 위해서라면 피우정(避雨亭)이나 피설정(避雪亭)이라고 불러야 옳지 않나요?"

"그러고 보니 그렇게 생각할 수도 있구나. 하지만 말이다, 이 정자가 어디에 위치해 있는지 잘 살펴보거라. 이쪽 지방은 지형이 평탄한 편이라 감숙에서 불어오는 모래바람이 거칠 것 없이 그대로 통과하는 특징이 있단다. 자연히 바람의 피해도 많겠지?"

"네. 그렇겠군요."

"보통 정자는 경치가 좋은 곳이나 높은 곳에 위치하지만 봐라, 피풍정은 이렇게 움푹 파인 곳에 세워져 있지 않느냐?"

그때 장랑은 고개를 끄덕이며 친절하게 설명을 해준 아버지에게 고마움을 느꼈었다.

피풍정을 지나 이십여 리 가다 보면 두 갈래 길이 나오는데 위쪽 길이 보계로 빠지는 길이었다.

사실 보계는 장랑이 태어난 곳은 아니다. 그러나 동냥젖 먹던 시절부터 공동에 입문하기까지 생의 절반(?) 십이 년 가까운 시간을 지낸 고향과 같은 곳이었다.

이번 보계행은 부친 장만덕의 흔적이나 유년 시절의 기억을 더듬기 위해서가 아니었다. 소림을 향하기 전에 시간이 조금 남았기에 산장지기 허 노인도 만나보고 아버지 장만덕이 훗날 물려주기로 약속했던 청명검(清明劍)의 행방도 알아보기 위해서였다. 원래대로라면 출도하자마자 찾아갔어야 옳았지만 그러질 못했다.

청명검, 그 이름만 들어도 마음이 설렌다. 아직 한 번도 만져 보거나 사용해 본 적은 없지만 청명검은 장랑의 애검이었다.

열 살 나던 해 봄, 보계산장 후원에서 잘 다듬어진 목검으로 구슬땀을 흘리며 칠성검법을 수련할 때였다. 곁에서 지켜보던 부친 장만덕이 흐뭇한 미소를 지으며 말했다.

"제법이구나. 진검이 필요할 시기가 얼마 남지 않았어."

장랑은 그 말에 귀가 솔깃했다.

"그럼요. 저도 진검으로 수련하고 싶어요."

장만덕이 고개를 끄덕였다.

"아비가 예전에 정말 멋진 장검을 하나를 구해놓았단다. 칠성검법을 완벽하게 익히면 그때 넘겨주마."

장만덕의 약속에 장랑은 입이 함지박만 하게 찢어졌다.

"지금도 완벽해요. 그 검 지금 주시면 안 돼요?"

그땐 너무 어려서 장만덕이 청명검이 얼마나 귀하고 얼마나 중요한 의미가 담겨 있는지 몰랐다. 그리고 부친 장만덕이 얼마나 아끼는지도 몰랐다. 그냥 어린 마음에 진검을 가질 수 있다는 기쁨에 마냥 좋아 떼쓰듯 빨리 건네주기만 졸랐을 뿐이다.

그날 부친 장만덕은 빙긋 웃으며 말했다.

"랑아, 너뿐 아니다. 무인이라면 누구라도 좋은 검, 훌륭한 검, 특히 명검을 가지고 싶어한단다. 그렇지만 네가 꼭 알아야 할 것이 하나 있다. 검이란 호신무기 이전에 하나의 인격체란다. 또 그 주인의 인격과 품성을 표현하는 다른 수단이기도 해."

"……?"

"청명검은 너를 위해 준비해 놓았다. 그러니 조급하게 굴지 마라. 아비가 보기에 너의 실력은 나쁘지 않다. 그러나 아직은 청명검의 진정한 주인이 될 만한 자격은 약간 부족하다는 생각이 든다. 열심히 해라. 지금처럼 수련에 매진한다면 머지않아 네 차지가 될 것이야."

장랑은 동의하지 않았다. 말이 나온 김에 아예 진검을 소유하고 싶었다. 정말 갖고 싶어 욕심도 부렸다.

"잎으로 열심히 할게요. 대신 지금 저 주시면 안 되나요?"

떼를 써보기도 했다.

"랑아, 청명검은 팔십 년 전 검존(劍尊)께서 쓰시던 검이다.

아직은 안 돼."

방금 웃던 모습과 달리 냉정한 음성이었다. 장랑은 심통이 나서 입을 삐죽 내밀고 말했다.

"그럼 청명검 이야기는 왜 지금 꺼내셨어요?"

"하하하하. 고놈, 아비가 좋은 선물을 준비해 놓았으니 열심히 수련하라 이 말이지."

아버지는 기분 좋은 웃음으로 자신의 머리통을 한 대 쥐어박았다.

"휴우……."

장랑은 지금 가슴이 뭉클해 자신도 모르게 한숨을 내쉬고 말았다.

주변의 풍광을 감상하면서 여유있게 움직였지만 공동산 입구에서부터 나흘 만에 보계에 도착했다.

보계산장이 자리한 범동촌(范桐村).

이백여 호가 옹기종기 모여 사는 제법 큰 산촌마을이었다.

십 년 만에 돌아온 범동촌 정경은 변함이 없었다. 다만 생각보다 푸근함이 덜 느껴졌고 낯이 선 부분도 있었다.

마을을 지나쳐 산 어귀에 있는 보계산장 앞에 섰다.

"계십니까!"

감회가 새로워 절로 목소리가 커졌다.

삐이걱—!

“누구십니까?”

이십대 후반 사내가 대문을 반쯤 열고 고개를 내밀었다. 뜻밖이라 혹시 허 집사의 친척이 아닐까 하여 조심스럽게 물었다.

“허량호 노인을 찾아왔습니다만 계십니까?”

“허량호 노인?”

사내가 고개를 갸웃하더니 장랑을 아래위로 훑었다. 그러더니 귀찮다는 표정을 지었다.

“그 노인이 누구인지 모르나, 여기 그런 사람 없소.”

사내는 사무적 말투로 빠르게 말을 내뱉은 후 급하게 문을 닫으려 했다.

“잠깐만요. 키는 작은 편이고, 바싹 말랐으며 턱 밑에 작은 사마귀가 있는 노인입니다. 이곳의 집사일 텐데요?”

장랑은 의아함을 담아 물었다.

사내는 이내 인상을 썼다.

“아이참, 귀찮게시리. 모르는 사람이라고 하잖소. 이곳 주인은 삼 년 전에 바뀌었소.”

텅!

사내는 재수없다는 식으로 거칠게 문을 닫아버렸다.

횡당함, 그리고 약간의 충격을 받았다. 주인이 바뀔 리 없다.

보계산장은 아직까지 부친 장만덕의 소유다. 허 집사에게 단지 관리만 맡겼을 뿐이다. 대가로 일 년 소출 삼백 석짜리 큰 답(畓)을 주었다. 허 노인이 변심할 리 없지만 변심을 했더라도 그냥 넘어갈 수 없는 문제였다. 장랑은 즉시 발로 대문을 걸어찼다.

꽈앙—!

반응은 금방 왔다. 문이 열리기도 전에 사내가 고함을 쳤다.

"어떤 놈의 자식이야!"

험악한 인상을 쓰며 모습을 드러낸 사람은 방금 그 사내였다.

"이곳 주인을 불러주시오."

차갑게 변한 장랑의 목소리에서 분노가 느껴졌다.

"이 자식이 어디서 큰소리야? 너 뭐야? 뭔데 여기 와서 시비야?"

사내가 언성을 높였다.

장랑은 대꾸없이 사내의 멱살부터 움켜잡았다 놓으면서 사내를 밀쳤다.

"앞장서."

"이런 씨팔—!"

사내가 장랑에게 주먹을 휘둘렀다. 빠르고 날쌔며 주먹에 꽤 힘이 실려 있었다. 내력은 들어 있지 않아도 수법은 간단한 호신술 이상이었다.

‘무림인?’

장랑은 쓸데없는 데 힘을 쓰고 싶지 않았지만 말로 해서 안 될 상대였기에 달려드는 사내의 팔을 가볍게 잡아 빙글 돌려 뒤로 꺾어버렸다.

우드득—!

“아아아아!”

사내는 요란스럽게 비명을 질러댔다.

“한 번만 더 함부로 주먹질을 하면 그때는 어깨 탈골 정도가 아니라 아예 팔을 뽑아버릴 테니 조심해.”

장랑은 사내를 앞장세워 안으로 들어섰다.

보계산장은 아직도 눈을 감고도 구석구석 뭐가 어디에 있는지 알 것 같았다. 그런데 펼쳐진 광경은 예상에서 완전히 빗나갔다. 예전의 모습은 간 곳이 없고 얼른 보아도 이건 마치 산적 소굴 같았다.

＊　　　＊　　　＊

한때 섬서 북부 유림(楡林) 지역에서 임진경(王震驚) 하면 모르는 사람이 없었다. 어려서부터 워낙 덩치가 크고 힘이 좋았다. 열여덟에 산해관으로 군역을 나가 별동대에 차출되었다. 반강제적으로 십팔반무예를 배웠고, 이후 십 년 넘게 오십여 차례의 크고 작은 전투를 치르며 공을 인정받아 백부장 지위에 올랐다. 하지만 거기까지였다. 평민 신분 때문에 어마어마한 금액의 뇌물이 아니고서는 더 이상 위로 올라갈 수 없었다. 울컥하는 마음에 백부장 지위를 내놓고 유림으로 돌아왔다. 환영연회에 참석했던 현령이 계속 깝죽거렸다. 예전 같으며 현령은 하늘과 같이 우러러 볼 지위지만 백부장으로 전장을 떠돌던 임진경에게 현령은 하잘 것 없어 보였다.

술김에 한번 내지른 주먹, 그 주먹이 현령의 안면에 정통으로 꽂혔다. 재수가 없으려는지 현령은 그 일권에 코뼈가 주저앉으며 즉사하고 말았다. 조그만 시골 마을에 전쟁영웅으로 금의환향했다가 졸지에 현령을 죽인 도망자 신세가 되어버렸다.

별수없어 도망친 곳이 인근 흑차산. 임진경은 흑차채 채주를 죽이고 채주의 자리를 차지하였다. 그런데 웬걸? 며칠이 지나지 않아 녹림맹에서 두 명의 노인이 찾아왔다. 그들에게 여름 보리 타작당하듯 반병신되기 직전까지 무참하게 두들겨 맞았다. 늙은이들의 주먹이 왜 그리도 매서운지……

장로라고 신분을 밝힌 노인은 작은 산채일지라도 채주가 되려면 최소 삼 년의 현장 경험이 필요하다며 장황한 설교를 늘어놓았다. 그러면서도 당주급 실력이라며 보계의 로주(路主)로 임시 발령을 내었다. 그것이 삼 년 전이었다. 보계는 감숙, 몽골, 사천으로 빠져나가는 분기점으로 섬서 동남쪽 최대 교통 요지인지라 녹림맹 직영 구역 중 하나였다.

“전갑아, 밖이 왜 이리 시끄럽냐? 가서 알아보고 와.”

말없이 조용히 시립해 있던 전갑이 두말 않고 밖으로 달려 나갔다.

‘하필이면 이때에…… 에이!’

전갑의 뒷모습을 바라보는 임진경은 짜증이 났다.

녹림맹에서 나온 감찰 장로 두 명과 후임 로주, 그리고 녹림맹주 직속 호위 네 명이 조금 전 들이닥쳤다.

“임 로주, 수하들의 기강에 조금 문제가 있어 보이는구려.”

임진경과 안면이 있는 감찰장로 하겸(夏兼)이 고개를 설레설레 흔들었다.

“하하하하. 그럴 리가요. 수하들이 장원 안에만 갇혀 있어 그런 겁니다. 가끔씩 계집의 부드러운 살 냄새도 맡아야 하는데 요즘 관아의 압력이 워낙 심해서… 그 때문에 수하 놈들이 간혹 신경질적으로 변하곤 합니다.”

임진경은 변명 아닌 변명을 했다.

“맞습니다. 우리가 뭐 수도승도 아니고… 수하들에게 술과 함께 속살 뽀얀 계집도 가끔씩 안겨줘야 합니다.”

새로운 로주로 발탁된 소현설이 아는 체를 하였다.

“……”

임진경은 체면이 서지 않아 답답하였다. 수하들은 녹림맹 직할이라 무공 실력도 제법 있고 규율도 엄한 편에 속했다. 그럼에도 성정이 거칠어 술과 싸움을 즐겼다.

'새끼들! 조금만 참지. 새끼들이 꼭 결정적일 때 사람을 망신시키고 있네.'

퍽! 퍽퍽퍽—!

밖에서 들리는 소리가 평소 수하들 간에 벌어지는 쌈박질 소리와 난동이 아니었다. 임진경은 무언가 이상하다는 생각이 들었다.

때마침 전갑이 안으로 뛰어들어 왔다.

"밖에 뭔 일이야?"

"그, 그게… 웬 놈이 난동을 부리는데 실력이 예사롭지 않습니다. 강호에 떠도는 잡스런 삼류무공을 쓰는데, 이상하게시리 수하들이 맥을 못 춥니다. 아무래도 관부의 인물이 아닐까 합니다."

"이놈이 지금 무슨 헛소리를 하는 거야?"

임진경이 눈을 부라렸다.

"헛소리가 아닙니다. 생각해 보십시오. 관부의 인물이 아니라면 어떤 미친놈이 이곳에 와서 감히 난동을 부리겠습니까?"

들어보니 딴에는 일리가 있어 보였다. 이때 소현설이 중간에 끼어들었다.

"관부의 인물이라고? 관부 인물이 왜?"

전갑이 어깨를 으쓱했다.

"그 점은 저도 잘 모르겠습니다. 그 정도 실력을 가진 관부

라면 금의위나 좌우포청밖에 없는데, 이런 시골에 금의위 위
장들이 나타날 리 없으니 아마도 좌포청이나 우포청 소속의
포쾌나 포두 같습니다."

"포쾌나 포두? 어떤 개자식이 감히 겁도 없이……. 보계현
령, 그 자식이 미친 모양이네."

임진경이 자리를 박차고 일어섰다.

"그러게 말입니다. 그놈 아가리에 처박은 뇌물이 얼마인
데?"

전갑은 맞장구를 치며 슬그머니 현령에게 뒤집어씌웠다.

임진경은 전갑이 능글능글하게 보였다. 갑자기 꼴이 보기
싫어 전갑에게 버럭 소리쳤다.

"왜 그러고 서 있어? 당장 놈을 잡아 내 앞에 무릎 꿇려! 포
두든 포쾌든 상관없어 내 오늘 그놈의 버릇을 단단히 고쳐 놓
고 말 테니."

"네, 알겠습니다."

전갑은 임진경의 서슬 퍼런 기세에 겁을 먹고 잽싸게 밖으
로 튀어나갔다.

'에잉! 번잡스러워.'

임진경은 짜증스러웠다. 산속의 갇힌 생활이 싫다고 불만
을 토로하면서 민가에 큰 장원을 구해 산채로 삼자고 제안한
놈이 바로 전갑이었다. 나쁘지 않은 제안 같아 보계현령을 구
슬리고 그놈 밑구멍에 처박은 돈이 얼마인가?

현의 관리 놈들이 때만 되면 고개를 들이밀고 이런저런 명목을 들며 손을 벌렸다. 한 방 쥐어박고 싶지만 성질을 죽이며 꾹 참아왔다.

'에이 씨, 귀찮아 죽겠네. 이참에 다시 산속으로 돌아갈까.'

산채에 머물러 있으면 이것저것 신경을 쓰지 않아도 되는데 괜스레 산 아래로 내려온 것 같았다.

"임 로주, 아무래도 당신이 직접 나가봐야 될 것 같소. 밖에 놈이 보통 실력은 아닌 듯싶소."

녹림맹 장로 하겸이 밖의 상황을 눈치 채고 임진경을 불러 세웠다.

"알겠습니다."

임진경은 순순히 자리를 털고 일어섰다. 그가 대전 밖으로 발걸음을 옮기려는 그 순간이었다.

와장창!

장랑의 발끝에 가슴을 걷어차인 전갑이 등으로 대전의 문짝을 부수고 안으로 날아들어 와 바닥에 떨어졌다.

쿵!

실내의 인물들 모두는 전부 어처구니없는 표정이 되었다. 가장 빠른 반응을 보이는 인물은 임진경이었다. 그는 안으로 들어서는 장랑을 향해 대뜸 눈부터 부라렸다.

"야 임마! 너 어디 소속인데 여기서 이따위 행패야?"

오랫동안 무장(武將) 생활에 길들여진 탓에 수하 병졸을 다루듯 하는 말투였다. 장랑은 고함치는 사내를 바라보았다. 자세나 풍기는 기운으로 보아 도적 패거리의 수뇌가 틀림없어 보였다.

"당신이 두목이로군. 여기 살던 허 집사를 어떻게 했나?"

"저 자식이 미쳤나? 야, 너 지금 어디서 헛소리야?"

임진경은 계속 윽박지르는 말투였다.

"말이 통하지 않는 인물이로군."

장랑은 임진경을 향해 성큼성큼 걸어갔다.

그러자.

차차차창!

하겸의 손짓에 따라 그의 뒤쪽에 병풍처럼 서 있던 네 명의 사내가 동시에 검을 뽑아 들면서 장랑을 향해 달려와 길을 가로막았다. 감찰장로를 따라왔던 네 명의 녹림맹 호위들이었다.

"비켜!"

장랑은 두목과 직접 대화를 하고 싶었다. 수하들을 백날 상대해 봐야 입만 아플 뿐이고 쓸데없는 희생을 줄이는 좋은 방법이었다.

장랑이 일부러 강력하게 뿜어내는 예기는 무척이나 날카로웠다. 임신성은 장랑의 시선을 마주하자 자신도 모르게 가슴이 덜컥 내려앉았고, 한 걸음 뒤로 물러서고 말았다. 하지만 감찰장로를 비롯한 녹림맹에서 나온 사람들이 자신을 지켜보고 있었다. 그는 보는 눈을 의식해 돌연 허리를 곧추세우고 위엄있게 한소리 하였다.

"현령 대인이 보내서 왔느냐?"

뚱딴지같은 소리였다.

"묻는 말이나 대답해. 그리고 이자들이나 물러서게 해. 나는 내 집에서 피를 보고 싶지 않아."

장랑이 앞을 막은 네 명의 호위무사를 무시하고 그대로 지나치려 했다. 그러나 그들은 누구도 장랑에게 길을 내주려 하지 않았다.

한쪽에서 지켜보고 섰던 하겸이 나섰다.

"보기 드문 기세를 가진 청년이야. 으음, 지방관아 소속 같지는 않고… 어디서 왔나?"

하겸의 표정은 심각했다. 하찮은 잡졸이라도 관아 소속이면 손을 봐주기가 껄끄러웠다. 하물며 장랑이 보여준 신위는 일개 지방 관속의 실력을 훨씬 뛰어넘고 있었다. 만에 하나 중앙에서 파견된 관인이라면 녹림맹의 이름을 걸고 좋게 타협을 봐야 했다.

'이제 보니 이들은 나를 관부의 인물로 오해를 한 모양이로구나.'

장랑은 생각이 거기에 미쳤다. 그러나 달라질 것은 아무것도 없었다.

"방금 말하지 않았나? 이곳은 내 집이라 했을 텐데?"

“그럼 관부의 인물이 아니다, 이 말이지?”

하겸의 얼굴에 순간 안도의 눈빛이 떠올랐다 사라졌다.

“나는 내 집이 왜 이렇게 변하게 되었는지 그 이유를 듣고 싶다. 만일 합당한 이유나…….”

“잡아. 단, 죽이진 말고.”

하겸이 네 명의 호위에게 명을 내렸다.

핑— 이잉!

두 걸음 옆에 떨어져 있던 호위 하나가 장랑의 어깨를 향해 급하게 일검을 내질렀다.

“어리석은!”

장랑은 일단 대화로 문제를 해결해 보려고 하였다. 그러나 아직은 아닌 듯했다. 장랑은 씁쓸한 표정으로 대각선 방향으로 반보 물러서면서 손을 내밀었다.

빠르게 찔러오던 장검이 장랑이 비껴 친 일장을 얻어맞고 미친 듯 몸부림 치는가 싶더니,

따앙—!

“큭!”

일장의 충격조차 견디어내지 못하고 단번에 반으로 부러져 버렸다. 기습적으로 검을 내질렀던 녹림맹의 호위는 손목을 타고 오르는 엄청난 경력을 감당하지 못해 중심을 잃고 휘청거렸다.

이때 부러진 검의 반 토막은 조금 떨어진 곳에 서 있던 임

진경의 안면을 향해 빠른 속도로 날아가고 있었다.

"엇!"

임진경은 대경실색하였다. 눈앞에 부러진 검날이 마치 내력이 담겨진 한 자루 수리검 같았다. 그는 다급한 나머지 체면 불구하고 그대로 바닥에 주저앉고 말았다. 그가 볼썽사나운 자세에서 벗어나 막 몸을 세우려 할 때.

퍽! 퍼퍽!

요란한 격타음들이 메아리처럼 잇달아 대전에 가득히 울려 퍼졌다.

장랑이 연속 세 번 내지른 주먹질에 부러진 검을 꽉 잡고 비틀거리던 호위는 안면이 묵사발된 채 피범벅으로 그 자리에 무릎을 꿇었다.

동료보다 한발 늦게 움직인 나머지 세 명 호위. 그들은 장랑의 요혈을 노리고 나름의 날카로운 공격을 퍼부었다. 그러나 빈 공간에 헛되이 칼질만 했을 뿐 전광석화 같은 장랑의 몸동작을 미처 따라잡지 못하였다.

빠악! 뻑—! 빠각—

장랑의 주먹과 무릎, 그리고 팔꿈치에 연달아 한번씩 격타당한 세 명의 호위들. 그들은 장랑의 단 일격에 정신을 잃고 바닥에 누어 축 늘어져 버렸다.

그건 녹림맹의 인물들로서는 정녕 믿을 수 없는 상황이었다.

녹림맹의 호위는 개개인의 실력이 강호 일류고수 수준을 상회하였다. 그런데 그 일류고수 세 명이 새파란 애송이에게 손 한 번 제대로 써보지 못하고 당했다.

장랑은 임진경을 향해 움직였다.

"네, 네놈은 누구냐?"

임진경의 목소리에 두려움이 섞인 경계심이 나타났다. 그는 자신의 자부심이며 자랑이라 할 수 있는 장군검(將軍劍)을 꽉 쥐고 있었다. 말단장수이기는 해도 대장군 주양한(朱亮悍)에게 직접 하사받았기에 아끼고 아끼던 외날 장검이었다.

"방금 말했는데 그새 잊었나? 머리가 나쁘군."

"……."

감찰장로 하겸과 진담의 놀라는 감정도 임진경 못지않았다. 특히 하겸의 놀라움은 다른 이보다 몇 배 컸다.

녹림맹 소속의 정식 녹림도는 모두 일만여 명. 호위는 그 일만 명 중에서 고르고 또 고른 놈이었다. 아무리 허접한 도적 떼 사이에서 골라낸 놈들이라지만 강호에 나가면 그래도 인재 소리를 들을 만한 놈들이었다. 특히 이번에 따라온 네 명의 호위는 자신의 손으로 직접 고른 정예 중의 정예였다.

"하 장로님, 저 귀 좀……."

바닥을 엉금엉금 기던 전갑이 하겸에게 다가와 말을 걸었다. 곁에서도 들릴까 말까 하는 아주 작은 목소리였다.

"말해봐."

하겸은 짜증 섞인 목소리로 대꾸했다.

"이제 보니 저놈이 어릴 적에 갑자기 이곳을 떠났던 보계산장의 그 후손 놈 같습니다. 후환을 남기지 않으시려면 살인멸구를 하심이 어떠신지요?"

"죽인다고?"

하겸도 보계산장이 어떻게 해서 녹림맹 소유로 넘어오게 되었는지 대충 안다. 하지만 손을 봐주는 것이랑 살인을 하는 것은 차원이 다른 문제였다. 녹림이 세인들의 지탄을 받으면서도 꾸준히 존속할 수 있는 이유는 재물을 빼앗기는 하되 무분별한 살인과 약탈은 자제해 왔기 때문이었다. 하겸은 장기전갑을 뚫어져라 쳐다보았다.

"자네, 우리가 모르는 다른 사연이 있는 건 아니겠지?"

"아, 아닙니다. 없습니다."

전갑이 황망한 표정을 짓더니 슬그머니 몸을 뒤로 뺐다.

하겸이 표정으로 임진경을 제지하고 나섰다.

"임 로주, 잠시 물러서 보게."

"네? 네."

임진경은 마지못해 물러서는 척했다. 그러나 그의 얼굴에는 십년감수했다는 표정이 역력히 남아 있었다.

"소협, 잠시 진정하고 나하고 이야기 좀 할까?"

"……."

하겸이 나서자 밖에서 부상당한 몸으로 호시탐탐 기회를

노리거나 호기심으로 대전 안쪽을 기웃거리던 임진경 수하들이 눈을 동그랗게 뜨고 그들끼리 웅성웅성거렸다.

하겸은 녹림도 사이에 유명한 인물이었다. 그는 독립된 산채에서 일어난 문제에는 개입하지 않기로 잘 알려져 있었다. 감찰장로라는 직책 탓도 있지만, 장로가 되기 전 거대 산채 가운데 하나인 대화채 채주였던 까닭이었다.

"상당히 출중한 실력을 가졌으니 무명소졸은 아닐 터, 이름과 출신 문파를 알려줄 수 있겠는가?"

건방진 태도를 버린 하겸의 말투는 조심스러웠다. 장랑이 선보인 무공은 분명 강호에서 삼류로 취급받는 공동파의 무공. 그러나 강호의 삼류무인이 눈동냥으로 배워 어설프게 펼치는 그런 종류와는 확연하게 달랐다.

"그건 왜 물으시오?"

장랑의 말투는 딱딱했다.

하겸이 눈을 부릅떴다. 자신의 호의가 무시되고 있다 생각되었다.

"이보게, 청년! 어른이 물으면 고분고분하게 대답을 해야 옳지 않을까? 그렇게 도끼눈을 뜨고 반문하면 대화하기 곤란할 것 같은데, 어떤가?"

차분하게 말은 하고 있지만 어딘가 언성은 높아져 있었다.

"흐음……."

장랑은 가슴이 답답해졌으나 이어지는 하겸의 이야기에는

주목을 하고 있었다.

"내 비록 녹림에 몸담고 있지만 한때 강호에 출도하여 환소권(幻疎拳)으로 알려졌던 몸일세. 보아하니 이제 갓 출도한 모양인데 방자함을 버리고 강호의 새까만 후배로서 선배에 대한 예의를 갖추어 말을 하면 어떤가?"

장랑은 느닷없이 선배 운운하는 하겸이 이상한 사람으로 보였다.

"노인장, 노인장께서 강호의 선배이든 아니든 그런건 중요하지 않은 문제 같소."

장랑은 말을 멈추고 문밖에서 기웃거리는 도적 패거리를 가리켰다.

"내 눈에 노인장은 저기 저 도적 무리 중 하나로 보일 뿐, 강호가 어떻고 선배가 어떻고 그런 식으로 떠들지 말기를 바라오. 한 가닥 남은 자비심까지 사라질까 두렵소."

"이런 고얀! 실력이 제법 출중하고 기백있어 보여 좋은 말로 타이르려 했더니 실로 안하무인이구나."

하겸은 태도를 바꾸고 노화로 얼굴을 붉히며 목소리를 높였다.

장랑은 눈살을 찌푸리며 시선을 임진경에게 돌렸다. 어찌되었든 그가 수괴로 보인 탓이었다.

"다시 묻겠다. 이곳에 살던 허 노인은 어떻게 했나?"

'제기랄!

임진경은 허 노인이 누구를 말하는 것인지 몰랐다. 산장을 인수하고 내부를 개조하는 일은 모두 전갑의 담당이라 신경조차 쓰지 않고 있었다.

'흠… 좋다! 이왕 벌어진 일이다.'

임진경은 뒤늦게 한 무리를 이끌던 책임자로서, 또 대명제국의 백부장이었던 자존심이 되살아났다. 그는 대답 대신 장군검을 이리저리 휘둘러 보았다.

쉬이익─! 슈우웅!

언제 들어도 기분 좋은 묵직한 파공성.

임진경은 금방 전장을 누비던 장수의 기분으로 돌아갔다.

"이놈! 와라!"

임진경이 돌연 검을 머리 위로 치켜들었다. 그리고 장랑을 향해 전속력으로 돌진해 달려들었다.

장랑은 임진경의 자세를 보고 단번에 그의 검술의 유래를 알아차렸다.

십팔반무예는 실전무예다. 전투 경험을 바탕에 두었기에 기본식 이외 특별히 정해진 초식이 없다. 그러나 단순해 보였어도 예리하고 무척 날카롭다. 들고남에 있어서도 매우 효과적이다. 그러나 목적 자체가 인명 살상에 있기에 인체의 중요 부위로 향하는 검로가 몇 개로 정해질 수밖에 없는 한계가 있다. 몇 되지 않는 검로에 초식 변화 없이 빠르고 느린 완급의 조절을 가미해 상대의 시야를 흐릴 뿐이니…….

강호잡기총요 십팔반무예.

장랑은 임진경을 향해 마주 달려갔다. 장점과 단점을 훤히 아는데 망설일 필요가 없었다. 그는 이 장 거리를 단 한 걸음으로 압축하여 임진경의 검로가 변화될 수 있는 폭을 확 줄여 버렸다.

임진경의 당황한 얼굴이 눈에 들어왔다. 내려쳐지는 장군검의 검로가 훤히 보였다. 장랑은 주저하지 않고 한 손을 아래에서 위로 휘감아 올렸다.

타타타탁!

손목 부근의 내관혈에 이어 곡지혈까지 일수에 점혈해 버렸다.

임진경은 갑자기 어깨 아래의 모든 부위가 일순간에 마비됨을 느꼈다.

"헛?"

그는 자신의 의지와 관계없이 장군검을 떨구고 말았다.

장랑은 떨어지는 장군검은 가볍게 낚아채며 다른 한 손으로는 임진경의 뺨을 거칠게 후려쳤다.

짜악ㅡ!

임진경은 정신이 번쩍 들었다. 하지만 그것이 전부가 아니었다.

퍽퍽퍽퍽퍽!

뼛골까지 쑤셔대는 심한 통증이 전신에 휘몰아쳤다.

"아아아아……!"

임진경의 입에서 저절로 비명 소리가 흘러나왔다.

장랑은 빼앗은 장군검을 몽둥이 삼아 칼등으로 임진경을 무자비하다 싶을 정도로 두들겨 팼다.

그가 그렇게 하는 이유는 있었다. 십팔반무예를 사용한다는 것은 무관 출신이거나 관부와 깊은 연관이 있어야 했다. 그렇지 않으면 십팔반무예를 배우지 못하거나 배울 기회조차 없다. 장랑은 부패하다 못해 도적 수괴로 전락한 전직 관인을 용서할 수 없었다.

퍽퍽퍽퍽퍽퍽!

매타작 소리가 쉴 새 없이 터져 나왔다.

이 모습을 바라보던 하겸은 더 이상 지켜보고 있을 수 없었다.

"저, 저런 무식한 놈. 그만두지 못해!"

하겸이 고함을 지르며 장랑에게 달려들었다.

장랑과 떨어진 거리는 불과 삼 장. 무인이라면 눈 깜짝할 사이에 이동할 만큼 짧은 거리였다. 그런데 그 짧은 시간 동안 임진경은 장랑에게 스무 대나 더 얻어맞았고 정신을 잃어 축 늘어지고 말았다.

장랑은 어느 순간 측면에서 다가오는 서늘하고 묘한 기운을 느꼈다.

'응?

뒤를 돌아보지 않았다. 돌아보고 대응하려면 너무 늦다는 생각이 번개처럼 뇌리를 스쳤다. 장랑은 서 있는 상태에서 앞으로 엎어지며 양손으로 바닥을 짚었고 동시에 몸을 발딱 뒤집었다.

슈슈슈슈—!

세모침(細毛針) 수십 개가 무서울 정도로 빠르게 그의 배 위로 스쳐 지나갔다.

핏!

따끔.

너무 빨리 몸을 일으켜 세우려 한 탓에 시차를 두고 던진 세모침 가운데 하나가 살짝 들린 왼쪽 어깨에 깊숙이 박혀들었다.

'엇!'

미처 어깨에 신경 쓸 틈도 없었다. 그사이 쇄도해 들어온 하겸의 검이 그의 정강이를 내려치고 있었다.

빙글.

장랑은 양손을 교차해 옆으로 한 바퀴 돌아 피하면서 벌떡 일어섰다. 동시에 바닥을 박차고 일 장 높이 허공으로 신형을 뽑아 올렸다.

까앙!

하겸의 장검이 청석 바닥만 헛되이 내려쳤다. 장랑을 찾아 시선을 쫓던 하겸은 장랑의 손에서 희미한 아지랑이 같은 기운이 피어나는 모습을 어렴풋하나마 볼 수 있었다. 그리고 그 순간, 주변의 공기가 출렁이는 것 같은 느낌이 들었다.

파아— 앙!

하겸은 가슴이 쪼개지는 듯한 극심한 통증과 함께 열 걸음이나 주르르 밀려나 엉덩방아를 찧고 말았다. 그는 주저앉은 채 자신을 향해 천천히 걸어오는 장랑을 멍하니 바라보았다.

"역, 역시 제법 하는 놈이었… 우욱!"

욕지기가 치밀어 올랐다. 입을 틀어막아 억지로 토혈을 막으려 했으나 그건 의지대로 되지 않았다.

푸아앗!

코와 입을 통해 핏물이 일시에 분수처럼 쏟아져 나왔다.

하겸이 장랑 손에 어이없이 당하자 실내에는 갑자기 정적이 감돌았다.

이때 장랑이 하겸에게 향하던 걸음을 멈추고 몰래 암기를 날린 초로의 노인 진담을 바라보았다.

암기란 비겁하다는 소리를 듣더라도 방금 자신이 당한 것처럼 은밀하게 사용해야 효과가 크다는 점은 알고 있었다. 책으로 읽을 땐 그러려니 했다. 그러나 막상 직접 당하고 보니 화가 이만저만 치미는 것이 아니었다. 어쩌면 그 덕에 하겸이 심한 내상을 입었을 수도 있었다.

장랑은 진담을 그냥 둘 수 없었다.

"자, 다시 한 번 던져 보시오."

하면서 진담을 향해 걸어갔다.

"젊은이, 그만 하지. 내가 졌네."

진담은 의외로 참담한 표정을 지으며 순순히 패배를 인정했고 한 발짝 물러섰다. 그러나 이미 늦었다. 장랑의 움직임은 워낙 날래고 빨랐다. 진담의 말이 끝나기 전에 장랑의 주먹은 벌써 그의 안면에 박혀들고 있었다.

빠삭―!

진담의 콧잔등은 완전히 짓뭉개져 버렸다. 그는 반사적으로 반격을 하려 하였다. 그러나.

팍! 팍!

장랑은 이미 두 번의 발길질을 더 한 뒤 뒤로 물러선 상태였다. 장랑이 노린 곳은 진담의 양쪽 손목. 죽일 생각은 없지만 암기를 던졌던 그 두 손을 그냥 둘 수 없었다.

"아아아악―!"

장랑의 두 번의 발차기는 진담의 손목뼈를 몇 조각으로 부러뜨렸다. 진담은 양손을 늘어뜨린 채 미치광이처럼 괴성을 지르며 절규했다. 암기의 고수가 손이 망가지면 더 이상 무공을 펼칠 수 없다. 그건 죽음보다 더한 고통일 수도 있었다. 하지만 강약의 조절을 하였기에 반년 이상 잘 관리한다면 일상생활에 지장은 없을 것이다.

하겸이 참담한 표정으로 장랑에게 말을 걸었다.

"쿨럭, 졌네."

"……?"

장랑은 하겸의 말뜻을 이해하지 못했다.

"무슨 뜻이오?"

"쿨럭, 쿨럭. 패배를 인정하는 것이다."

하겸은 입을 열 때마다 기침을 하였고, 그때마다 핏물을 게워냈다.

장랑은 황당하였다.

"거참 우스운 말이로군."

"……?"

하겸이 의아한 눈빛으로 장랑을 바라보았다.

"나는 싸운 것이 아니오. 단지 내 집에 무단으로 침입한 도둑놈을 손봐준 것뿐이란 말이오."

그 말을 들은 하겸은 순간 정신이 멍해졌다. 그리고 눈물이 핑 돌았다. 너무나 화가 나고 억울한 것이다. 녹림맹의 당당한 감찰장로인 자신이 한낱 좀도둑으로 취급되고 만 것이다.

그렇지만 하겸은 산전수전 다 겪은 인물이기에 그는 금방 냉정을 되찾았다.

"우리가 어떻게 해주기를 바라나?"

"정말 몰라서 묻는 것이오?"

장랑은 실소를 머금고 말았다.

“…….”

“좋소. 모른다고 하니 말해주겠소. 빠른 시간 안에 이곳을 원상복귀시켜 놓으시오. 이곳에 살던 관리인 허 노인의 행방을 알려줄 것이며, 삼 년 동안 이곳을 사용한 대가를 배상하시오. 배상금은 은자 십만 냥이으로 하겠소.”

“…….”

모두가 할 말을 잊고 장랑을 바라보았다.

‘십만 냥? 이놈 완전히 미친놈이군.’

얼토당토않은 요구에 하겸은 할 말을 잃고 대꾸하지 못했다.

“왜? 받아들이기 싫소?”

“…….”

“제, 제가 말하겠습니다.”

한 사내가 주변 눈치를 살피더니 조심스럽게 앞으로 나섰다. 그는 장랑의 발길질에 가슴을 걷어채여 대전 문을 뚫고 날아들었던 전갑이었다. 잔머리를 잘 굴리기로 소문난 자였다.

“뭐지?”

“저, 저는 이곳 보계로의 살림을 책임지는 전갑이라고 합니다. 제, 제가 설명해야 할 부분이 있어서…….”

전갑은 장랑의 눈치부터 살폈다. 그는 장랑이 고개를 끄덕이자 곁눈질로 하겸에게 눈짓을 하고는 조심스럽게 입을 열었다.

"첫 번째로 이곳을 비워주는 문제는… 저희 소관이 아닙니다. 그건 맹에서 결정할 사항입니다. 소협께서 직접 맹을 방문하시거나 맹주님과 직접 담판을 지어야 합니다. 배상금 문제인데……"

퍼어어억─!

전갑은 미처 말을 끝내지 못하고 장랑의 발길질에 또다시 가슴을 차여 비명도 못 지르고 오 장을 날아가 벽에 부닥쳐 떨어졌다.

장랑은 되도록 화를 내지 않으려 했지만 전갑의 행동만큼은 용서할 수 없었다.

"노인장, 지금 장난합니까?"

"이, 이보게. 진정하게. 저, 저놈이 미친 모양일세."

하겸은 당황하여 어쩔 줄 몰라 했다. 그는 전갑이 나서는 순간부터 전갑이 하려는 짓거리가 무언지 눈치 챘다. 조금 얄팍한 술수였지만 어쩌면 통할지도 모른다 생각하였다. 장랑이 무공은 고강할지 모르나 강호에 대해 전혀 경험이 없는 풋내기처럼 보였기 때문이다.

하겸 자신이 그런 생각을 했는데 눈치 빠르고 잔머리 잘 굴리기로 소문난 선삽이 그렇게 말하는 것이 당연하였다.

"내 녹림맹 감찰장로로서 약속하겠네. 자네의 요구를 들어주도록 노력함세. 원하면 문서를 써서 기록으로 남기도록 하

지. 다만 당장 실행하기 어려운 부분도 있으니 한 달의 말미
를 주게.”

“한 달? 정말 그 시간이면 깨끗이 정리가 되오?”

장랑은 시간을 벌고자 하는 수작임을 알면서도 모른 척하
고 물었다.

“물론 더 걸릴 수도 있겠지. 세상의 일이라는 것이 늘 계획
대로만 되는 것이 아니라…….”

하겸이 교묘하게 말을 바꾸어 빠져나갈 구멍도 만들었다.

‘참으로 뻔뻔하구나. 손을 조금 더 봐야 정신을 차리겠
어.’

第三章
억지 만남과 우연한 만남

張郎
行路

脯此薰為賜其福佑
迎請神真老君演此真妙經竟
降臨遠得正一　道言廣奉
至大改元四月佛浴焉
日弟子趙孟頫敬

보계산장 뒤편.

무덤은 너무 초라했다. 떼를 씌우지 않아 이름 없는 잡초만 무성했다. 옆에서 말을 해주지 않았다면 무덤인지조차 알아보기 어려웠다.

"무덤자리라도 만들어준 걸 보니 그래도 양심은 있었나 보군."

"……."

"모두 꿇어!"

장랑은 육십 명이 넘는 산적 무리들을 허 집사 무덤 앞에 무릎 꿇렸다.

“…….”

다시는 반항하지 못하도록 철저하게 뭉개뜨렸기에 산적 무리의 대부분은 그냥 서 있기조차 힘들어 엉금엉금 기는 놈이 태반이었다. 그렇더라도 예외는 있을 수 없었다.

단체로 무릎을 꿇고 사죄하는 산적들의 울부짖음이 죽은 허 집사의 귀에 들리지 않겠지만 이 정도면 원한의 반은 풀렸으리라.

장랑은 무덤 앞에 연거푸 세 잔의 술을 따라 올리고 분향했으며 공동파의 법식대로 천도재(薦度齋)도 지내주었다.

'허 집사, 허 집사에게 직접 위해를 가한 두 놈은 반드시 잡아 그놈들까지 이곳에 무릎을 꿇리도록 하겠습니다. 좋아하던 분주(汾酒)가 아닌 싸구려 술이지만 훗날 분주를 준비해 올리도록 하겠습니다.'

허 노인을 죽인 세 명 중 한 명인 전갑은 결국 죽었다. 죽일 의도는 없었는데 벽면에 머리부터 들이받힌 탓에 어쩔 수 없었다.

보계산장을 산적 소굴로 만든 원흉 가운데 두 놈은 진작 녹림맹으로 복귀하였다고 한다. 사실 그들을 징치하기 위해 녹림맹까지 찾아갈 필요는 없었다. 그러나 부친 장만덕이 남긴 단 하나의 유품인 청녕검이 그들 두 명의 손에 의해 녹림맹에 헌납되었다는 사실을 알고 나서는 견딜 수가 없었다. 청명검은 되찾아야 한다. 녹림맹이 아니라 염라대왕전이라 해도 찾아가 반드시 회수해야 할 물건이었다.

청명검이 희대의 명검이라서가 아니다. 부친 장만덕과의 소중한 추억이 그대로 담겨 있는 소중한 물건이기 때문이었다.

"모두들 수고했소. 그리고 고맙소."

장랑은 분향을 끝낸 육십여 명의 산적들에게 감사의 인사를 하였다. 사실 그들 가운데 허 집사의 죽음과 직접 관계된 사람은 드물었다. 단지 동료를 잘못 둔 관계로 죽지 않을 만큼 얻어맞았으며, 한 번도 본 적 없는 노인을 위해 무릎을 꿇고 사죄를 해야만 했다. 장랑도 그것을 잘 알기에 그들에게 고맙다는 표현을 한 것이다.

구대문파 비검회가 두 달이 채 남지 않았다. 그 안에 일을 마무리를 짓고 소림으로 달려가려면 서둘러 움직여야 한다.

"너, 일어서라."

장랑은 신임로주인 소현설을 길잡이로 삼을 작정이었다. 녹림맹의 본거지를 찾기 위해 태행산맥 전체를 뒤지고 다닐 수 없는 일이다.

무리들 틈에 끼어 몸을 사리고 있던 소현설이 뭉그적거리면서 일어섰다.

'아, 씨! 재수 더럽게 없네. 왜 하필 나야?'

소현설은 그렇게 생각했지만 지목당한 이상 어쩔 수 없었다.

그는 똥 씹은 얼굴로 어기적거리며 장랑 앞에 다가와 섰다.

"너는 이제부터 녹림맹으로 가는 길 안내자다. 자, 지금 출발한다."

장랑은 거두절미하고 짤막하게 말했다.

"맹으로 가신다고 하셨습니까?"

소현설은 자신이 잘못 들었나 하였다.

"잔소리 말고 앞장이나 서시지."

"그, 그러죠."

'미친놈. 주제도 모르고. 녹림맹이 어떤 곳인지 알고나 그런 말을 지껄이는 건지.'

소현설은 장랑이 황당한 놈이라고 생각했다.

녹림맹은 진정한 의미의 호혈(虎穴)이었다. 난다 긴다 하는 고수들이 줄을 섰다. 친구라면 모를까? 적의 입장에서 단독으로 간다는 건 스스로 죽을 자리를 찾아가는 것과 같았다.

장랑의 무공이 높다지만 십이도객(十二刀客)이나 수호검수(守護劍手) 서넛이면 오금이 저릴 것이다.

'이놈아, 여기서는 그렇게 자신만만하고 큰소리를 치겠지만, 녹림맹은커녕 그 입구조차 구경하지 못하고 머리통을 풀숲에 떨구고 말 거다.'

장랑의 재촉 중에서 소현설은 비릿한 조소를 입에 달고 앞서 걸었다.

*   *   *

막소미는 보계산장 현판이 잘 보이는 소로 옆 커다란 바위 위에 앉아 있었다.

바위에 걸터앉은 지 두 시진.

서서히 지루함이 느껴지고 누적된 피로감은 연신 하품을 해댔다. 열흘 밤낮을 거의 쉬지 못하고 말을 몰아 달려온 탓도 있지만 어디 한곳에 오래 앉아 있지 못하는 그녀의 성격도 한몫하였다.

그러나 가장 큰 이유는 자신이 그를 찾아온 목적에 대해 분명하게 전달할 수가 없다는 것이었다.

난주표국으로 돌아간 후 부친 막금상에게 호된 질책과 함께 근신하라는 엄명을 받았다. 그러나 답답함과 함께 장랑에 대한 생각이 자꾸 떠올라 견딜 수가 없었다.

장랑은 솔직히 잘생긴 얼굴이 아니다.

그런데 자꾸 생각이 났다. 자신을 구해줬다는 것 이외에는 다정한 말 한마디 건네받은 적도 없는데, 그의 모습을 떠올릴 때면 진정시키기 어려울 정도로 가슴이 심하게 두방망이질쳐 가슴을 두 손으로 꼬옥 눌러야만 했다.

남들이 말하는 첫눈에 반한 그런 감정인지는 모르겠지만 시간이 지날수록 간절하게 보고 싶어지는 이상한 매력을 가진 사람이었다.

무작정 표국을 빠져나왔고 정신을 차리고 보니 그를 찾아 말을 달리고 있었다. 어디서 그런 용기가 생겨났는지 부친의 명까지 어기고 집을 빠져나올 정도로 과감한 행동을 하는지 스스로에게 많은 질문을 해보았지만 얻을 수 있는 답은 오로지 '모르겠다' 뿐이었다.

장랑을 만나겠다는 일념 하나만으로 공동을 향해 말을 달렸다. 그러나 공동에 도착한 때에는 벌써 길이 엇갈리고 난 다음이었다.

그 순간 이유도 없이 바짝 약이 올랐다. 그토록 보고 싶어 가출까지 감행했건만, 그 마음을 몰라주고 관심조차 보이지 않는 장랑에 대한 원망도 생겨났다.

"소저, 옥하 사숙은 고향인 보계산장에 잠시 들러 곧장 소림으로 가신다고 했습니다."

이십대 청년 도사의 입에서 그런 소리를 들었다. 관도에 나와서 체면 불구하고 묻고 또 물어 결국 보계산장을 찾아냈다.

아주 늦지는 않았는지 멀리서 장랑이 한 사내를 앞세우고 산장 안으로 들어서는 모습을 발견했다. 즉시 쫓아 달려가 장랑을 부르고 싶은 마음이 간절하였다. 그런데 막상 입이 떨어지지 않았다. 그리고 깨달았다. 자기 자신도 이곳에 온 이유를 알지 못한다는 것을……

장랑은 아무리 생각해도 납득이 되지 않았다.

막소미는 난주표국에 있어야 옳았다. 마적토벌에 관한 일이 마무리되고 며칠이 지나지 않아 토벌대는 모두 각자의 길을 떠났다. 그때 막소연은 장랑에게 아쉬운 눈길을 주며 무공 수련이 더 필요한 이유를 전했고, 다음날 아미파 여승들을 따라 재입산하였다.

막소미는 표국에 도착하자마자 많은 사람들 앞에서 부친에게 눈물이 쏙 빠지도록 혼찌검이 났다. 난주표국을 떠나는 날 막소미가 후원에 갇혔다는 소리를 금적산을 통해 들었다. 그런데,

"막 소저? 어떻게 여기에?"

"그, 그게… 공동에 가보니… 이곳에 계실 거라 해서요."

양 볼이 귀까지 빨갛게 달아오른 막소미가 겨우 입을 열었다.

"공동산에 다녀오셨습니까?"

"……."

"그러셨군요."

장랑이 할 수 있는 말은 그것밖에 없었다.

결심이 굳은 탓일까?

보계산장을 출발한 이후 지난 며칠 동안 장랑은 거의 입을 열지 않았다. 사람이 너무 달라져 마치 다른 사람을 보는 듯했다. 물론 장랑이 반갑고 살갑게 대해주리라고는 기대하지 않았다. 그렇지만 시간이 지날수록 너무한다는 생각은 점점

더 커져만 갔다.

우락부락한 표국 사내들 틈바구니였지만 금지옥엽처럼 곱게 자라왔고 적어도 표국 안에서만큼은 공주와 버금가는 대우를 받아왔다. 그런데 풍찬 노숙도 마다 않는 장랑 때문에 꼴이 말이 아니었다. 하지만 그 정도는 얼마든지 참을 수 있었다. 그건 표국을 나설 때 이미 각오한 바였다.

듬직한 장랑이 견정한 모습을 보일수록, 또 그 견정함이 지나쳐 자신에게 무뚝뚝하게 대할 때마다 서럽고 억울한 생각이 들어 눈물이 나오려 하였다.

그런 힘든 순간이 찾아올 때마다 꾹 참고 명랑함을 가장해 장랑 곁에서 앵무새처럼 계속 주절거려 보지만… 장랑은 그저 무심한 눈길로 자신을 바라볼 뿐이었다. 몇 번이나 같은 시도를 해보았다. 하지만 그때마다 돌아오는 대꾸도 없었고 가끔 돌아오는 대답은 그녀가 원하거나 만족할 만한 내용은 아니었다.

스스로가 마치 매정한 주인에게 조금의 귀여움이라도 받아보려고 꼬리치고 애쓰는 한 마리 애완견과 같다는 느낌이 들었다.

'도대체 뭐가 문제일까?'

박소미의 속마음을 아는지 모르는지 장랑은 그저 앞만 바라보고 묵묵히 걷고 있을 뿐이었다.

강행군은 아니었지만 느긋한 휴식은 거의 없이 계속 걸음을 옮겨 보계를 출발한 지 열흘 만에 태행산맥 초입 능천(陵川)에 도착했다.

녹림맹 산채까지는 아직 이백여 리가 넘게 남아 있었다.

그러나 여기부터가 녹림맹의 실질적인 세력권 안쪽이라 할 수 있었다.

기가 죽어 늘 구부정한 자세이던 소현설이 어깨를 펴고 걷기 시작한 것도 능천에 도착하고서부터였다.

숲 속에서 맞이한 삼거리.

장랑은 갈림길에 잠시 멈춰 섰다. 길옆 숲 한쪽에서 미세한 인기척이 느껴진 장랑은 그 방향을 잠시 바라보다 피식 알 수 없는 미소를 지은 후 시선을 돌렸다.

왼쪽 길은 능천현으로 가는 오르막길이요, 오른쪽은 태행산을 넘어 하남 땅으로 내려가는 길이다.

장랑은 오랜만에 막소미의 눈을 똑바로 쳐다보았다.

"막 소저, 여기서부터는 인가도 없고 오직 울창한 원시림과 도적 떼뿐이오. 이쯤에서 헤어졌다가 다시 만납시다."

"네?"

막소미가 놀라 눈을 동그랗게 뜨고 기가 막힌다는 표정을 지었다.

"장 소협, 너무 무책임한 것 아닌가요?"

장랑은 고개를 가로저었다.

"처음부터 동행을 원하지도 않았고 막 소저가 막무가내로 따라오기에 막지 않았을 뿐이지만 이곳부터는 안전을 책임질 수 없소. 사실대로 말하자면 너무 위험하기에 내 한 몸 간수하기조차 어려울는지도 모르오. 막 소저, 나는 막 사형을 웃는 얼굴로 보고 싶소."

"그, 그럼 내가 짐이 된다 이 말이군요."

막소미는 분한 마음을 감춘 채 처연하고 애처로운 표정을 지으며 말했다.

"구태여 표현하라면…… 그렇소."

막소미의 애처로운 눈물 연기 속에서도 장랑은 돌려 말하지 않았다. 이럴 때는 냉정할 필요가 있었다.

그러나 막소미는 쉽게 포기하려 들지 않았다.

장랑이 턱으로 소현설을 가리켰다.

"막 소저, 저자를 보시오. 벌써부터 희희낙락하지 않소?"

막소미의 시선도 소현설을 향했다.

소현설은 장랑이 말한 대로 이제까지와는 전혀 다른 표정을 짓고 있었다. 더 이상 주눅 들거나 겁먹은 표정이 아니었다.

막소미는 고개를 끄덕이며 다시 한 번 눈물 연기를 펼쳤다.

"좋아요. 이해해요. 그런데 왜 하필 이곳이죠? 일단 마을에 들어가 간단한 요기라도 한 후 헤어져도 되지 않나요?"

막소미는 잠시만이라도 더 함께 있고 싶었다.

"내게는 그럴 만한 시간적 여유가 없소. 되도록이면 빠른 시간 안에 일을 마무리 짓고 싶소. 때문에 나는 여기서 곧장 산을 넘어 녹림맹 산채로 직행할 작정이오."

그 말을 들은 막소미는 눈물연기에다 걱정스런 표정을 더해 더욱더 애처롭게 장랑을 만류하기 시작했다.

"녹림맹이 얼마나 위험한 곳인 줄 모르나요? 제발 어제 내가 말한 대로 해요. 마을로 들어가서 연통을 넣어 녹림맹 사람들을 부르세요. 아무리 흉악한 도적들이라도 마을 안에서는 함부로 도발하지 못할 거라고요."

"조금 전 말했듯이 위험하다는 점은 나도 잘 아오. 그러나 이건 직접 부닥쳐 해결해야 할 문제요. 그리고 나는 내 나름대로의 생각이 있소. 그러니 소저는 더 이상 내 염려는 말고 스스로의 안전이나 걱정하시오."

"그렇게 안 봤는데… 당신, 정말 매정하군요."

막소미는 곧 울음을 터뜨릴 기세였다.

"……"

장랑은 더 이상의 말은 하지 않았다. 지금까지 동행을 방조한 것은 막금상의 체면 때문이었다. 그러나 이젠 정말 안 된다. 죽을지 살지 모르는 위험한 장소에 막소미를 동행시킬 수 없었다. 막소미가 아닌 다른 사람이라 해도 같은 결정을 내렸을 것이다.

'어린아이라면 볼기짝이라도 때려 포기시키련만…….'

막소미가 움직이려 하지 않으면 자신이 먼저 움직이면 된다.

"가자."

소현설을 대하는 장랑의 목소리가 이전보다 더 차가워졌다.

'이 자식, 정말 완전히 맛이 간 놈이네.'

소현설은 장랑이 말짱한 정신의 소유자인지 의심스러웠다. 한실력 한다는 것은 인정한다. 그러나 녹림맹도(綠林盟徒)는 일만을 상회하는 숫자였다. 맹의 본채에도 상주 인원이 천 명이 넘는다. 그런 곳에 혼자 들이닥친다는 것은 미친 짓이 분명했다.

'뭘 믿고 이런 정신 나간 짓을? 그깟 검 한 자루가 뭐가 그리 중요하다고? 하긴! 죽겠다고 용쓰는 놈을 내가 왜 걱정하누. 쯧!'

한편.

길옆 풀숲에 웅크리고 앉아 있던 운마행(雲馬行)은 짜증스러웠다. 길을 잘 지나가던 놈들이 갑자기 멈추어 서서 왜 안 움직이는 것인지…….

'에구! 저것들을 그냥 콱! 너희들, 빨리 안 갈래?' 라고 소리치고 싶었다.

하지만 상황이 상황이니만큼 입을 닫고 있을 수밖에 없었다.

조금 전 느닷없이 아랫배가 요동을 쳤다. 너무 급해 체면 차릴 만한 여유가 없었다. 관도를 벗어나 숲으로 들어가는 순간에 이미 허리춤을 풀고 있었다. 그리고 자리를 잡기도 전에 허여멀건한 엉덩이를 까고 말았다.

그때 마침 장랑 일행이 접근해 오고 있었다.

순간 운마행은 기겁을 하고 말았다. 인간의 가장 원초적이면서 통쾌한 기쁨 중의 하나인 배설. 그 즐거움은 혼자서 만끽하는 것이 최고로 좋다. 게다가 배탈이 났을 때 꾹꾹 참다가 개방작업(?)을 해본 사람만이 느끼게 되는 그 짜릿함과 통쾌함, 아울러 나른한 해방감…….

그 대단하고 엄청난 행복을 놈들 때문에 빼앗겨 버렸다.

괄약근을 개방하는 순간 우렁찬 굉음(?)과 함께 와르르 쏟아져 나와야 할 그것들이 귓전을 때리는 여아의 목소리가 본능에 강력한 경고음으로 작용하는 바람에 제대로 쏟아내지 못하고 삐질삐질 흘러내리게 하는 수밖에 없었다.

배설에 대한 통쾌함을 느끼기는커녕 고약하기 이를 데 없는 냄새와 참을 수 없는 모욕감, 그리고 뭔지 모를 찝찝함이 남았다.

때마침 산들바람이 불었다.

'이런 젠장할!'

운마행은 하늘이 노래졌다. 소리는 어찌어찌해서 감출 수 있지만 냄새까지는… 자신없었다.

장랑 일행 중 가장 빠른 반응을 보인 사람은 누구보다 예민한 코를 가진 소현설이었다.

"아이 씨, 이거 무슨 냄새야? 누가 똥 싸는 거 아니야?"

소현설이 주변을 둘러보았다.

"우와! 진짜 진하네! 뭘 먹었기에? 우— 우웩!"

소현설은 더 이상 참지 못하고 욕지기를 하고 말았다.

인간의 비강 구조는 서로 다르지 않다. 장랑과 막소미도 예외는 아니었다. 그나마 장랑은 숲 속에서의 기척을 이미 눈치를 채고 있던지라 얼굴을 찡그리지 않았지만 막소미는 전혀 달랐다. 그녀는 난데없이 풍겨오는 고약한 냄새 때문에 정신이 혼미해지고 현기증이 일어나는 바람에 억지로 숨을 멈추고 말았다.

무얼 먹고 배설하는지 독하기는 엄청나게 독했다. 사방이 탁 트인 야외에서 숨 쉬기조차 곤란하니, 밀폐된 공간에서라면…… 열이면 열, 백이면 백, 누구라도 얼굴이 누렇게 뜨고, 입에 거품을 물고 꼬꾸라졌을지도 몰랐다.

"……"

쪼그리고 앉아 있던 운마행은 소현설의 빈정거림이 신경에 거슬렸다.

'저놈이? 야, 네놈은 안 싸고 살어?'

운마행은 그렇게 한마디 쏘아붙이고 싶었다. 그러나 체면 때문에 일단 꾹 참았다. 그런데 이어지는 소현설의 구토 소리에 그만 인내심을 잃고 말았다.

백육십 년 넘게 살아오는 동안 지금 같은 상황을 몇 번 겪었지만 이번처럼 모욕적인 느낌은 처음이었다.

'이런 쌍, 저 우라질 놈의 새끼!'

항문 개방의 짜릿한 즐거움(?)을 빼앗긴 것도 억울한데, 놀림까지 당해야 한다는 것은 도저히 참을 수 없었다.

오랜만에 나선 강호나들이 첫날, 예기치 않은 상황이 일어나는 바람에 개망신이었다.

운마행은 흘러내리는 그것들을 대충 뒷마무리(?)한 후 벌떡 일어섰다. 그리고는 곧장 장랑 일행을 향해 성큼성큼 걸어갔다.

"고얀 놈들! 어르신께서 속이 불편해 잠시 일을 보시는데 방해를 하다니……."

"……."

"……?"

"……?"

장랑을 비롯한 삼 인 모두가 머쓱한 표정이었다.

"왜 그래? 참, 구역질을 해댄 썩을 놈이 누구야? 빨리 앞으로 튀어나와!"

운마행은 장랑과 소현설을 번갈아가며 노려보았다.

숲 속에서 갑자기 등장해 고함치는 백발노인. 그 노인의 입에서 나온 말은 모두의 입을 봉하게 만들었다.

소현설이 움찔했다. 운마행의 날카로운 시선은 곧바로 소현설의 얼굴에 가서 꽂혔다.

"오~ 너냐? 네놈이 맞군. 너 이리 와!"

운마행이 손가락을 까딱였다.

"나 말이오?"

소현설은 손끝으로 자신의 얼굴을 가리켰다.

"그래, 너!"

소현설은 다짜고짜 반말에다가 이놈저놈 하는 노인이 곱게 보일 리 없다. 자세히 보니 환갑은 넘었고, 칠십에는 조금 못 미쳐 보였다. 큰 키처럼 보였지만 알고 보니 중키였고, 적당히 살이 오른 체격이 아니라 비쩍 말랐다.

'늙은이가 미쳤군!'

소현설은 절로 헛웃음이 나왔다. 평소 같으면 큰 소리로 호통 쳐 쫓아버리거나 한 대 쥐어박았을 것이다. 하지만 지금은 인질 아닌 인질로 끌려가는 처지이기에 평소처럼 거친 성정을 내보일 수 없었다. 그럼에도 부아가 치밀어 견딜 수 없었다. 소현설은 장랑의 눈치를 살폈다. 장랑은 그저 흥미롭다는 표정으로 노인의 행동 하나하나를 유심히 바라볼 뿐이었다. 이에 소현설은 용기를 내었다.

"뭐 뀐 놈이 성을 낸다고… 노인장! 원인은 노인장의 응가 때문이 아니었소? 그래, 너무 급한 나머지 옷에 응가를 묻히지는 않았소? 크크크킄!"

소현설은 말하다 말고 혼자서 웃음을 터뜨렸다.

“저, 저, 이놈이?”

운마행은 기가 막혔다.

“볼일을 제대로 못 보고 중간에 잘리는 바람에 억울한 모양인데… 노인장, 얼른 가서 뱃속에 남아 있는 놈들도 마저 밀어내시오. 그래야 개운하지 않겠소. 여기서 괜히 시비 걸지 말고 서둘러 작업(?)이나 계속 진행하시오.”

“이런 쳐 죽일 놈! 인생에 있어 식도락과 함께 최대의 즐거움이 바로 ‘응가’의 즐거움이거늘! 이 어르신의 즐거움을 방해한 것도 모자라 능멸까지? 네 이노옴!”

운마행의 호통 소리는 뜻밖에도 컸다. 지금까지는 반쯤 장난이었지만 진짜로 화가 나고 있었다.

“왜? 무릎이라도 꿇고 싹싹 빌면서 사죄라도 하리까?”

소현설은 분위기를 파악 못하고 계속해서 빈정거렸다. 그는 점점 더 대담해져 가고 있었다. 얼마 전까지 수하 육십여 명을 이끌던 소산채(小山寨) 채주였던 몸이라 닭 모가지조차 비틀 힘이 없어 보이는 노인은 눈에 차지 않았다.

‘내가 저런 멍청한 놈을 상대로 농을 즐기려 했다니……’

운마행은 스스로에게도 화가 났다. 이건 완전히 소탐대실이었다. 그는 장난을 끝내기로 마음먹었다.

“거기 멍청한 놈, 너 오늘 운이 좋은 줄이나 알아. 에잉.”

운마행이 고개를 설레설레 흔들었다.

“멍청한 놈이라니? 이봐, 늙은이. 정말 한번 해볼 테냐?”

소현설은 팔소매를 걷어붙이고 위협적인 눈빛으로 운마행을 쏘아보았다.

"저놈이 한 대 맞아봐야 정신을 차리겠구나."

말이 떨어지기 무섭게 운마행의 몸이 허공을 날았다.

번쩍!

어떻게 움직였는지 모른다. 그냥 허공을 가로지른 운마행이 소현설의 뺨을 보기 좋게 후려쳤다는 정도만 느낄 수 있었다.

짜— 악!

공력이 실리지 않았지만 눈부시게 빠른 속도였다.

"윽!"

신음 소리와 함께 비틀거리며 물러서던 소현설이 눈을 부릅떴다. 그의 뺨은 대번에 시뻘겋게 부어올랐다.

지켜보던 장랑은 깜짝 놀랐다. 전광석화가 따로 없었다. 자신이 전력을 다한다 해도 노인의 속도에 절반이나 미칠까?

'대단한 실력이다. 노인의 몸에서 어떻게 저런 움직임이?

장랑이 감탄을 하고 있는 사이 소현설의 눈은 뒤집혀 있었다.

"이 개 같은 늙은이. 가만 안 둔다."

소현설은 자신이 어떤 식으로 맞았는지 모른다. 그냥 맞은 것이 억울하고 분했나. 그는 아무 생각도 없이 무작정 운마행을 향해 미친 듯이 달려들었다. 하지만 가엾게도 그의 그 움직임은 운마행에게 반대편 볼따구니마저 대준 셈이었다.

짜악! 짝!

연속 두 대의 뺨을 더 얻어맞은 소현설은 현기증을 일으키며 빙글 돌아 땅바닥에 나뒹굴고 말았다. 무의식적으로 벌떡 일어난 소현설은 자신도 모르게 두 주먹을 불끈 쥐고 공격하려는 자세를 취했다. 그러나 겁이 나는지 움직이지 않고 그 자리에 붙박이처럼 그냥 서 있었다.

"저놈이? 아직도 정신을 못 차리고 도끼눈이네? 너, 눈 안 풀어? 정말로 어디 한군데 부러져야 정신 차릴래?"

이번엔 운마행이 슬그머니 팔을 걷어붙였다.

이때 장랑이 중간에 끼어들었다.

"노선배님, 이쯤에서 끝내시죠. 행여 노선배님의 위명에 누가 될까 염려됩니다."

운마행은 잠시 주춤했다.

"응? 위명? 너 나 알아?"

"저는 장랑이라고 합니다."

예의를 갖춘 인사였지만 동문서답 격이었다.

"이놈아, 내가 언제 네놈 이름을 물었어? 나 아느냐고 물었지."

운마행의 언성이 높아졌다.

장랑은 고개를 저었다.

"모릅니다. 하지만 방금 보여주신 신위와 연세를 고려한다면 강호에서 낮지 않은 위상을 가진 분이라 판단됩니다. 이자는 산적에 불과합니다. 노선배님은 이런 자와 다툴 만한 분은 아니라고 생각하는데, 제가 틀렸습니까?"

장랑은 여전히 예의를 갖추었다.

"쩝! 신위라고 말하기는 좀 그렇고……. 에잉! 그런데 네놈 이 이렇게 나오면 재미가 없어지는데……."

운마행은 입맛을 다시며 물러섰다. 그러던 그의 눈빛이 한 순간 번쩍였다.

장랑에게서 풍겨지는 기운이 낯설지 않았다. 안으로 잘 갈 무리되었기에 어지간한 무인들은 눈치 채지 못하겠지만 운마 행에게 그 정도는 별것 아니었다. 운마행은 확인하는 차원에 서 장랑에게 미약한 기운을 흘려보냈다.

파사사삭!

장랑과 운마행은 일 장 이상 떨어져 서 있었다. 더구나 두 사람 사이는 아무것도 없는 빈 공간이었다. 그런데 갑자기 두 사람 사이의 빈 공간에서 바싹 마른 나뭇잎 부스러지는 소리 가 들렸다.

'오! 제법인데! 그런데 설마… 태음진공(太陰眞功)?'

운마행은 고개를 갸웃거렸다.

'거참 재미있는 놈이로군.'

방금 흘려보낸 미약한 기운은 자신에게는 미약할지 몰라 도 일반 무인에게는 엄청난 압력으로 작용될 수도 있었다. 그 런데 그걸 아무렇지도 않게 받아내고 더욱이 표정의 변화도 없었다. 운마행은 무척이나 큰 장랑에게 흥미가 생겼다.

태음진공은 백 년 전에 직접 만든 자신만의 독문내공심법. 전혀 뜻밖에 그 내공심법을 익힌 놈을 만난 것이다.

운마행은 조금 전보다 일 할의 진기를 더 보태 장랑에게 흘려보냈다.

이 할 내공. 그 정도면 거의 일 갑자에 가깝기 때문에 장랑이 당장 곤란에 처할 것이라 생각했다.

파파팟!

그러나 마치 금성철벽에 부닥친 느낌이 왔다.

'뭐야? 이 기운은?

마주한 내공은 태음진공과 비슷한데 꼭 태음진공이라 말하기엔 애매한 부분도 있었다.

이때였다. 무언가 눈에 보이지 않는 부드러운 기운이 가슴 주변을 서서히 압박해 왔다.

'헛! 이 운마행에게 감히 역공을? 있을 수 없는 일이지. 요 노옴! 너 맛 좀 봐라!'

운마행은 공력을 더 높였다. 삼성의 공력.

그 정도면 한 갑자 반을 훨씬 상회하는 공격이기에 어지간한 무인이라면 당장 피를 토하고 죽을 수 있었다. 하지만.

지이이이잉—!

꽈아앙!

멀쩡한 대낮 숲 속 가운데서 난데없는 폭발음이 터져 나왔다. 자욱한 흙먼지와 함께 장랑과 운마행 사이에 폭 반 장, 깊이 반 자가량의 작은 웅덩이가 생겨났다.

폭발의 여력으로 장랑의 신형은 크게 휘청거렸으며, 소현설과 막소미는 영문도 모르고 이 장 밖으로 떠밀려 나갔다.

'이놈! 정말로 제법인데?'

운마행은 놀라움을 감추지 못했다. 삼 할의 내공이라지만 자신의 내공은 다섯 갑자가 넘는다. 즉, 자신에게는 고작 삼 할에 불과하지만 절정고수라 해도 그 정도만으로 오장육부가 박살나고, 피떡이 되어 즉시 절명해야 맞았다. 그런데 젊은 놈은 겨우 몸을 휘청거리며 물러서는 정도였다.

"야! 어려서부터 영약만 처먹었냐? 어린 놈이 왜 그렇게 내공이 높아? 그리고 그 내공은 어떻게 익혔어?"

운마행은 더는 참지 못하고 씩씩거리며 입을 열었다.

"……."

놀라고 있기는 장랑도 마찬가지였다. 자신의 내공 수위는 두 갑자 반. 초식의 운영과 숙련도, 그리고 활용 면에서 미흡한 편이지만 내공만 따지자면 강호의 최고 강자들과 어깨를 겨룰 정도는 되었다.

그런데 공력을 육 할 넘게 끌어올렸음에도 평수를 이루기는커녕 밀렸나.

더욱 놀라운 것은 노인의 내기(內氣)는 음유한 공력. 자신이 수련한 태음진결과 상당한 부분이 비슷하였다.

태음진결은 태음진공을 바탕으로 자신이 만든 내공심법.

궁금증이 생겼다.

"노선배님, 저도 묻겠습니다. 사문이 어떻게 되십니까?"

일반 무림인 사이에 그렇게 대놓고 묻는다는 건 큰 실례였다. 더구나 백발이 성성한 노인에게 그런 질문을 던진다는 것은 상식을 뛰어넘는 대단한 무례였다. 그렇지만 장랑은 그런 큰 무례인 줄 알면서 물었다. 노인이 자신에게 악의가 없음을 직감했기 때문이고, 태음진공에 대한 궁금증을 풀 수 있는 좋은 기회였기 때문이었다.

"요놈, 그건 방금 내가 물은 말이다. 너야말로 그 내공을 어디서 익혔어? 설마 뜬금없이 '책 보고 배웠다' 라는 헛소리를 지껄이진 않겠지?"

장랑은 뜨끔했다. 자신의 답을 미리 예상이나 하는 듯이 물으니 그럴 수밖에 없었다.

장랑은 노인의 정체가 정말로 궁금해졌다. 순간.

그 순간 문득 떠오르는 인물이 있었는데, 그는 바로 광선 노인이었다.

'설마?'

장랑은 마음속으로 금방 고개를 가로저었다.

'그럴 리가 없어.'

강호잡기총요를 써낸 광선 노사는 책 집필 당시 이미 백 세를 넘긴 나이였다. 그 당시도 천수를 누릴 만큼 충분히 누린

호호백발 노인이었다. 책자가 강호에 나와 공동산으로 흘러들어 온 시기는 대충 계산해도 삼사십 년이고, 장랑이 그 책자를 가지고 십 년 가까이 수련을 했으니……. 광선 노사가 살아 있다면 나이가 적어도 백육십 이상이라는 소리였다. 진시황.

진시황(秦始皇)의 불로장생 영약을 먹었다면 모를까? 인간의 육신으로 지금까지 그만큼 살았다는 이야기를 들어본 적도 없고, 또 그런 기록도 없었다.

"너! 장랑이라고 했지?"

"네."

장랑은 고개를 끄덕였다.

"어디 가는 길이냐? 나도 같이 다니면 어떻겠느냐?"

운마행이 슬그머니 화제를 바꿨다.

"네?"

운마행이 피식 웃었다.

"짜식! 놀라기는. 나 지금 무지하게 심심하거든."

"아무리 심심하다고 해도……."

"아! 잘됐다. 이제 네놈을 따라다니면서 그 무료함이나 달래야겠다."

"……."

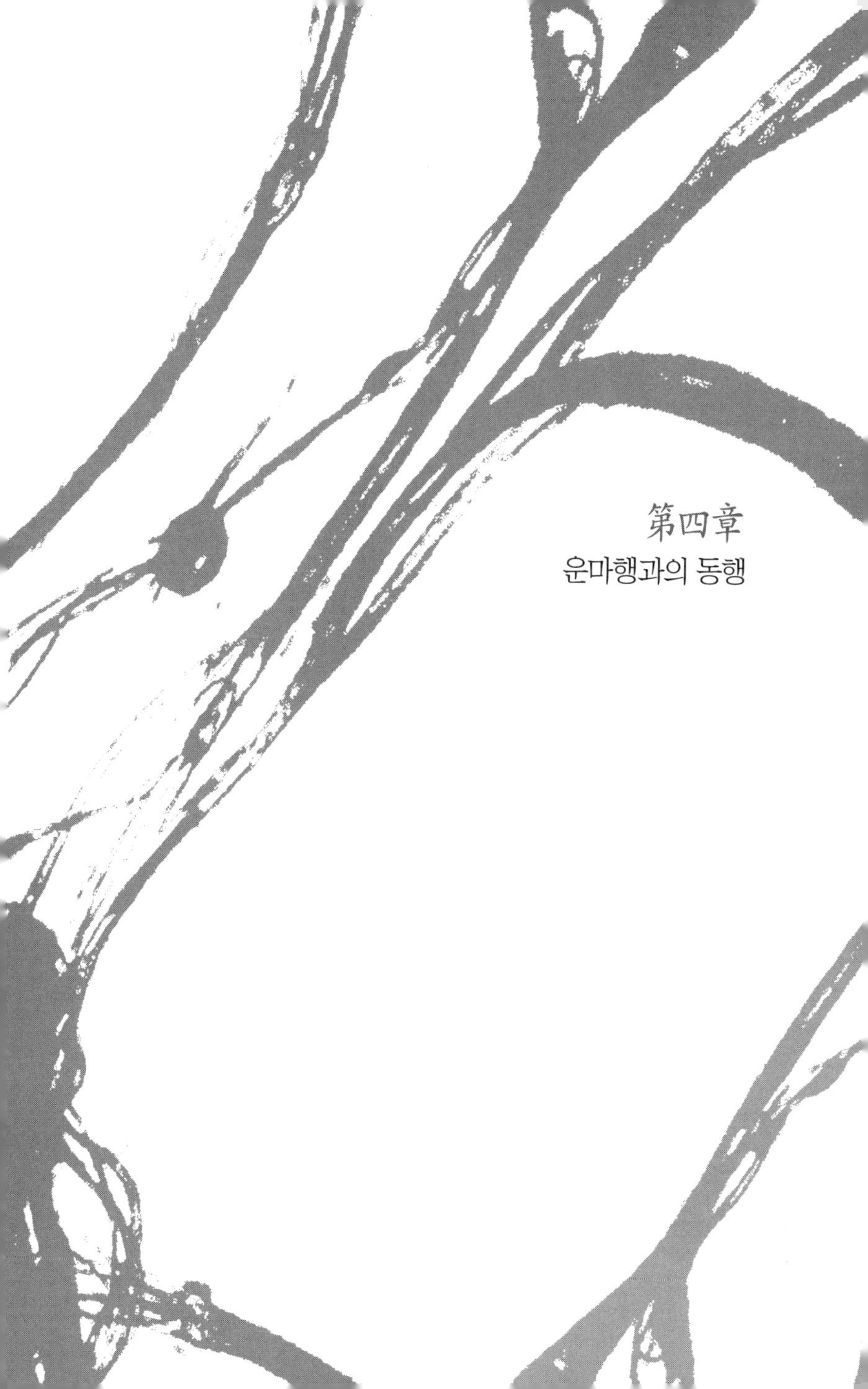

第四章
운마행과의 동행

姉迎請神真老君演此真妙經竟
吾降臨遠得正一　道吉廣奉
至大改元四月佛浴為
日弟子趙孟頫敬

　　운마행은 뜻밖이라는 얼굴이다. 지금까지의 장난스런 표정은 온데간데없고 진지하게 변했다.

"뭐? 공동의 문하라고?"

"네."

"공동에서 어떻게 너 같은 놈을? 송진 도장! 그놈이 자기 말에 책임지려고 무척 애쓰고 노력한 모양이로구나."

"……"

　　장랑은 운마행의 말뜻을 이해할 수 없었다.

　　송진 사백조의 덕을 많이 본 건 사실이었다. 그러나 꼭 송진자 때문에 온몸을 던져 죽기 살기로 수련에 매진한 건 아니다.

'짜식, 제자 하나는 잘 키웠군!'

이때 운마행은 송진 도장의 모습을 떠올리고 있었다. 벌써 수십 년이 지났지만 바로 어제의 일처럼 기억이 생생하다.

당시 소림과 무당을 차례로 방문한 후 마지막으로 공동파에 찾아갔다.

당시 송진자는 삼십대 중반 나이였다. 강호사에 좀처럼 보기 힘들 정도로 이른 나이에 장문인 자리에 올라 있었다.

공동파에는 원래 반나절 정도만 머물 계획이었다. 그런데 송진자와 이야기를 나누어보니 뜻밖에 무척 박식하고 젊은이답게 패기만만했다. 운마행은 그런 송진자가 마음에 쏙 들어 삼 일간 더 머물렀다.

송진자는 꿈이 야무졌고 이상이 높았다. 말투도 무척 인상적이었다. 그래서 공동파 하면 먼저 떠오르는 것이 송진자의 모습이다.

송진자는 훌륭한 제자들을 많이 길러내 공동을 천하제일 문파로 만들어 강호에 군림시키겠다고 큰소리쳤다. 패기는 높이 사줄 만했지만 듣다못해 핀잔 준 기억이 있었다.

"이놈아, 강호가 그리 만만한 곳인 줄 알아? 장문인 자리에 앉은 놈이 그런 것도 몰라?"

"노선배님, 두고 보십시오. 당대에 이루지 못한다면 후대에서라도 꼭 그렇게 되도록 만들겠습니다."

송진자는 결연한 모습을 보였다.

"쥐뿔도 없는 놈이 큰소리는……. 알았어. 자, 이제 시간 없으니 새로 발견했다는 그 앙혈천세인가 뭔가 하는 그 초식이나 펼쳐 봐!"

"그래도 제가 명색이 장문인인데 본 문의 절기를 외부로 유출시키기는……."

송진자는 주저하였다.

"어린 놈이 걱정도 팔자다. 빨리 해봐."

"……."

"허! 네놈도 무당의 그 늙다리처럼 죽도록 두들겨 맞고 난 다음에야 정신 차릴래? 며칠 전 무당에 들렀더니 장로 서너 놈이 합심하여 덤비더라. 기분도 꿀꿀하던 참에 잘되었다 생각해 그놈 가운데 한 놈을 반쯤 죽여놓았다. 그랬더니 장문인이라는 놈이 나타나 자진해서 애지중지하던 태극혜검하고 면장을 질리도록 시연하더라."

송진자가 눈을 동그랗게 떴다.

"무당에서 태극혜검과 면장을? 설마요. 그 둘은 무당의 진산지보나 마찬가지인데……. 자존심 강하기로 소문난 무당에서?"

"왜? 못 믿겠어?"

송진자가 못 미더워 고개를 끄덕였다.

"이놈아, 내 주먹이 조금 매운 편이야. 더도 말고 딱 일각

만 맞아봐. 열이면 열! 백이면 백! 누구도 예외없이 피똥을 싸더구나. 너도 시험 한번 해볼 테냐?"

"아, 아니요."

송진자는 고개를 설레설레 저었다.

강호에는 잘 알려지지 않았지만 운마행은 육십 년 전에 이미 각대문파의 장문인들로부터 천하제일인으로 인정받은 사람이었다. 워낙 신출귀몰하여 강호에 모습을 보일 때마다 별호가 바뀌었는데 광선(狂仙)이니 곤륜대왕(崑崙大王)이니 하는 별호가 십여 개에 이른다.

첫날에 멋모르고 덤비려 하자 자신과 몇몇 장로들을 위해 특별한 시연을 감상한 바 있었다.

강철보다 열 배나 더 단단하다는 만년온옥. 그 만년온옥으로 만든 찻잔을 손가락 두 개로 간단하게 박살 냈다. 그냥 박살 낸 정도가 아니라 아예 가루로 만들어 보였다. 일반 찻잔이라면 자신도 충분히 가능하겠지만 만년온옥이라면 하늘과 땅의 차이.

"그럼 어서 초식을 펼쳐 봐!"

운마행이 눈을 부릅떴다.

"그렇지만……."

송진자가 다시 망설였다.

"이놈이 그래도? 몇 번을 말해야 알아들어? 이건 무림 전체의 발전을 위한 일이야. 나는 한 치의 사심도 없어. 설마 내가 구대문파의 무공이 탐나서 이런다고 생각하는 건 아니지?”

“…….”

“각 문파의 무공 중 진정한 가치를 몰라 사장되어 가는 무공을 부활시키려는 취지야. 너희 놈들이 잘하면 내가 왜 쓸데없이 이런 짓을 하고 다니겠냐? 강호무림을 위해 이 한 몸 희생하는 나를 괜히 화나게 만들지 마!”

그런 식의 회유와 협박.

운마행은 공언한 대로 강호의 여러 문파를 돌아다니면서 사장될 위기에 놓인 무공 수십 가지를 되살려 놓았고, 일부는 단점까지도 보완해 주었다. 그런 일들을 하면서 돌아다닌 지 수십 년.

지난 십여 년 동안 자료 정리를 끝냈다. 강호잡기총요 후편을 쓸까 하다가 마지막이라는 생각으로 강호 유람을 나왔다.

회상에서 벗어난 운마행은 장랑에게 살짝 미소를 보이며 물었다.

“건청전 바닥에 아직도 그 발자국들 남아 있지?”

뜬금없는 소리였다.

“발자국? 무슨 발자국이요?”

“내가 공동을 나서면서 선물로 신법 하나 남겨두고 왔는데… 송진 도장 그놈이 나 꼴 보기 싫다고 지워 버렸나? 그럴 리 없는데……. 내용을 알면 지우기 쉽지 않을 텐데.”

"아!"

장랑은 그때서야 기억이 났다.

이백 명이 한꺼번에 모여 수련을 해도 여유가 있는 거대한 규모를 자랑하는 전각. 공동산에 그만한 크기를 가진 전각은 하나밖에 없었다.

건청전.

장랑은 입문하고 한동안 건청전에 드나든 적이 있었다. 건청전에서 노소에 구애됨없이 늘 제자들이 북적대던 한 구역이 있었다.

그곳은 대략 다섯 평 남짓 된다. 그곳은 청석 바닥에 두 치 깊이로 오십 개의 족인이 이리저리 어지럽게 찍혀 있었는데 그건 내공이 반 갑자 이상인 제자들만이 익힐 수 있다는 상승 신법의 보로(步路)였다.

추운신법(秋雲身法).

구결은 따로 없다. 불규칙하게 이리저리 새겨진 그 족인을 따라 걷다 보면 자연스럽게 익혀진다.

족인은 원래 깊이가 세 치가 넘었다지만 많은 제자들이 수도 없이 반복적으로 그 위를 지나다니는 바람에 한 치 이상이 닳아 없어졌다는 소문도 있었다.

추운신법은 자연스럽게 익혀진다고는 하나 실제로는 배우기 무척 어렵고 까다로웠다. 족인이 새겨진 이후 수십 년 동안 수없이 많은 제자들이 달려들었지만 완벽하게 익힌 사람은 극소수였다. 겨우 활용 가능할 수준까지 익힌 사람까지 합쳐도 겨우 십수 명에 불과할 정도로 어려웠다.

그래서 본래 공동파의 무공이 아니지만 자연스럽게 공동파의 여러 신법 중 한 갈래로 자리 잡은 신법이었다.

"그럼 추운신법을 남긴 이인이라는 분이?"

"그걸 추운신법이라 부르나 보지? 하하하, 송진 도장 그놈도 제법 운치가 있군! 가을구름이라… 멋진 이름이야. 사실 그건 내가 아주 우연한 기회에 만든 신법인데 나는 그놈을 분월도(分月徒)라 부르지. 달빛을 갈라 버릴 정도의 빠름! 익히기 조금 까다롭지만 일단 배우고 나면 꽤나 유용하고 쓸 만하지. 고럼."

쓸 만한 정도가 아니라 실제로 대단한 신법이었다.

화산파의 절기 유운신법, 곤륜파가 자랑하는 운룡십팔대식.

그 둘을 합쳐 놓은 신법의 서너 배 정도? 그것이 운마행의 진짜 속마음이었다.

"그랬군요."

장랑은 눈앞의 노인이 광선 노사일지도 모른다는 느낌이 점점 강해졌다. 하지만 물리적으로 앞뒤가 너무 맞지 않았다.

"그렇다면 노선배님께서……."

장랑이 질문을 꺼내려는 순간 운마행이 중간에서 말을 끊었다.

"갑자기 송진 도장 그놈이 보고 싶군. 세월이 지났으니 그놈도 많이 늙었을 거야? 참, 송진 도장 그놈이 아직도 장문 노릇을 하고 있냐? 어지간하면 제자들에게 물려주고 노후를 편하게 지내도 될 텐데 말이야."

운마행이 감회에 젖어 흐뭇한 미소로 물었다.

장랑의 표정이 침울해졌다.

"송진 사백조께서는 팔 년 전에 우회등선하셨습니다."

"엥? 우화등…… . 뭔 소리야. 죽어? 송진 도장 그놈이 죽었다고?"

"네…… ."

"왜? 그렇게 팔팔하던 놈이 왜 죽었어?"

운마행에게 송진자는 아직 팔팔한 청년이었다.

'흠! 십 년 만에 강호에 나왔더니만 또 이런 일이…… .'

어려서부터 잘 아는 지인들은 팔구십 년 전에 대개 다 죽었다. 이후 손자뻘 되는 팔팔한 청년들을 새로이 사귀었는데 이삼십 년이 지나자 또 대부분 죽어갔다. 송진 도장 같은 이들이 세 번째로 작심하고 사귄 놈들이었다. 그런데 이제 그들마저 죽어간다.

'음, 내가 너무 오래 살았나?'

운마행은 인생의 무상함을 다시 한 번 뼈저리게 느꼈다.

장랑은 운마행과의 대화 중에 자꾸 귀에 거슬리는 낱말 몇 개가 있었다. 한번쯤 지적해 주는 것도 나쁘지 않다고 생각했다.

"노선배님, 외람되지만 송진 사백조님께 자꾸 이놈! 저놈! 하면 듣고 있는 저는 무척 곤란합니다. 그래도 한때 일파의 장문인이셨고, 또한 돌아가신 망자이신데 예우가 아닌 듯싶습니다."

"큰소리 뻥뻥 치던 놈들이 왜 벌써 죽어나가!"

운마행은 장랑의 말을 귀담아듣지 않았다.

"노선배님!"

장랑의 목소리가 높아졌다.

"왜? 이놈아!"

"가릴 건 좀 가려주십시오."

"이놈이? 너는 밥만 먹고 목소리 신공만 수련했냐? 뭔 놈의 목소리가 그렇게 커? 나 아직 귀 안 먹었어."

운마행은 장랑의 큰 목소리 덕분에 침울한 기분에서 벗어났다.

"기본적인 예의는 지켜달라고 말했습니다."

"목소리나 낮춰!"

동문서답이 오고 갔다.

"노선배님."

"이놈아, 넌 그렇게 눈치가 없냐?"

"네?"

"송진 도장 그놈이 공동파에서는 어른의 위치에 있는지 몰라도 내게는 저 아래 까마득한 후배야."

"그래도 장문인이면……."

"장문인이고 나발이고 나하곤 상관없어. 너는 머리 허연 늙은이가 이제 막 걸음마 시작하는 어린것들에게 존댓말하는 거 봤어?"

"어린것이라… 노선배님의 올해 연세가?"

"나이는 묻지 마라. 내가 제일 싫어하는 것이 나이를 묻는 거야."

"……."

"나하고 친하게 지내려면 앞으로도 그런 걸 묻지 않는 게 좋아."

의외로 민감한 반응이었다.

"좋습니다. 나이는 그렇다 치고, 별호와 성함은 어떻게 되십니까? 그런 것도 곤란합니까?"

"별호? 나?"

"네."

"너무 많으니까 그냥 운씨 노인이라고만 알아둬."

"운씨요?"

"그래, 그냥 운 노인이라 불러라."

"네."

그렇게 일행이 한 사람 늘었다.

뜻밖으로 운마행은 궁금증이 많았다. 이것저것 꼬치꼬치 잘도 물어보았다. 장랑은 처음에는 성심성의껏 답변을 하였다. 그런데 이만하면 되겠지 하면 다른 질문이 이어지고, 또 이만하면 되겠지 하면 또 다른 질문이 이어졌다. 결국 장랑은 어린 시절 보계산장에서의 이야기부터 공동파로 가게 된 사연, 그리고 만약당에서의 생활까지 운마행에게 보고한 꼴이 되었다. 그것도 모자라 최근에 벌어진 일과 녹림맹을 찾아가는 부분에까지 털어놓을 수밖에 없었다.

운마행은 허 집사의 복수는 그 정도면 충분하다고 말했다. 단지 청명검에 대한 부분은 장랑과 의견이 일치하였다.

하지만 그것도 잠시였다.

"그 꼴난 검 하나 찾으려 녹림맹에 쳐들어간다 이 말이지?"

검 때문에 녹림맹을 찾아가는 무모한 짓을 그만두라는 충고였다.

"노선배님, 꼴난 검이 아닙니다. 저에게는 큰 의미가 있는 검입니다."

장랑은 정색을 했다.

"허허, 이놈! 알았다, 알았어. 그놈 화를 내니까 무섭네. 이제 그만 눈에 힘 풀어."

운마행이 보기에 장랑의 결정은 무모하였다. 장랑이 공동파의 적전제자이니만큼 녹림도 십수 명은 거뜬하리라…….

때에 따라 그 이상도 충분히 상대할 수 있을지 몰랐다. 하지만 녹림맹주는 다르다.

장랑이 상대할 수 있는 인물이 아니었다.

여간해서 잘 놀라지 않는 운 노인이었지만 이십 년 전에 우연히 만나본 녹림맹주는 정말 인물이었다. 그놈은 천생 무인이었다. 뛰어난 오성과 천부적인 재질. 그것에 바탕을 두고 끊임없이 노력하는 뛰어난 놈이었다.

"너, 녹림맹주가 어떤 인물인 줄 알아?"

"모릅니다."

"녹림맹이나 녹림맹주에 대해 아무 정보도 없이 무작정 쳐들어간다 이 말이지?"

운마행은 거듭거듭 같은 질문을 반복했다.

"몇 가지 소문은 들었습니다. 그러나 그런 정도로 판단하기 어려우니 모른다고 봐야겠지요."

"야, 너. 이리 좀 와봐."

운마행이 저만치 앞서 걷던 소현설을 불렀다. 소현설이 쏜살같이 달려왔다.

"팽가 그놈이 아직도 녹림맹주 노릇 하고 있냐?"

소현설이 고개를 끄덕였다.

"음!"

운마행은 이마에 손을 짚었다. 오랜만에 나온 강호나들이에서 첫날부터 골치 아픈 일에 휘말리게 생겼다. 모른 척할 수도 있지만 마음에 걸렸다. 들은 이야기와 정황으로 볼 때 장랑은 자신이 남긴 책자로 공부하고 무공을 수련했음이 분명하다. 정식 사제지간은 아니라 해도 그 정도로 인연이 깊기에 강 건너 불구경할 수도 없는 노릇이었다.

'팽가 그놈을 만만히 봐선 곤란한데……'

강호에서 팽가 놈의 입지는 대단했다.

팽가원(彭街園), 그는 흔히 도왕(刀王)이나 도존(刀尊)이라 불렸다.

중원에 산재한 도적들은 무수히 많다. 그중 산채를 세우고 스스로 녹림이라 칭하는 산적들 숫자만 얼추 일만 명을 상회한다.

그들이 모여 만든 단체가 녹림맹이다. 그 일만 명의 도적들 중심에 팽가원이 있었다. 도적 무리 가운데 녹림맹에 가입하지 않은 무리들도 적지 않았다. 즉, 정식으로 녹림맹에 속하지 않은 산적까지 합치면 녹림도의 숫자는 개방 방도와 필적할 만했다. 녹림맹에 가입하지 않은 놈들의 대부분 역시 팽가원을 존경하고 따랐다.

녹림도는 바보가 아니다. 오히려 누구보다 잔꾀가 많고 처세에 능하다 볼 수 있다. 그들이 왜 팽가원을 따르는가?

강호인들은 팽가원이 녹림맹이요, 녹림맹이 곧 팽가원이라 말한다.

팽가원이 없으면 녹림맹은 존립도 흔들린다고 말한다.

당금 무림에는 누구도 감히 넘볼 수 없는 절대강자가 존재했다. 그들의 숫자는 모두 열 명. 그들을 흔히 십강존자(十强尊者)라 불렀다.

팽가원은 그 십강존자 가운데 도존이었다.

현 강호에서 도에 관해서 팽가원에게 필적할 만한 인물은 거의 없다고 봐도 무방했다. 물론 운마행은 예외다. 십강존자 가운데 운마행에게 한두 대쯤 안 맞아본 인물은 아무도 없었다.

운마행은 고심 끝에 장랑을 만류해 보기로 했다.

장랑이 팽가원의 적수가 아니라서 만류하려는 것이 아니었다. 사내라면 장랑과 같은 객기도 가끔은 필요한 법이다. 그 점은 높이 샀다.

운마행이 장랑을 만류하는 결정적 이유는 팽가원과 나 몰라라 하는 사이가 아니기 때문이었다. 팽가원은 자신을 아버지처럼, 스승처럼 생각해 주었다.

양쪽 모두 인연이 있는데 한쪽 편을 들기는 곤란했다. 그렇다고 중간에서 중재하는 것은 체질상 맞지 않고…….

"이놈, 지금 네 나이에 그 정도 수준이면 아주 훌륭하다. 하지만 팽가 놈을 상대하기엔 무리야. 조금만 참으면 안 될까?"

"……."

"팽가 놈은 강호인 모두에게 인정받는 진짜 강한 놈이야."

운마행은 장랑을 걱정해 하는 말이었다.

하지만 그런 말을 들을수록 장랑은 오히려 반발심만 생겼다. 반발심이 아니어도 그렇다. 녹림맹주는 당장은 아니더라도 언젠가 한번쯤은 꼭 부닥쳐 봐야 할 상대였다. 즉 장랑이 무림인으로 살아간다면 반드시 넘어야 할 산이었다. 당장은 이기지 못해도 어떤 인물인지 한번쯤 얼굴을 보고 싶은 생각도 있었다.

"강자면 뭐 합니까? 그래 봐야 겨우 도적의 수괴에 불과합니다."

장랑은 일부러 과격한 말을 내뱉었다.

"겨우 도적의 수괴? 허, 이놈 봐라!"

운마행은 할 말을 잊었다.

이런 걸 두고 하룻강아지 범 무서운 줄 모른다 하던가?

"너, 녹림도를 벌레보다 못한 존재로, 하찮은 쓰레기 취급하는 무림인들까지도 도적 수괴에 불과한 팽가원을 왜 도존이라 높여 부르는지 알아?"

"……."

"그놈이 녹림맹을 이끌지 않고 팽가에 남아 정도의 길을 걸었다면 도존이 아니라 도황(刀皇) 또는 도신(刀神)이라 추앙받았을 거야. 그 정도로 대단한 실력을 가졌어."

운마행이 팽가원을 치켜세우는 정도가 너무 심해졌다.

"그만 하십시오."

차분하기만 하던 장랑의 목소리가 격앙되었다. 어차피 싸울 상대인데 계속 상대의 칭찬만 늘어놓으니 기분이 좋을 리 없었다.

"화났냐?"

운마행이 장랑의 눈치를 살폈다.

"화는 나지 않았습니다."

"에이, 화가 났군 그래."

"노선배님, 한 방울 낙수(落水)가 만근(萬斤) 바위에 구멍을 뚫었다는 고사를 아십니까?"

"난데없이 고사는 왜 들먹거려?"

"저는 아둔하지 않습니다. 좋은 말도 여러 번 들으면 싫증 나는 법. 하물며… 암튼, 격려까지는 바라지 않으니 기(氣)를 죽이는 말은 이제 그만 하십시오."

"언제 네놈 기를 죽였다고……."

운마행은 풀죽은 목소리로 말끝을 흐렸다.

느껴지는 것이 있었다.

장랑은 처음 보는 순간부터 마음이 끌렸다. 이야기를 나누다 보니 인연이 깊었다. 그래서 충돌을 피하게 하려는 줄 생각했다. 그런데 이제 보니 친밀감의 원인은 무공도 아니요, 인연도 아닌 기질(氣質)이었다.

장랑의 기질이 자신의 젊은 시절과 너무도 많이 닮아 있었다. 어쩌면 지금도 그 기질이 같다고 할 수 있을지도 몰랐다.

'팽가 놈도 나름대로 꽤 매력있는 놈인데. 호방하고 사내답고 패기 넘치고……. 이거야 원. 두 놈 다 마음에 드니 어떻게 한다. 아! 그렇군.'

운마행은 나름대로 묘안을 생각해 냈다.

"좋다, 내가 사과하는 의미로… 뭐가 좋을까? 아! 분월도를 가르쳐 줄까? 어떠냐?"

"분월도? 추운신법이요?"

"그래. 조금 전 네놈 표정을 보니 분월도를 아직 배우지 못한 모양이던데 그걸 가르쳐 주마."

"그걸 왜 제게 가르쳐 주려는 겁니까?"

장랑은 입으로 말은 그렇게 했지만 실은 마다할 이유가 없었다.

"팽가 놈과 맞서 싸우다 실력이 달린다 싶으면 냅다 줄행랑쳐야지. 도망치는 데 분월도만 한 신법이 없어."

"줄행랑이요?"

듣기가 거북했다.

"그래, 실력이 달리면 별수없이 도망쳐야지. 죽기 싫으면 그 수가 최고야."

뜻을 몰랐으면 좋았을 것을…….

"그런 의도라면 구태여 배울 이유가 없군요."

장랑은 고개를 저었다.

"싫어?"

“······.”

“대답해. 싫어?”

“싫습니다.”

“배워!”

“싫습니다.”

“배우는 게 좋을걸.”

“······.”

몇 차례의 옥신각신이 있었다. 분월도는 운마행이 들이대
는 엉뚱한 효용과 달리 매우 훌륭한 보법이었다.

추운신법을 견식한 적 있는 장랑이 그 점을 모르지 않는다.
구체적이고 자세한 설명은 없었지만 ‘강호잡기총요’에 분월
도에 대한 언급도 있었다. 설명에 따르면 한 기인이 자신의
검법 수련을 위해 만들었다는 목적도 언급되어 있었다. 하지
만 도망치기 위해 배우라는 의도라면 받아들일 수 없었다.

“오냐, 네놈이 배우든 말든 나는 가르쳐 줄 테니 익히고 말
고는 네놈이 알아서 판단해.”

운마행은 갑자기 술에 취한 사람처럼 이리저리 비틀거리
는가 싶더니 기묘한 발걸음을 선보였다.

파파팟!

피파파팟―!

땅이 파이고 풀썩이면서 시뻘건 황토 먼지가 뭉글뭉글 피
어올랐다.

잠깐 사이 길 한복판에 한 치 깊이의 발자국들이 새겨졌다. 숫자는 모두 쉰여덟 개.

때로는 촘촘하게, 때로는 뚝뚝 떨어져 있었다. 방향도 제각각이고 일보에 걸음을 옮기기 어려울 정도로 넓게 벌어진 것도 여럿 보였다.

운마행은 발자국들을 뒤편에 두고 뒷짐을 진 상태에서 장랑을 똑바로 쳐다보았다.

"이것이 과거 내가 수련했던 보법의 기본이다. 네놈이 얼마만큼의 재능이 있는지 모르지만 이 보로를 따라 움직여 봐라. 한 번도 넘어지지 않고 끝까지 갈 수 있다면 더 이상 배우라고 강요하지 않겠다."

운마행의 표정에서 자부심과 긍지가 느껴졌다. 그러나.

장랑은 움직이지 않았다.

그를 대신해 움직인 사람은 흙먼지 때문에 입을 틀어막으며 인상을 쓰고 있던 소현설이었다. 그는 운마행과 장랑의 눈치를 살피더니 은근슬쩍 발자국 쪽으로 이동했다. 보로를 잠시 둘러보는 척하다가 슬며시 보로의 발자국 위에 자신의 발을 올려놓았다. 그런데 장랑이나 운마행은 말없이 바라만 볼 뿐 소현설의 행동을 말리거나 제지하지 않았다.

하나, 둘, 셋…….

소현설이 발자국을 따라 한 발 두 발 움직였다. 그러던 어느 순간,

"어, 어어어!"

꽈당!

소현설은 물에 빠져 허우적거리는 사람처럼 양팔을 마구 휘젓더니 몸뚱이가 붕 떴다가 맨바닥에 처박혔다.

소현설은 얼굴이 시뻘게졌다. 그는 벌떡 일어나 씩씩거리며 다시 한 번 보로를 따라 걷기를 시도하였다. 결과는 마찬가지. 그는 발자국 열 개를 넘기지 못했고 이번에는 다리가 꼬여 허무하게 주저앉았다.

"제기랄! 뭔 보법이 이리도 어려워."

소현설은 투덜거리면서 몇 차례 더 시도를 하였다. 하지만 그럴 때마다 소현설은 각기 다른 자세로 넘어지거나 엎어졌다. 그리고 넘어지는 지점은 어김없이 여덟 번째에서 아홉 번째 넘어가는 순간이었다. 소현설은 보기보다 제법 근성이 있었다. 그는 서른 차례가 넘도록 넘어지고 엎어지기를 반복하였다. 그러나 역시 아홉 개의 한계를 넘지 못했다.

"젠장. 좋다 말았네!"

소현설은 만신창이가 된 몸으로 멋쩍은 표정을 짓다가 투덜거리면서 물러섰다. 그러나 그의 눈은 보로에서 떨어지지 않았고 눈알도 부지런히 움직였다. 그건 누가 보아도 보로를 외우려는 시노도 보였다.

"노신선님, 제가 한번 해봐도 될까요?"

운마행이 나타난 이후 얌전하고 다소곳하며, 그림자처럼

있는 듯 없는 듯 뒤만 따르던 막소미가 처음으로 적극적 모습을 보였다.

"몰라. 난 저놈에게 가르쳐 준 거니까 저놈에게 물어봐."

운마행은 어린아이처럼 딴청을 피웠다. 더불어 장랑도 막소미의 시선을 피하며 모른 체하였다. 그녀는 두 사람의 침묵이 곧 허락임을 알았다.

그런데 역시.

막소미 또한 발자국 아홉 개를 넘기지 못하고 넘어졌다. 두어 차례 더 시도를 하였지만 똑같은 결과가 나왔다. 입고 있던 옷이 황토 흙으로 인해 붉게 물들고 얼룩졌다. 민망해진 그녀는 볼이 발그레해진 채로 말없이 물러섰다.

"이제 반 각 남았다. 반 각 후면 저 발자국을 지워 버릴 테니 빨리 결정해."

운마행은 최후의 통첩이라도 하는 양 진지하게 말했다.

장랑은 여전히 반응을 보이지 않았다. 우습게도 막소미와 소현설이 더 안달난 사람처럼 아쉬운 눈빛으로 장랑과 보로를 번갈아 살피고 있었다.

예정된 반 각의 시간이 지났다.

장랑이 입을 열었다.

"이제 그만 출발하시죠."

'저 멍청하고 똥고집 같은 놈!'

운마행은 자신의 성의가 무시당하자 심통이 났다.

“너 잘 들어라. 분월도는 태음진공의 기초를 만드신 창성 노사(創成老師)께서 말년에 창안하신 신법이야. 다시 말해 분월도는 태음진공이 바탕이 되어야 진정한 위력을 나타내는 신법이라는 뜻이다. 네놈이 아무리 훌륭한 보법을 익혔다 한들 태음진공과는 제짝이 되지 않는다는 사실을 알아야 해.”

“…….”

사실 창성 노사는 운마행 본인이었다. 수십 년 전에 쓰던 그의 별호였지만 장랑이 그걸 알 리 없기에 그럴듯하게 포장하기 위해 써먹은 것이다.

“하나 더 알려주는데, 공동에 남겨준 추운신법은 분월도가 맞아. 하지만 분월도가 아니기도 하지.”

“…….”

“너, 혹시라도 나중에 공동으로 돌아가 추운신법을 배우면 그만이라는 생각을 한다면 그건 오산이라는 걸 알려주마. 사실대로 말하면, 공동에 남겨진 추운신법은 분월도를 변형시킨 거야. 분월도는 태음진공을 운용하지 않으면 익히기 어려워. 그래서 조금 변형시켰지. 다시 말해 공동에 남겨진 추운신법은 분월도가 지닌 본래의 위력과 효과의 오분지 일에도 못 미친다는 뜻이지. 명심해 둬.”

운마행의 거듭된 설냉에 장랑의 마음은 조금씩 흔들렸다.

눈치가 백 단인 운마행이 그것을 놓칠 리 만무했다.

“어때? 네놈이 분월도를 익혀 훗날 공동에 돌아가 추운신법을 개선시키고 좀 더 발전시킨다는 생각을 해봤어?"

운마행은 장랑의 약점이랄 수 있는 부분을 슬며시 건드렸다.

장랑의 굳어졌던 표정이 조금은 풀어졌다.

'진작 그렇게 말해주면 어디 덧난답니까? 도망가기 위해 배우라니요……'

장랑은 본래 위력의 오분지 일에도 못 미치는 추운신법을 뛰어난 절기라 여기고 불철주야 땀 흘리며 수련하는 공동의 도사들을 떠올렸다.

"그냥 따라 걷기만 하면 되는 겁니까?"

운마행의 얼굴에 승리의 미소가 돌았다.

"당연하지. 일단 걸어보기나 해. 성공을 하면 그때 좀 더 자세한 내용을 알려주도록 하마."

'뭐야, 이거? 가르쳐 달라고 매달리고 애원해도 모자랄 판국인데, 오히려 내가 배워달라고 사정하고 있잖아? 에휴! 내가 너무 오래 살았어.'

장랑은 별 어려움 없이 보로를 따라 걸었다.

조마조마한 심정으로 그를 바라보던 막소미나 입이 한발이나 튀어나온 소현설이나 단번에 무리없이 움직이는 장랑의 재능이 부러웠다.

"쳇! 하늘은 참으로 불공평하군 그래. 에이!"

소현설은 허공에다 대고 주먹질을 하며 불평을 털어놓았

다. 그러나 운마행을 비롯한 누구도 그에게 관심을 주지 않았
다.

세 번을 왕복한 장랑이 운마행의 앞에 섰다.

"생각보다 별로 어렵지 않네요."

운마행은 빙긋 웃으며 말했다.

"임마, 자만하지 마. 바보가 아니라면 누구나 그 정도는 할
수 있어."

"……."

"자, 지금부터 내가 하는 말을 잘 들어. 방금 말했듯이 분
월도는 보보(步步)마다 진기의 가감이 중요한 보법이야."

운마행은 그렇게 운을 띄운 후 전음성으로 움직일 때마다
어떻게 진기를 넣고 빼는지에 대해 설명을 시작하였다.

장랑은 운마행의 설명대로 보보마다 진기를 조절하여 움
직여 보았다. 그러자 몸이 마치 새털과 같아서 날아갈 듯이
가벼워졌고 걸음을 움직일 때마다 어색하던 느낌도 사라져
버렸다.

지금까지 익혀왔던 보법인 행로유수나 음양미종보는 어린
아이 장난과 같았다. 단 삼 푼의 진기만으로 한 걸음에 십여
장씩 날아 움직일 수 있을 뿐만 아니라 어떠한 자세, 어떠한
상황에서도 방향 전환이 자유로웠다. 그중 가장 마음에 드는
부분은 찰나지간에 십 장 거리를 이동할 수 있는 신속함이었
는데 무림인들이 흔히 말하는 꿈의 경지인 이형환위(移形換

位)가 부럽지 않았다.

완벽하게 익히지 않았음에도 그 정도였으니 부단히 수련하여 대성을 이룬다면 그 효과는 상상을 초월할지도 몰랐다.

달빛조차 단번에 쪼개 버릴 정도의 빠름이라는 분월도의 이름이 헛되지 않으리라는 생각이 들었다.

이동은 중단되었다. 그리고 보로가 그려진 산길은 장랑의 수련장이 되었다.

장랑은 녹림맹으로 이동하고 있다는 사실조차 잊은 채 수십 수백 번의 반복을 통해 분월도를 자신의 보법으로 만들고 있었다.

장랑은 보법의 수련이 그토록 재미있는지 처음 알았다. 단지 발끝의 지향점을 조금 달리함으로써 수십 개의 새로운 변화가 생겨나고, 진기를 일 푼 더할 때와 이 푼을 더할 때의 변화가 확연히 달랐다.

수백 번의 왕복으로 인해 운마행이 만들어놓았던 보로의 발자국은 진작에 지워져 사라졌다. 하지만 장랑은 그런 사실조차 인식하지 못하는 무아지경에 빠져 있었다.

이를 지켜보는 운마행의 얼굴에는 흐뭇한 미소가, 소현설의 표정에는 짜증스러움이 가득했다. 막소미는 부럽고 또한 자랑스러운 얼굴이었으며 장랑을 바라보는 시선이 몽롱해 보이기까지 했다.

그러나 장랑은 그들이 어떤 표정을 짓고 있는지, 무슨 생각을 가지고 있는지 신경 쓸 겨를도 없이 수련에만 열중하였다.

해가 중천에 떠 있던 시간에 시작된 수련은 해가 저물도록 계속되고 있었다.

"야, 밥은 먹어야 할 거 아니야. 자식이… 그렇게 열심히 연습할 거면서 튕기기는 왜 그렇게 튕겼어."

운마행의 불평이 튀어나왔다.

"……."

"야! 내 말 안 들려!"

운마행의 거듭된 고함 소리에 장랑은 그제야 움직임을 멈추었다.

"자, 이거 받아. 건량보다는 이것이 백배 나을 거야."

운마행이 품속에서 손가락 두 마디 크기의 둥그런 물건을 꺼내 장랑에게 던져 주었다. 장랑은 얼떨결에 그것을 받아 들었다. 은은한 솔향이 풍겨 나와 기분을 맑게 하는 환약이었다.

"뭡니까, 이게?"

"뭐긴 뭐야. 너는 도사였다는 놈이 벽곡단도 모르냐?"

"벽곡단이야 잘 압니다. 그런데 이건 흔히 보던 벽곡단과 조금 다른 듯합니다."

"지식이? 구번 그냥 수는 대로 먹어. 그거 하나면 적어도 오 일 동안은 아무것도 안 먹어도 전혀 배고픔을 느끼지 못할 거야."

“······.”

“살피기는? 눈 딱 감고 그냥 입속에 처넣어.”

운마행이 재촉을 하였다.

장랑은 잠시 갈등이 일어났다. 신의(神醫)까지는 아니더라도 명의(名醫) 소리를 듣는 명해 도장에게 어깨너머로 의술을 배운 지 십 년 가까이 된 몸이다. 수백 종의 기이한 약초의 이름과 성분, 그리고 효능에 대해 누구보다 잘 알고 있었다.

운마행이 건네준 벽곡단은 단순한 벽곡단이 아니었다. 영약까지는 아니더라도 피로를 풀어주고 기력을 돋우며 정신을 맑게 한다는 청명환(清明丸) 수준은 되는 벽곡단이었다.

운마행이 왜 이렇게 자신에게 잘해주는지 이해되지 않았다.

“너, 그거 셋 셀 동안 안 먹으면 도로 빼앗아 버린다. 자, 하나아아! 두우우우울! 세에에에······.”

운마행이 장난스럽게 숫자를 세었다.

장랑은 운마행은 향해 허리를 굽혔다.

“감사합니다.”

장랑이 할 수 있는 말은 그것이 전부였다.

벽곡단을 입에 털어 넣는 장랑의 모습을 발견한 소현설이 부러운 눈으로 한참을 바라보다가 돌연 운마행을 향해 손을 내밀었다.

“저도 배가 고픕니다.”

“뭐?”

운마행이 어처구니없다는 표정을 지었다.

“배가 고프다고요.”

“그으래? 그럼 줘야지. 이리 와봐.”

소현설의 입은 함지박만 하게 커졌다. 쏜살같이 달려온 소현설에게 운마행이 주먹을 들어 올렸다.

소현설이 흠칫하며 급하게 걸음을 멈추었다.

“뭐, 뭔가요?”

“뭐긴, 꿀밤이다. 한 열 개만 먹으면 배고픔이 싹 하고 사라질 거다. 자, 어서 와.”

“…….”

第五章
녹림맹 입구에서

張郎
行路

　　주이(朱伊)는 고향 섬서 하주(夏州) 일대에서 힘깨나 쓰고 잘나가던 인물이었다. 어려서부터 눈썰미가 좋았다. 여기저기 귀동냥, 눈동냥으로 배운 잡다한 무공으로 기초를 이루었다. 청년이 되면서 하오문에 입문해 청루의 기둥서방 노릇을 하였다. 어느 날 괴노인에게 물 한 그릇 건네준 인연으로 도법 한 가지를 얻었다. 당시 그가 가진 것은 불알 두 쪽과 남는 시간뿐. 주야장천 도법 하나만 연습했다. 재능과 자질이 있었는지 실력이 일취월장, 몇 년 지나지 않아 일대에서 그를 당해내는 인물이 없었다.

　　그리고 언제인가부터 하주 일대 하오문과 관련된 이권의

싸움터에는 언제나 주이가 있었다.

주이가 하오문에 입문한 지 오 년 만에 하주 일대를 총괄하는 향주 자리에 오를 수 있었다. 청루의 건달치고는 엄청난 출세였다.

그가 향주에 오르자 충성을 맹세하며 수하를 자처하는 놈들이 하나둘 생겨났고 삼 년이 더 지나자 주이의 수하 가운데 고수 소리 듣는 인원만 삼십여 명이었다. 그리고 오래지 않아 하오문 안팎에서 그를 지지하는 세력이 삼백 명을 넘어섰다.

주이는 하주 야왕(夜王) 소리를 들었고 하주 일대에서 황제 부럽지 않은 생활을 하였다.

그러다 안락한 생활이 깨진 건, 하오문주의 급작스런 죽음.

하오문에서 가장 큰 세력을 이끌고 있던 인물은 부문주 섭천호리(攝天狐狸) 태일충(泰日忠). 그가 문주 자리를 이어받았다.

섭천호리는 원체 의심이 많은 인물이었다. 주이는 말도 안 되는 사소한 문제가 꼬투리가 되어 향주 자리서 쫓겨나다시피 밀려났다. 그리고 섭천호리가 문주에 오른 지 육 개월 만에 주이는 하오문에서 추방당했다.

섭천호리와 일전을 불사할 결심을 하였지만 수하와 동료들이 적극 뜯어말린 민류로 주이는 하수를 떠나 잠시 의탁할 곳으로 녹림맹을 택했다. 수하 가운데 정예 삼십 명을 이끌고 녹림맹에 투신한 주이는 그날로 독립된 산채 하나를 내놓으라고 당당히 요구하였다.

그러나 녹림맹주 팽가원은 생각할 가치도 없다는 듯 그 자리서 일언지하에 거절을 했다.

"녹림맹은 약육강식이다. 능력과 힘이 있으면 직접 산채를 빼앗아라. 어느 곳이라도 관계없다. 사내답지 못하고 치사한 방법만 아니라면 일체 상관도, 만류도 않는다. 다만, 꼭 지켜야 하는 것은 산채를 차지한 이후에는 녹림맹에 충성을 맹세해야 한다."

팽가원이 한 말은 그것이 전부였다.

주이는 즉시 도를 뽑았다. 언감생심, 팽가원을 베거나 그와 호각을 이룰 생각은 없었다. 그러나 산채 하나를 다스릴 만한 실력이 있음을 증명하고 싶었다.

그런데 십 초를 버티지 못했다. 그것도 전력을 다한 자신과 달리 팽가원은 가벼운 미소와 여유있는 몸짓이었다.

하주 야왕의 몰락이었다. 뒤에 말을 들으니, 팽가원이 직접 상대해 준 것만 해도 어느 정도 실력을 인정받은 거나 마찬가지라 했다. 팽가원은 좀처럼 도를 꺼내 드는 인물이 아니라는 사실도 그때서야 알았다.

녹림맹으로 오르는 큰 길목은 모두 여섯 군데.

산채 대신 한 길목을 지키는 번초의 책임자로 머물라는 명령을 기꺼이 받아들였다. 주이. 그가 담당하는 구역은 외곽 쪽 인적이 가장 드문 단하(丹河)를 끼고 도는 계곡 길이었다.

"어휴. 심심해! 형님, 이 짓도 지겨워 못해먹겠소. 뭡니까? 이게? 벌써 달포가 넘었소. 차라리 독립해 작은 방파라도 세웁시다. 어디를 가든 조금만 고생하면 금방 자리 잡을 수 있을 거요."

청루 시절부터 십 년 넘게 수하를 자처하며 따라다니는 천삼이었다. 그는 꽤나 짜증이 섞인 말투였다. 그러면서도 입가에 기름기를 잔뜩 묻혀가며 노릇하게 잘 익은 멧돼지 다리를 뜯었다.

주이는 입에서 술병을 떼어냈다.

"크으!"

"……"

"천삼아, 조만간 결단을 내릴 테니 참아라."

말은 그렇게 했지만 지금 와서 결단을 내린다 해도 늦었다. 이미 녹림맹 소속이 되어버렸으니 녹림맹에서 쉽게 놓아줄 리 없었다. 설령 놓아준다 해도 녹림도였다는 꼬리표는 계속 따라붙기에 결단이라고 해봐야 뻔했다.

"형님, 정말입니까?"

천삼은 주이의 속도 모르고 솔깃해하였다.

"어서 잔이나 채워. 자, 함께 한잔 쭉 들이켜자."

천삼이 스스로 잔을 채우며 주절거렸다.

"계집이 따라주면 술맛이 더 좋으련만… 갑자기 서글퍼지네요."

“자식, 그냥 마셔.”

신세 한탄을 하던 천삼이 갑자기 눈을 번뜩였다.

“저기, 저기 좀 보십시오.”

“왜? 어디?”

주이는 천삼의 손끝이 가리키는 곳을 보았다.

삼남일녀.

“웬 것들이지?”

“길을 잃고 헤매는 것처럼 보이네요.”

천삼은 그렇게 생각했다. 그의 말처럼 장랑의 일행은 길을 잃고 헤매는 것처럼 보일 수 있었다. 선두에 서서 길 안내하는 소현설은 이제나저제나 녹림맹의 인물들이 나타나기를 바라는 마음으로 계속 두리번거렸다. 장랑은 그 뒤를 묵묵히 따라 걸었고, 모처럼 귀여운 아가씨와 동행하게 된 운마행은 막소미의 걸음 속도와 보조를 맞춰 농담을 주고받으며 걸었다.

주이는 한참 동안 장랑 일행의 움직임을 바라보았다.

천삼의 말이 옳을지 모른다. 단하 부근은 지형이 험악하다. 화전민조차 살지 않을뿐더러 지나는 사람도 무척 드문 곳이었다. 녹림채를 방문하는 사람은 단하처럼 험한 길을 이용할 이유가 없다. 평지가 많고 걷기에 편안한 고평이나 진성 쪽 길을 이용하면 된다.

이쪽 길목의 감시는 단 한 가지.

가끔씩 은밀한 접근을 시도하는 관군 토벌대의 유무만 감시하면 그만이었다. 간혹 용기를 시험하기 위해 모습을 드러내는 무림초출이나 진짜로 길을 잘못 들어 헤매는 부류만이 이쪽 길을 이용하였다.

"잡아와라. 잡아다 족쳐 보고 수상하면 그때 본채로 끌고 가야겠다."

"네, 알겠습니다."

'족치긴 뭘 족칩니까? 그냥 데리고 놀다가 빼앗고 쥐도 새도 모르게 죽이면 그만 아니겠습니까!'

천삼의 속마음은 그랬다. 천삼이 앞장서고 하오문 출신 도적 이십여 명이 뒤를 따랐다.

천삼은 장랑 일행의 앞을 가로막고 팔짱을 낀 채 거만한 목소리로 입을 열었다.

"너희들, 여기가 어디쯤이고 우리가 누구인지 정도는 알겠지?"

"……."

일찌감치 아혈이 제압된 소현설은 짜증스런 눈빛으로 천삼을 노려보았다.

'저런 멍청한 놈들. 번초를 서는 놈들이 왜 그렇게 눈치가 없어. 아휴! 답답해.'

그런데 영문을 모르는 천삼은 소현설이 제일 건방져 보였다. 그는 소현설을 노려보며 건들거리며 다가갔다.

"짜식이? 어디다 대고 인상을 써?"

“…….”

소현설이 대꾸할 수 있을 리가 만무했다. 천삼은 소현설이 침묵을 지키자 장랑과 운마행을 바라보며 소리쳤다.

“캬! 재미있겠군.”

운마행이 살짝 미소를 지으며 소현설의 어깨를 장난스럽게 툭툭 몇 번 쳤다. 그 순간 장랑이 제압했던 소현설의 아혈은 풀리고 대신 마혈이 제압되었다. 그 덕분에 소현설의 입속에서만 악을 쓰며 떠돌던 아름다운 언어들이 일시에 밖으로 쏟아져 나왔다.

“이 개새끼들아, 지금 장난치냐? 왜 그렇게 눈치가 없어? 내가 누군지 몰라? 나조차 못 알아보는 놈들이 여기엔 왜 있는 거야?”

“에엥?”

막소미 앞에서 그녀의 얼굴을 감상하려던 천삼이 찔끔했다.

그는 소현설을 향해 몸을 돌리더니 가소롭다는 듯 소현설을 아래위로 훑었다.

“그래, 네놈이 누군데?”

소현설은 자신도 모르게 내뱉은 말이 있지만 당황하지 않았다. 오히려 더 당당하게 소리쳤다.

“이놈! 나 소현설이야. 전 해령채주인 나를 몰라?”

녹림맹에 입문한 지 얼마 되지 않은 천삼. 그가 멀리 산동

구석에 처박혀 있는, 규모가 크지 않은 해령채를 알 턱이 없다. 설령 풍문으로 한두 번 들어본 적 있더라도 지금 같은 상황에서 귀담아들을 이유가 없었다.

"해령채? 지랄! 어디서 주워들은 건 있어 가지고……."

천삼은 한심하다는 표정으로 소현설을 완전히 무시했다.

소현설은 미칠 지경이었다. 한 대 쥐어박고 싶었다. 그러나 혈도가 제압된 탓에 움직일 순 없고, 입으로라도 화를 풀어야 했다.

"야, 이놈들아. 눈깔은 왜 달고 다니는 거야? 한심하다, 한심해."

"이놈이? 너 몇 대 맞아야 정신을 차릴 거냐? 어쭈, 그렇게 인상을 쓰면 어쩔 건데? 한번 해보자 이거야?"

천삼은 돌연 어깨에 힘을 주고 턱을 치켜들었다. 이 순간 천삼은 하주 시절 청루건달의 전형적인 모습으로 돌아갔다.

"에이 쌍! 우리 녹림맹이 왜 이렇게 변한 거야? 아이 씨, 짜증나네."

소현설은 장랑과 운마행의 눈길에도 불구하고 성질을 부렸다.

"역시 아이들 싸움은 재미있어. 너는 이제 가만있어도 되겠다."

운마행이 소현설을 장난스럽게 툭툭 치며 다시 아혈을 막아버렸다.

그리고는 돌아서며 천삼을 향해 방긋 웃었다.

"들었지? 우리도 녹림맹 소속이야. 지금 녹림맹주를 만나러 가는 길인데, 그냥 통과시켜 주면 안 되겠냐? 뭐, 너희들이 앞에서 길 안내 해주면 더 좋고."

천삼은 둔한 편이기는 해도 눈치는 있었다. 덩치가 산만 한 우락부락한 사내들에게 둘러싸여 있으면서도 시종일관 여유를 잃지 않는 노인과 청년. 그리고 미친놈처럼 길길이 날뛰는 놈과 절세의 미인…….

그런데 아무리 생각을 해도 뭔가 수상했다. 무슨 실수가 있나 하여 다시 장랑 일행을 살폈다.

'요놈들 봐라? 우리가 누구라고 사기를 쳐?'

천삼은 이번에는 운마행을 향해 눈을 부라렸다.

"이봐, 늙은이. 어디다 대고 사기를 치는 거야? 죽고 싶어 환장했어?"

운마행이 고개를 설레설레 저었다.

"팽가 놈이 속이 타 시커먼 숯덩이가 되었다고 한탄할 만하겠어. 이런 한심한 것들을 수하라고 데리고 있으니……. 휴우! 산적 두목 노릇도 못해먹을 짓이야."

"이 늙은이가?"

천삼이 눈을 부라리지만 운마행은 계속 빈정거렸다.

"인내심을 시험하는 것도 아니고……. 이놈들아, 여기가 뒷골목 파락호들 싸움판이냐? 무슨 산적 놈들이 이따위야?

이럴 바에는 이 짓을 당장 때려치워, 임마."

"이, 이 늙은이가……."

"마지막 충고다. 이 어르신께 머리통을 한 대씩 쥐어박히기 전에 어여 길 비켜."

"아, 정말. 깔끔하게 처리하고 싶었는데……."

천삼은 짜증스런 표정이었다.

"에이 쌍. 계집만 빼고 다 죽여!"

천삼이 분통을 터뜨리며 고함을 쳤다. 그 순간 주이의 수하들이 일제히 병장기를 뽑아 들었다.

이때 조용히 지켜만 보던 장랑이 나섰다. 운마행이 전음으로 몇 번씩이나 나서지 말라고 만류하였기에 그냥 지켜보고 있었지만 더는 두고 볼 수 없었다.

"노선배님, 재미있는 유희가 끝났습니다. 앞을 가리고 계시니 제가 나설 수가 없습니다."

운마행이 실눈으로 장랑을 바라보았다.

"그냥 지나치면 안 되냐? 어린아이들의 팔을 비틀어서 뭐 하겠냐?"

"빨리 끝내도록 하겠습니다."

"봐라. 아직 세상 물정 모르는 불쌍한 아이들이다, 적당히 손만 봐줘. 숙이진 말아."

운마행의 거듭된 요청에 장랑은 말없이 고개만 끄덕였다.

운마행은 뒤로 빠졌다.

휘— 이익!

장랑이 움직였다. 그가 지금까지 가만있었던 이유는 졸개들을 상대하기 싫어서였다. 졸개들은 백날 두들겨 봐야 아무 소용이 없었다. 두목급 인물을 기다렸을 뿐이다. 그런데도 모습을 드러내지 않았다.

모습을 보이지 않으면 보이게 만들면 그만.

수하들이 당하고 있는데 모습을 보이지 않을 두목은 없었다. 만일 모습을 보이지 않는다면 그는 두목의 자격이 없는 놈이었다.

장랑이 움직였다.

퍽! 퍼퍽! 빠악!

"컥! 으윽! 허억!"

격타음과 신음 소리가 동시에 뒤섞여 나왔다.

"켁! 아으—!"

한차례 일진광풍이 몰아친다고 표현해야 할까? 장랑이 한 걸음 움직일 때마다 주이의 수하가 한 명씩 얻어맞은 곳을 감싸 안고 허공으로 솟구치거나 바닥에 주저앉았다.

퍽! 퍽! 퍽! 퍽!

바위 위에서 내려다보던 주이는 갑자기 술이 확 깨는 느낌을 받았다. 멀쩡하던 수하들이 고통스런 표정으로 쓰러지거나 나뒹굴었다. 비록 산적 소굴에 몸을 담긴 했어도 수하들은 하주 일대를 주름잡던 놈들로 모두 일류고수 소리를 듣는 나름대로 한가락 하던 놈들이었다. 그런데 저항 한번 못하고 한 주먹에 한 명씩 나가떨어졌다. 그렇다고 상대가 대단한 무공 초식을 펼치는 것도 아니다.

‘멍청한 놈들! 겨우 육합권 따위에 추풍낙엽이라니…….’

약간의 취기 때문일까? 놈이 강한 것이 아니라 수하들이 너무 약하게 느껴졌다. 놈이 펼치는 육합권이라면 주이도 누구 못지않게 익숙하게 펼칠 수 있다.

‘감히 내 수하들을……. 네 이놈! 넌 오늘 죽었어.’

주이는 즉시 몸을 날렸다.

"멈춰라!"

오십여 장. 잠깐이면 움직일 수 있는 거리였다. 고함을 지른 후 오십여 장을 움직여 왔다. 그런데 그동안 모든 대부분의 수하들이 땅바닥에 등을 대고 누워 있었다. 남은 서너 명은 자신의 차례가 올까 두려워 슬금슬금 빠져 달아날 준비를 하고 있었다.

"이런 개 같은 경우가……."

주이는 허탈하였다.

장랑은 동작을 멈추고 고함치는 인물을 보았다. 이 장이나 떨어져 서 있음에도 술 냄새가 풍겨졌다.

‘대낮부터 술?’

아무리 산적 무리라지만 너무나 기강이 해이했다. 대낮부터 술이라면 그건 두목의 자격이 없었다. 장랑이 주이를 향해 움직였다.

"너 뭐야?"

장랑은 대꾸하지 않았다. 대신 주먹이 날아갔다. 주이는 날아오는 주먹을 발견하고 피하려 했다.

빠삭!

갑자기 몸이 한쪽으로 기울었다. 다리가 꼬인 것 같았다.

"어? 이거 왜……."

주이는 당황하였다. 아무리 술에 취해도 몸이 말을 안 듣는 경우는 없었다.

하지만 그건 주이의 순간적인 착각일 뿐이었다. 그의 다리는 꼬이지 않았다. 단지 장랑의 발끝이 이미 그의 정강이를 걷어차고 빠져나간 뒤라는 것. 도주를 못하게 정강이뼈를 반으로 부러뜨린 것이다.

"아악!"

뒤늦게 고통이 찾아왔다. 그때 주이의 코앞에 시커먼 무언가가 나타났다.

퍽! 퍽!

강력한 주먹의 힘. 그 힘이 미처 다 흡수되지 못한 까닭에 주이의 투실한 볼살이 마구 춤을 췄다. 주이는 너무나 아파 오히려 아픔조차 못 느끼는 혼미한 정신 상태에 빠졌다.

'씨팔! 나는 하주 야왕 주이다. 이대로 당할 수는 없…….'

주이는 비틀거리면서 무의식적으로 도파에 손을 가져다

대려 했다.

팍!

찌르르한 통증. 손목이 화끈거렸다. 아니, 화끈거린 것이 아니라 단 일격에 손목뼈가 부러졌다.

"이씨……."

시커먼 무언가가 또 다가왔다.

꽝!

주이는 환한 대낮에 별빛을 보았다. 귀가 멍멍한가 싶더니 칠흑 같은 어둠이 찾아왔고 이후 아무 소리도 듣지 못했다.

'뭐, 뭐지?'

보이지도 들리지도 않았다. 그러나 명치에 끝에 가해진 묵직한 충격은 온전히 느낄 수 있다. 그 때문인지 호흡하기가 곤란하였다.

"크윽―!"

주이는 자신이 그런 신음 소리를 내지는지조차 모르고 의식을 잃었다.

털썩!

간단한 손짓. 굳이 초식이라 이름 부를 만한 것은 없었다. 가벼운 손놀림으로 절정고수인 주이를 피범벅으로 만들었다.

소현설은 눈앞에서 벌어지는 일을 하나도 놓치지 않고 똑바로 다 보았다. 보계산장에서 장랑을 처음 보았을 때, 그때

도 대단하다고 느꼈다. 그런데 지금은 그때와 비교할 수 없을
정도로 단호하고 강력하다는 느낌이 들었다.

'이놈! 정말 대단한 놈이네!'

소현설은 장랑이 두려운 존재로 느껴졌다.

운마행이 장랑을 향해 천천히 걸어왔다.

"손속에 사정을 두라니까 왜 그랬어? 적당히 몇 군데 손봐
주는 건 좋은데, 다리뼈하고 손목까지 부러뜨리면 어떻게
해?"

운마행의 푸념 아닌 푸념이었다.

아무리 도적 떼라지만 두목이 대낮부터 술에 절어 산다면
두목의 자격이 없는 것이다. 장랑은 그렇게 생각하였다.

"노선배님, 제 일 처리 방식에 관해서는 말을 아껴주십시
오. 구경이야 말릴 수 없지만 간섭하려 한다면 저는 더 이상
함께 움직이기 어렵습니다."

듣기 좋은 소리는 아니지만 정중함을 잃진 않았다.

"이놈이?"

운마행은 조금 당황하였다. 틀린 말이 아니다. 자신도 한
참 나이 때 어른의 충고는 늘 잔소리로만 들렸다. 그렇기에
장랑과 비슷한 생각과 비슷한 행동을 하였다.

'짜식, 역시 성깔있네. 하지만 방금 보여준 분월도는 훌륭
했다.'

"좋다. 하지만 거기까지야. 생명은 누구에게나 소중한 거

야. 함부로 죽이거나 다치게 하지는 마. 어지간하면 참고 넘
겨 버려.”

운마행은 그 말을 하고는 장랑을 외면하며 물러섰다.

장랑은 말없이 고개를 끄덕였지만 속으로는 흥분된 감정
을 감추고 추스르고 있었다. 주이라는 인물은 절정고수에 근
접한 인물이었다. 그는 불과 며칠 전까지만 해도 지금처럼 간
단히 무너뜨릴 수 있는 그런 수준의 인물이 아니었다. 적어도
수십 합 이상 초식을 교환해야 제압할 수 있는 그런 인물이었
다. 그런데 분월도를 익힌 이후 발걸음이 너무나 가벼워졌다.
분월도의 몇 가지 변화를 섞은 육합권의 기본 초식만으로 절
정고수에 가까운 인물을 단번에 깨뜨린 것이다.

이는 다시 말해 분월도를 익힌 것만으로도 무공 수준이 적
어도 한 단계 이상 진보한 것이나 마찬가지의 효과를 얻었다
는 뜻이었다.

“소현설, 잔꾀부리지 말고 길 안내나 잘해.”

녹림맹이 멀지 않으니 소현설은 이제 필요없는 존재였다.
하지만 장랑은 습관적으로 소현설을 앞세웠다.

“…….”

똥 씹은 표정으로 서 있던 소현설이 과장되게 고개를 끄덕
였다.

소현설은 지금 생각이 많았다.

맹 근처에 오면 문제가 간단히 풀릴 줄 알았다. 그래서 기

회가 많았지만 도망치지 않았다. 오히려 동행이 필요없다고 할까 봐 노심초사까지 하였다. 그런데 이제 보계산장을 엉망으로 만든 건방진 놈을 맹으로 유인해 왔다는 명분이 물거품이 될 만한 상황이었다.

시간이 지날수록 놈은 놀라운 능력을 보여주었다. 오히려 화근 덩어리를 끌고 온 것이 아닌가 하는 생각까지 들었다.

'난 왜 이렇게 일이 꼬이기만 하는 거야?'

일부러 단하 쪽 험한 길을 돌아온 보람이 없어졌다. 그는 울화가 시뻘건 불덩이 되어 목구멍까지 치밀어 올랐다. 그렇다고 밖으로 토해낼 수 없다.

'아, 씨팔! 완전한 착각이야! 된통 걸렸어.'

"뭐 하자는 거지?"

장랑의 짤막한 재촉. 소현설은 자신도 모르게 움찔하였다.

"……."

'좋다, 이판사판이다. 본채로 가든 투혼계곡(鬪魂溪谷)으로 가든 일단 가자.'

소현설은 자포자기의 심정이었다. 어깨를 축 늘어뜨리고 힘이 없는 모습, 도살장에 끌려들어 가는 모습처럼 걸음을 옮겼다.

*　　　*　　　*

녹림맹주 팽가원은 천생 무인이었다. 녹림맹 대소사의 주관보다 도법 수련이 우선이었고, 또 틈이 날 때마다 수련에 몰두하곤 하였다. 최근까지 투혼계곡에 박혀 아예 밖으로 나올 생각도 하지 않았다.

추오리(秋悟里). 그는 녹림맹의 총호법이며 녹림맹 무공서열 두 번째의 강자였다.

사내들이 모인 조직은 어디나 그렇듯 힘이 곧 법이다. 녹림맹이 그 대표적인 예였다. 팽가원의 잦은 공백은 늘 추오리가 메우고 있었다.

때문에 추오리의 이름 앞에는 총호법이라는 호칭보다 맹주대행이라는 말이 붙어다녔다.

오전에 추오리 앞으로 급한 전서 하나가 도착했다. 보계산장에서 수십 명의 수하들이 박살났다는 소식이었다.

임진경은 숨만 겨우 붙어 있을 뿐 산송장과 다름없었고, 소현설은 인질로 잡혀 끌려갔다고 했다. 순환 시찰 중이던 감찰장로 하겸과 진담도 일방적으로 두들겨 맞은 후유증으로 심신이 황폐하여 당분간 꼼짝도 못한다는 이야기도 쓰여 있었다.

그건 믿고 안 믿고를 떠나 황당한 사건이었다. 어떻게 생각을 해도 있을 수 없는, 설대로 있어서 안 되는 사건이었다.

관부의 토벌대나 대적하기 힘든 절정고수를 잘못 건드려 졸개들이 당하는 경우는 종종 있어왔다. 그러나 그때의 희생

자라고 해봤자 한두 명, 많아야 오륙 명 수준이었다. 이번처
럼 산채 하나가 완전 초토화되는 경우는 극히 이례적인 일이
었다.

추오리는 생각할수록 화가 치밀어 참을 수 없었다.

"멍청한 놈들!"

꽝!

화풀이를 애꿎은 탁자에 하고 말았다. 실력이 부족해 당한
건 그렇다 치자. 그럴 수도 있는 일이었다.

문제는 대응 방법이었다. 형세가 불리하면 대충 항복해서
피해를 최소화해야 한다. 도적 놈들이 왜 무림인 흉내를 내느
냐 이거다.

산중지왕 대호도 배가 부르면 눈앞에 먹이가 있음에도 그
냥 살려 보내고, 흉포하기로 소문난 오랑캐 무리도 항복한 적
은 죽이지 않는다. 하물며 자존심 강한 무림인들이면 오죽하
랴. 항복한 상대는 절대 손을 대지 않는 것이 일반적인 무림
의 상식이었다.

속이 터졌다. 이때였다.

"총호법님! 총호법님!"

누군가 멀리서부터 다급한 목소리로 추오리를 부르며 달
려왔다.

'저놈은 언제 철이 들려고 아직도 저 모양이야?'

추오리는 급히 달려오는 소두목 출신 삼십대 사내를 바라

보며 혀를 찼다. 눈이 유난히 커서 왕눈이라고 불리는 놈. 실력도 제법 있고 잔머리도 기가 막히게 굴렸다. 맹주에게 찍혀 실력에 비해 낮은 대우를 받기에 수하로 거두어들인 놈이었다. 놈도 그것을 알았는지 산채를 줘 독립시킨 지 열흘도 안 돼 다시 맹으로 돌아와 충성을 맹세하였다.

가까이 다가온 왕눈이가 가쁜 숨을 몰아쉬었다.

"헉, 헉! 총호법님. 그, 그놈입니다. 그리고 당했습니다."

"뭘 당해? 그놈이 또 뭐야?"

"거, 얼마 전 새로 들어온 주이 그놈이요."

"주이? 주이가 당해? 누구한테?"

왕눈이 설명을 듣는 추오리. 그의 표정이 일그러졌다.

"그, 그놈이 벌써 태행산에 들어섰다 이 말이야?"

*　　　*　　　*

모닥불이 활활 타오르고 있다.

반나절이면 도착한다던 녹림채였지만 밤이 깊어 숲에서 야영을 하기에 이르렀다. 소현설은 여전히 길을 돌아가고 있음이 분명했다. 하지만 장랑은 화를 내거나 재촉하지 않다.

아직은 시간적으로 여유가 있었고 분월도, 즉 추운신법 매력에 흠뻑 빠져든 탓이다. 분월도의 효용은 이미 입증되었기에 더욱더 열중할 수 있었다. 때로는 술에 취한 사람처럼 비틀거리기도 하고, 앞으로 갔다가 뒤로 빠졌다가 갑자기 몸을 뱅그르르 돌리고… 장랑은 내내 그런 이상한 짓을 하면서 움직였다.

장랑은 동작을 잠시 멈추고 운마행을 바라보았다.

어린아이와 같은 성격만 뺀다면 정말 흠 잡을 데 없는 노인이었다. 분월도를 전수해 줘서가 아니다. 지난 이틀 동안 함께 움직이며 많은 대화를 하였기에 잘 알 수 있었다.

장랑의 생각을 아는지 모르는지, 운마행은 막소미와 장난을 치면서 희희낙락하였다. 장랑의 시선을 의식하였는지 운마행이 장난을 그만두고 슬며시 일어나 장랑에게 다가왔다. 그는 옆에 바싹 다가앉더니 어깨로 장랑을 슬며시 밀었다.

"너, 궁금한 게 있는데, 양친은 다 무고하냐? 지금까지 그 답을 못 들었어."

분위기에 어울리지 않는 생뚱맞은 이야기였다. 그렇다고 처음 묻는 것도 아닌데 그런 생각이 들었다.

"……."

장랑은 대꾸하지 않고 고개를 돌려 버렸다. 아직은 어느 누구와도 부모님에 대한 이야기를 나누고 싶지 않았다.

"왜? 그런 말 하기 부끄럽냐? 아니면 설마 사고무친, 천애고아라도 된다 이거냐?"

"……."

"짜식이? 늙은이가 몇 번씩이나 물으면 가타부타 대답은 해야 될 거 아니야."

운마행은 계속 어깨로 장랑을 밀면서 대답을 강요하였다.

"좋아. 말하기 싫으면 하지 않아도 된다. 나도 싫다는 사람 강요하기는 싫다."

두 사람은 한참 동안 말없이 타오르는 모닥불만 바라보았다.

얼마의 시간이 흘렀는지 모른다.

"그런 건 왜 묻죠?"

"글쎄? 모닥불을 바라보는 네놈 눈길이 왠지 애처로워 보여서 그랬나?"

"……."

다시 얼마간의 침묵이 흘렀다.

"자, 그럼 화제를 바꾸자. 너 그 내공 어떻게 익히게 되었냐?"

"꼭 대답해야 합니까?"

"그것도 말하기 싫으냐?"

"아직은요."

"아직이라… 사이가 더 가까워진 다음에나 말한다는 뜻이냐?"

"그런 건 아니지만 오늘은 왠지 아무 말도 하고 싶지 않네요."

"짜식! 이것도 싫다, 저것도 싫다. 그럼 뭐야?"

“……”

“야, 우리 한 번에 마구 친해지면 어떠냐?”

한 번에 친해진다는 소리는 금시초문이었다.

“그런 것도 있나요?”

“있지. 아주 많지.”

“예를 들어서요?”

“우선 첫 번째 떠오르는 방법은 네놈이 내 제자가 되는 건데, 사제지간만큼 가까운 사이는 없잖아. 하지만 그건 네놈이나 나나 조금 힘든 것 같고. 흠, 가만있자. 너 내 손자가 되면 어떠냐?”

“그건…….”

뜻밖이었다.

“망설이지 말고 빨리 결정해. 괜히 이리 재고 저리 재다가 죽도 밥도 안 되는 경우가 많아. 어떠냐? 좋지?”

“나중에요. 생각해 보고 나중에 결정할게요.”

“그럴래?”

운마행이 실망하는 기색이다.

“한 가지 부탁이 있는데 들어주실래요?”

“부탁? 무슨 부탁? 난 공짜 부탁은 별로 좋아하지 않는데…….”

운마행은 이미 입술이 한 자나 튀어나와 있었다.

“대가는… 그리 나쁘지 않을 겁니다.”

장랑은 삐친 듯한 그 모습이 우스워 빙그레 웃으며 말했다.

"뭐? 대가가 있어?"

"그럼요."

"그렇다면야……. 하하하하하."

운마행의 얼굴이 순식간에 밝아졌다.

"잠깐만 기다려 보세요."

장랑은 자리를 털고 일어섰다. 그의 시선이 향한 곳은 소현설이 혈도가 제압된 채 멍하니 앉아 있는 곳이었다.

소현설은 장랑의 시선을 느끼고는 표정이 굳어졌다. 자신을 바라보는 눈빛이 평소와 달리 날카롭게 빛나고 있었다. 뭐가 뭔지 모르지만 더럭 겁이 난 소현설이 떨리는 목소리로 물었다.

"뭐, 뭐요?"

"쉿! 조용히 해."

"……."

소현설은 주눅이 들어 더 이상 입을 열지 못하고 장랑의 행동을 지켜볼 수밖에 없었다.

장랑은 어른 주먹만 한 크기의 돌멩이 하나를 주워 들었다.

'저놈이 대체 무슨 짓을 벌이려고…….'

소현설은 겁에 질렸다.

운마행 노인을 만나기 며칠 전, 길 안내한다는 핑계로 꽤 앞서서 걸어간 적이 있었다. 실력이야 장랑만 못하지만 그래도 명색이 일류고수이고, 어려서부터 산 생활을 한 탓에 뜀박질에 자신이 있었다.

사실 그때 도망갈 생각은 없었다. 장랑을 유인해 끌고 가는 자신이 도망갈 이유가 없었다. 단지 도망가는 척하며 장랑을 골려먹을 속셈이었다.

슬금슬금 조금씩 앞으로 움직여 장랑과 삼십여 장가량 떨어지게 되었다. 그때까지 장랑은·자신이 멀어지고 있어도 별로 개의치 않는 표정이었다. 이에 소현설은 전력을 다해 앞으로 달리기 시작하였다.

잠깐 사이 장랑과의 거리가 백여 장 이상 벌어졌다. 소현설은 달리면서 뒤를 돌아보았다. 그때까지 장랑은 쫓아올 기색이 없었다. 단지 그가 본 것은 장랑이 허리를 한번 굽혔다 펴는 장면을 목격한 것뿐이었다. 놀라지 않는 장랑에게 실망한 소현설은 달리기를 멈추려 했다.

그 순간.

퍽! 퍽!

소현설은 그 자리에서 무릎을 꿇고 앞으로 꼬꾸라지고 말았다. 양쪽 종아리 중간에서 도무지 참기 어려운 극심한 고통이 밀려왔다.

잠시 후 도착한 장랑이 그를 내려다보며 말했다.

"내가 돌팔매질은 조금 하는 편이야."

그때 소현설은 눈알이 뒤집혀질 지경이었다. 얼추 백오십

장은 넘어 보였다. 그 정도는 자신도 공력을 실어 던진다면 얼마든지 날려 보낼 수 있었다. 하지만 그냥 멀리 날려 보내는 정도였지 백오십 장 떨어진 물체를 정확히 겨냥해 특정 부위를 노린다는 것은 절정고수들이라 해도 쉽게 흉내 내기 어려운 일이었다.

그날 이후 소현설은 장랑에게 어설픈 장난을 치지 않았다. 그런데 지금, 장랑이 돌멩이를 집어 들고 자신을 향하고 있었다.

장랑이 돌멩이를 겨누었다.

'개새끼. 나에게 무슨 짓을……'

소현설은 눈을 질끈 감았다.

위이잉!

장랑이 던진 돌멩이가 소현설의 귓가를 스치고 지나갔다.

"이크!"

꾸에에엑!

멀리서 시끄럽고 커다란 돼지 멱따는 소리가 들려왔다.

"가서 가져와."

소현설은 장랑이 가리키는 방향으로 급히 달려갔다. 오십여 장 떨어진 숲 속 나무 아래 맷돼지 한 마리가 거친 숨을 몰아쉬며 부들부들 떨고 있었다.

"죽일 놈. 진작 말이나 하지. 내가 얼마나 떨었는데……."

소현설은 족히 삼백 근은 나가는 커다란 맷돼지를 어깨에 메고 돌아왔다.

석양에 물든 숲 속에 은근히 퍼지는 고기 익는 냄새. 뜻밖에 멧돼지 고기 냄새는 향기로웠다.

"고통을 느끼지 못하고 죽도록 신경을 썼는데……. 아직 수련이 더 필요한가 봅니다. 자, 드십시오."

장랑이 다리 한쪽을 베어 운마행에게 건넸다.

"선물이 이거였냐?"

운마행은 실망한 표정이었다.

"어디 이런 걸로 노선배님의 까다로운 구미를 맞추겠어요? 이건 그냥 영양 보충하시라고……. 술이 있었으면 금상첨화인데, 그건 준비를 못했네요."

"거참, 아쉽군."

장랑과 운마행의 대화를 듣고 있던 소현설은 속이 부글부글 끓었다.

고기를 손질하고, 불을 피우고, 잘 익혀낸 사람은 자신이었다.

'제길…….'

第六章

녹림맹의 도객

張郎
行路

迎請神真老君演此真妙經竟
吾降臨速得正一
道音廣　奉
至大改元四月佛浴為
日弟子趙孟頫敬

날이 밝았다. 간단한 요기를 마친 장랑은 소현설을 앞세우고 길을 나설 차비를 하였다. 하지만 그전에 할 일이 하나 있었다.

—노사님, 어제 말한 대로 막 소저를 데리고 먼저 산을 내려가 주세요.

—알았다. 그런데 너, 정말 자신있냐?

—자신있습니다. 그러니 제 염려 마시고 조심히 내려가세요.

—알았다. 그럼 나중에 보자. 그리고 너 약속은 꼭 지켜!

—염려 마세요.

전음성이 끝나자마자 운마행은 재빠르게 움직여 막소미의 혈도를 제압하였다.

"귀여운 아가씨, 미안."

'노선배님, 왜, 왜 이러세요?

막소미는 너무 황당한 나머지 그렇게 소리쳤다. 하지만 아혈까지 제압된 상태라 말소리는 입 밖으로 나오지 못하고 눈만 부릅뜰 뿐이었다.

운마행은 혈도가 제압되어 축 늘어진 막소미를 말등 위에 걸쳐 놓았다.

"에휴. 평생 광명정대하게 살아온 내가 늘그막에 이런 짓까지 다 해보는구나."

"한 사람 목숨을 살리는 일입니다."

"알아."

장랑은 막소미를 태운 말의 고삐를 잡고 점점 멀리 사라져 가는 운마행과 원통한 눈빛으로 자신을 바라보는 막소미의 모습을 한참 동안 바라보았다.

미안한 마음은 들지만 어쩔 수 없었다. 얼마 지나지 않아 그들 두 사람의 모습은 나무에 가려져 보이지 않았다. 장랑은 그제야 마음이 조금 홀가분해졌다.

"이세 가자."

소현설은 울며 겨자 먹기로 앞장을 섰다. 무슨 놈의 점혈법이 매일같이 바뀌는지 도무지 혈도를 풀 방법이 없었다.

　　　　　*　　　　　*　　　　　*

　한 시진 만에 산 아래에 도착한 운마행은 침상에 막소미를 눕혀놓고 잠시 동안 고민에 휩싸였다.

　장랑이라는 놈의 실력은 그의 상상을 초월할 정도로 대단했다. 그리고 발전 속도가 장난이 아니었다. 분월도는 적어도 오 년 이상의 피나는 수련을 해야만 삼백팔십이 개의 변화를 익힐 수 있고, 숨겨진 이천팔십팔 가지의 변화를 이해할 수 있는 단계에 접어들 수 있다. 그런데 놈은 불과 이틀 만에 삼백 가지 가까운 변화를 능숙하게 펼쳐 보였다. 그런 속도라면 앞으로 삼 년 이내에 분월도를 완전히 자신의 것으로 만들지도 몰랐다.

　그렇다면 보법의 월등한 우위를 바탕으로 팽가원과 정식으로 붙어도 괜찮을지 모른다. 하지만 아직은 그런 수준이 아니기에 팽가원과 자웅을 겨루어선 안 된다. 팽가원이 괜히 도존이라는 소리를 듣는 것이 아니다. 그의 기억으로 당금 강호에 팽가원을 제압할 만한 실력을 가진 인물은 많아야 서너 명에 불과했다. 어쩌면 그들 중 일부는 실력이 엇비슷하여 팽가원에게 확실한 우위를 점할 수 있는 인물은 한두 명에 불과할지도 몰랐다.

　'이런 경우를 두고 이란지석이라고 하는가?'

운마행은 장랑과의 인연을 소중하게 생각했다.

인간적인 측면에서 마음에 드는 부분도 있고, 자신의 독문 무공인 태음진공을 익혔기 때문이기도 했다.

전인(傳人)을 남기지 않기로 마음먹은 지 오래였지만, 막상 태음진공을 익힌 장랑의 미래를 위해 수수방관하기도 어려운 일이었다.

'허, 내가 언제부터 이렇게 나약한 감상에 빠지는 늙은이가 되었을꼬? 에휴!'

운마행은 막소미의 수혈을 다시 한 번 확인하였다.

'네가 꿈에도 그리는 낭군님을 위해 이 할애비, 금방 다녀오마.'

막소미의 잠자는 모습을 물끄러미 바라보던 운마행은 이윽고 방문을 나섰다.

그가 향하는 곳은 조금 전 그와 막소미가 내려왔던 녹림맹 산채로 향하는 길이었다. 마을을 벗어난 운마행은 발걸음에 속도를 붙였다.

"왕복하려면 한두 시진이면 되려나. 그나저나 팽가 그놈이 자리에 붙어 있어야 할 텐데……."

산길에 접어들면서 무서운 속도로 질주하기 시작한 운마행의 고민은 거기에 있었다.

＊　　　＊　　　＊

장랑과 소현설 두 사람이 반 시진이나 걸었을까?

백여 장 앞 언덕길에서 급히 달려 내려오는 십여 명의 무리가 보였다.

소현설이 겹눈을 뜨고 그들을 바라보다가 돌연 오만상을 찡그렸다.

'젠장. 뒤로 넘어져도 코가 깨진다고 하더니. 하필이면 저 놈이야?'

소현설이 짜증스런 얼굴을 보이자 장랑이 물었다.

"아는 자들인가?"

"순찰당주와 그 수하들, 그리고 십이도객이오."

"순찰당주와 십이도객?"

십여 명 무리는 잠깐 사이 장랑과 소현설의 앞에 도착했다.

중앙의 삼십 초반의 사내가 한 걸음 앞으로 나왔다. 다부진 체격에 하관이 길고 눈매가 날카로웠다. 그는 소현설의 위아래를 한번 훑었다.

"여어, 소 채주! 오랜만이야."

"……."

소현설은 대꾸하지 않았다. 맹주의 몇 되지 않는 정식 제자랍시고 거들먹거리는 꼴이 너무나 보기 싫어서였다. 놈은 겨우 순찰당주인 주제에 녹림맹의 수뇌부 몇 명을 제외하고는 일체 허리를 굽히는 경우가 없었다. 더구나 신분상 같은 지위

인 외방 산채의 채주들을 자신의 졸개 정도로밖에 여기지 않
는 놈이기도 했다.

"소 채주, 왜 그래?"

"……."

소현설의 무대응에 해루는 재미가 없다는 표정이더니 시
선을 장랑에게 돌렸다.

"네가 장랑이라는 그 애송이냐?"

해루는 장랑의 아래위를 기분 나쁘게 살폈다.

"제법 단단하게 생기긴 했는데……."

"마중 온 것이 아니라면 길을 비켜주시오."

장랑의 입에서 예상치 못한 말이 불쑥 튀어나왔다.

그건 싸울 의사가 없다는 의미로 해석될 수도 있었고, 순찰
당주 해루와 그의 일행을 완전히 무시하는 행동일 수도 있었
다.

"이런 건방진. 대녹림맹의 순찰당주께 그 무슨 말 버르장
머리야."

해루의 뒤편에 버티고 섰던 덩치 커다란 장한이었다. 그는
양손으로 거대한 크기의 철퇴를 거머쥐고 있었는데, 녹림맹
에서 해루를 맹목적으로 따라다니는 유일한 인물인 목삼이라
는 자였다.

"목삼아, 상쾌하고 기분 좋은 아침이다. 유쾌한 기분을 망
치고 싶지 않으니 부를 때까지 잠시만 물러서 있거라."

“네, 당주님.”

그는 큰 덩치와 어울리지 않게 순한 양처럼 해루에게 고분고분하였다.

“들었지? 나 녹림맹의 순찰당주 해루야. 길을 막아설 자격은 충분하다는 말이지.”

해루는 기분이 너무 좋았다.

그제 오후, 보계산장의 붕괴 소식을 들었다. 어제저녁에는 주이가 피투성이가 되어 수하들을 이끌고 산채로 돌아왔다.

이 두 가지 사건으로 인해 녹림맹은 이틀 동안 시끌벅적 어수선하였다. 하지만 해루는 내심 쾌재를 불렀다. 오랜만에 공을 세울 기회가 찾아온 것이다. 이번 일을 잘 처리하여 지난번 용문산에서의 실패를 만회함은 물론 사부인 팽가원에게 잃어가던 신뢰감을 되찾을 수 있으리라 생각했다.

해루는 오늘 꼭두새벽부터 십이도객이 머무는 도림각(刀林閣)을 향해 달려갔다. 십이도객은 녹림맹에 머물고는 있지만 엄밀히 따져 녹림도는 아니다. 녹림맹의 어느 편재를 봐도 십이도객의 이름은 없었다.

십이도객은 녹림맹주이자 도존으로 명성을 떨치고 있는 사부 팽가원에게 도법을 전수받기 위해 찾아든 무림인이었다. 그들이 팽가원을 존경하는 마음은 제자인 자신보다도 더 크고 높았다.

십이도객은 원래 팽가원의 명령이 아니면 절대 움직이지

않았다. 녹림맹에 어떠한 변고가 생겨도 팽가원의 지시가 없으면 수수방관하는 그런 존재들이었다. 그러나 해루는 맹주의 둘째 제자라는 신분 때문에 십이도객의 성격과 습성을 누구보다 잘 알고 있었다. 그들을 움직이는 방법은 아주 간단하였다.

'도존 팽가원을 욕보이려는 자가 나타났다.'

그 한마디면 충분했다.

해루는 장랑의 건방진 태도가 마음에 들지 않지만 식전부터 피를 보고 싶지도 않았다. 일단 좋은 말로 타일러 볼 생각이었다.

"혼자 몸으로 산채 하나를 망가뜨려 놓았다고 하니 실력은 인정해 주도록 하지. 그리고 곧장 이곳까지 달려왔으니 배짱도 두둑하다는 뜻이니, 그것도 인정하는데 말야… 그런데 거기까지야. 과함은 부족함보다 못하다는 속담이 있어. 그런 말 들어본 적 있어?"

"……."

장랑은 뚱딴지같은 소리를 늘어놓는 해루라는 인물이 이상하게 생각되었다.

"우리 서로 힘 빼지 말자. 조용히 무릎 꿇어라. 정상참작이라는 말이 있잖아. 우리 녹림맹은 죄를 뉘우치고 용서를 구하는 자에게 관대한 편이거든."

장랑은 해루의 말을 자꾸 듣고 있자니 헛웃음이 나오려 했
다. 그런데 이를 오해한 해루는 자신의 현란한 말솜씨에 장랑
이 흔들린다고 생각했다.

"그래, 알아. 젊은 나이에 자존심이 상하겠지. 무릎 꿇으러
온 것이 아니라 한바탕 휘저어보려는 의도였잖아. 하지만 말
이야, 처한 현실을 잘 파악해야 성공한다고 했어. 주어진 기
회를 꽉 움켜잡아야 현명한 사람이야."

해루의 목소리는 마치 말썽 피운 일곱 살 어린아이를 다독
이는 느낌이었다.

장랑은 해루의 헛소리를 더 이상 들어줄 수 없었다.

"순찰당주면 길은 잘 알겠군. 녹림맹주를 만나고 싶은데
길 안내를 부탁해도 될까?"

"뭐? 야, 너 지금 뭐라고 했어?"

"앞장."

"이, 이놈이, 어디서 감히. 똥물에 튀겨 죽일 놈 같으니."

해루가 길길이 날뛰었다. 그러나 장랑도 꽤나 인내심을 발
휘하고 있었다. 어젯밤 운마행의 조언이 있었다.

"졸개들 상대로 힘자랑 말고 녹림맹주를 만나 직접 담판을 지
어."

당부에 가까운 말이었지만 꽤나 신중하고 무게감이 느껴

지는 한마디였다. 옳은 말이었기에 장랑은 운마행의 조언에 따르기로 했다.

"길 안내하기 싫으면 그 쓰레기 같은 면상이나 치워주시오."

해루의 욕설 때문에 그를 대하는 장랑의 말투는 곱지 않았다.

이때 해루의 뒤쪽에서 한 사내가 불쑥 뛰쳐나왔다.

"어이, 너 임마. 지금 어디서 그렇게 주둥이를 함부로 놀리는 거야? 정말 죽고 싶어?"

조금 전 목삼, 그자였다.

해루가 그를 보더니 한발 물러서며 말했다.

"목삼아, 녹림맹 용사의 기개를 보여 저놈을 손 좀 봐라."

"네."

해루의 말이 떨어지기 무섭게 목삼이 휘두른 묵직한 철퇴가 장랑의 머리 위로 떨어져 내렸다.

장랑은 움직이지 않았다. 철퇴가 떨어지는 속도가 너무 느렸다. 일반인이라면 겁을 먹고 도망치거나 당황한 가운데 우연히 얻어맞겠지만 장랑의 눈에는 너무 느려 터져 하품이 나올 지경이었다.

"철퇴는 아무나 다루는 무기가 아니야."

장랑은 그 자리에서 오른발을 들어 목삼의 옆구리를 후려쳤다.

퍽! 퍽! 퍼억!

연속 세 번의 발길질. 목삼은 고통을 참지 못해 인상을 쓰며 허리를 굽혔다. 그런데 그는 곧 허리를 펴고 장랑을 향해 달려들었다. 예상외로 맷집이 좋은 인물이었다.

힘만 믿고 덤비는 단순한 인물이기에 부상을 입히지 않고 가볍게 처리하려고 했다. 그런 배려도 모르고 다시 덤벼드니……. 장랑은 순간적으로 고민이 되었다.

퍽! 퍽! 퍽!

장랑의 왼발이 목삼의 다른 쪽 옆구리를 파고들었다.

"크으웅!"

목삼은 이번에도 허리를 굽힌 채 억지로 신음성을 감추려 하였다.

"뭐 해, 임마! 똑바로 못해!"

해루는 목삼이 너무나 허무하게 당하자 화가 나 악을 쓰고 있었다.

목삼은 방금 두들겨 맞음으로써 자신이 장랑의 상대가 되지 못함을 잘 알았다. 하지만 해루의 목소리는 그에게 있어 두들겨 맞는 것보다 더한 공포감이었다.

"이야아아합!"

목삼은 젖 먹던 힘까지 동원해 장랑을 향해 철퇴를 휘둘렀다.

장랑은 생각을 조금 바꾸었다. 상대가 아무리 약자라 해도 어설프게 상대하다가는 끝이 없을 것 같았다.

"옆구리."

퍼억!

"턱!"

꽝!

단 두 방. 조금 전과 강도가 달랐다. 목삼은 신음 소리 한번 내지 못하고 철퇴를 가슴에 안고서 뒤로 벌렁 넘어가 버렸다.

쿵!

목삼은 해루의 발밑에 가서 떨어졌다.

"제법이로군."

걸걸하고 사내다운 목소리였다. 장랑은 목소리의 주인공을 찾았다.

해루가 이끄는 순찰당원들과 달리 한쪽에 따로 떨어져 그저 지켜보던 세 명의 중년 사내. 그중 한 명이었다.

"상대해 줄 만한 가치가 있겠어."

또 다른 중년인이 입을 열었다. 그들은 천천히 움직여 장랑 앞에 섰다. 해루를 비롯한 그의 수하들은 서둘러 뒤쪽으로 빠졌다.

장랑은 그들 세 명과 마주 섰다. 뜻밖이라는 생각이 들었다. 그들 세 명은 노석이 아니라 정통 무인에게서 풍겨지는 그런 기운이 느껴졌다. 그것도 아주 고수의 냄새가 느껴졌다.

짧게는 수년, 많게는 이십 년 가까이 팽가원의 주변을 맴돌

며 호위를 해왔고, 그 세월만큼 팽가원에게 도법을 전수받는
수하.

소현설 말대로 내뿜는 기세만 봐도 그들은 일파의 장로급
에 버금가는 수준이 분명하였다.

'녹록히 볼 만한 상대는 아니로군.'

장랑은 마지막 경고를 하였다.

"아침부터 사람을 상하게 하고 싶지 않소. 하지만 가로막
는다면 누굴 막론하고 상응하는 대가를 치르게 해주겠소."

십이도객 중 하나가 도를 뽑아 들더니 장랑의 얼굴에 겨누
다가 아래로 내리며 말했다.

"제가 먼저 나서겠습니다."

"여섯째 네가?"

"오랜만에 만나는 괜찮은 상대 같습니다. 괜히 늦게 나섰
다가 형님 때문에 기회를 잃고 싶지 않습니다."

"좋다. 조암, 네게 맡겨보도록 하지."

두 명의 중년인은 뒤로 빠졌다. 장랑은 더 이상 싸움을 피
할 수 없음을 알았다. 그렇다면 속전속결이 최선이었다. 세
중년인의 기세가 출중하여 한꺼번에 덤비면 그때는 승리를
장담할 수 없었다.

"애송이, 와라."

조암이 소리쳤다.

장랑의 오른쪽 발끝이 살짝 들리는가 싶었는데 그의 주먹

은 단번에 조암의 코끝에 들이닥치고 있었다.

"헛!"

조암이 헛바람을 토해냈다. 장랑의 움직임은 그의 예상을 몇 배나 뛰어넘는 엄청나게 빠른 속도였다. 조암은 물러서면서 몸을 뒤로 젖히려 했다. 장랑의 급작스런 그 공격은 뒤에 물러서 있던 세표와 천유도 깜짝 놀라게 하였다. 그들은 장랑의 가공할 만한 속도의 움직임에 그들 자신도 모르게 도파에 손을 가져다 대고 있었다.

물러서며 몸을 젖히던 조암은 그 정도로는 부족하다 싶어 그냥 벌렁 누웠다가 바닥의 탄력을 받고 일어서려고 마음먹었다. 하지만 상황은 그의 의도대로 되지 않았다. 뒤로 누우려는 생각이 조암의 뇌리에 스치는 순간, 장랑의 주먹은 이미 그의 콧잔등을 깨뜨리고 있었다.

빠지직!

조암의 코뼈는 장랑의 단 일격에 완전히 주저앉아 버렸다. 장랑의 일격은 너무 강력하여 뒤로 넘어가던 조암의 신형에 가속도를 붙여주었다. 조암은 아득함을 느껴 신형을 제대로 추스르지 못한 채 큰대 자로 뒤로 넘어갔다. 그런데 그놈의 바닥이 문제였다. 조암의 뒤통수는 바닥에서 삐죽 솟아오른 돌덩이를 세차게 들이받고 말았다.

꽝!

아주 짧은 시간이었지만 그 엄청난 충격은 조암을 누운 자세 그대로 멈칫하게 만들었다. 그것은 조암에게 닥친 첫 번째 불운이었다. 장랑은 한 걸음 더 움직여 튀어 오르던 조암의 이마에 발을 올려놓았다. 완벽한 제압을 위한 수순이었는데 그것이 조암에게 닥친 두 번째 불운이었다.

그 순간, 장랑은 갑자기 등골이 오싹해짐을 느꼈다. 그리고 그것이 조암에게 닥친 세 번째 불운이었다.

장랑은 조암의 이마를 디딤으로 이용, 몸을 백팔십도 회전시키면서 반대쪽으로 날아 물러섰다.

꽈직!

조암의 머리는 압력을 견디지 못하고 깨져 버렸다. 조암은 즉사했다.

사고였다. 장랑은 조암을 죽일 의도는 전혀 없었다. 하지만 등줄기로 다가오는 두 줄기 강력한 살기는 장랑의 간담을 서늘하게 만들었다. 강호에 나온 이래 이렇다 할 강자를 만나지 못한 탓에 처음 느끼는 강력한 살기라는 표현이 옳았다. 장랑은 황망 중에 빨리 피해야 한다는 생각이 앞섰다. 단거리를 순간적으로 빠르게 움직이는 방법 중 제일 간편한 방법이 천근추의 반발력을 이용하는 것.

대개의 신법은 발바닥 중앙 용천혈에 내력을 집중시키지만, 분월도는 조금 달랐다. 발끝 부분에 위치한 은백혈(隱白穴)과 태백혈에 진기를 응집시켜 내닫는 반발력은 천근추의 반발력의 서너 배 이상이었다.

우우웅!

세에에엑!

장랑이 신법으로 빠져나간 빈 공간에 세표와 천유가 내려친 두 자루 박산도(博山刀)가 애꿎은 바람 소리를 남겼다.

깨져 버린 조암의 머리통에서 시뻘건 선혈과 함께 허연 뇌수가 흘러나왔다.

"육제!"

"조암 형님!"

세표와 천유는 즉시 조암에게 달려갔다. 너무나 졸지에 벌어진 일이었다. 머리통이 깨졌지만 조암의 몸뚱이는 여전히 꿈틀거렸다.

"형님……."

"아우야, 이게… 무슨 일이냐……."

그들은 조암의 육신을 붙잡고 울음을 터뜨렸다.

"너, 너… 너, 이 새끼! 지금 무슨 짓을 한 거야!"

한쪽으로 피해 있던 해루가 얼이 빠진 표정으로 장랑에게 손가락질을 했다.

'마, 말도 안 돼.'

그는 조암의 머리통이 터져 나가는 모습을 누구보다 생생히 목격했지만 믿기지 않았다. 조암은 너무나 허무하게 죽어 버렸다.

해루는 하늘이 노랗게 보였다.

일이 커져 버렸다. 빈대를 잡으려다 초가삼간을 다 태운 격이었다.

팽가원이라면 산채 하나 날아가는 것쯤은 그냥 코웃음 치며 가볍게 지나갈 수 있는 문제였다. 다시 세우면 그만이니까.

하지만 십이도객의 죽음은 산채가 하나 날아가는 것과 근본적으로 다른 문제였다. 십이도객은 팽가원의 수족과 같은 존재. 더구나 직접 무공을 사사해 준 존재였다.

뿌드득!

정신을 차린 해루가 이를 갈면서 패도를 꺼내 들었다. 어디 한군데 부러지거나 다치더라도 함께 싸웠다는 흔적을 남겨야 했다.

"너 오늘 죽었어."

해루는 장랑을 향해 천천히 다가갔다.

이때 마침 세표와 천유도 몸을 일으켜 세웠다. 그들도 장랑을 향해 다가섰다.

졸지에 삼 대 일의 상황이 되었다.

장랑은 긴장을 했다.

두 명의 중년인은 말할 것도 없고 경박해 보이던 해루도 막상 도를 뽑아 드니 그 기세가 만만치 않았다.

"잠깐만."

세표가 갑자기 해루와 천유의 접근을 제지하였다.

"내가 상대하겠다. 내가 비록 녹림에서 밥을 먹고 있지만 당당한 사내대장부이며 무림인이다. 인원수의 우위를 빌어 적을 물리쳤다는 소리를 듣고 싶진 않아. 천 아우, 그리고 해 당주. 물러서게."

"형님!"

"그, 그게요……."

천유와 해루가 동시에 난색을 표하였다.

"괜찮아. 난 조 아우의 성격을 잘 알아. 셋이 합공하여 이 자를 죽인들 조 아우는 결코 기뻐하지 않아. 일 대 일로 정정 당당하게 싸워 이겨야 좋아할 거야."

세표는 평소에도 사내다운 걸 좋아했다. 천유는 그 점을 잘 알았다. 하지만 혼자라면 많은 위험부담을 안아야 했다.

"형님, 당당한 것도 좋지만 조 형님께서 저놈 손에 당한……."

세표가 손을 들어 천유의 말을 막았다.

"운이 나빴다. 운이 나쁘지 않았다면 조암은 그렇게 쉽게 당하지 않는다. 조암과 너, 그리고 나까지 모두가 잠시 방심했을 뿐이야."

세표가 그렇게까지 말을 하는데 어쩔 수 없었다. 천유는 분을 참아내며 일단 물러섰다. 하지만 그는 장랑을 죽일 듯이 노려보는 일은 멈추지 않았다.

"해 당주, 자네도 아이들 데리고 잠깐 물러서도록 하시게."

“…….”

해루는 주저하고 있었다.

“설마 내 실력을 못 믿어 그러는가?”

“그게 아니라…….”

“그럼 물러서도록 하게.”

해루는 어쩔 수 없다는 듯 수하들과 함께 물러섰다.

장랑과 세표가 마주 섰다.

“사내답게, 무인답게 화끈하게 한번 해볼 텐가?”

“…….”

“나는 녹림맹에서 공짜 밥을 얻어먹는 십이도객 가운데 셋째, 세표라 한다.”

세표는 박산도를 쥔 손을 가운데로 모아 포권으로 정식 인사를 건네왔다.

생각보다 호기롭게 대범하게 행동하는 세표라는 인물이 장랑은 마음에 들었다.

“공동파의 속가제자 장랑입니다.”

세표가 만족한다는 듯이 고개를 끄덕였다.

“공동파의 제자였군!”

“검법을 몇 가지 익혔으나 지금은 검을 가지고 있지 않아 부득이 장권으로 상대합니다. 도객 앞에 적수공권이 결례인 줄 알지만 양해를 바랍니다.”

장랑은 알고 있는 강호의 예법대로 행했다.

예법에는 자신의 대표 절기와 사용하는 병기 정도는 밝혀야 한다. 특히 병기의 경우 사전에 미리 호명하지 않고 중간에 꺼내 들어서는 안 된다. 만일 중간에 꺼내 든다면 그건 정의롭지 못한 비겁한 행동이며, 이겨도 이긴 것이 아니게 된다.

"공동파 출신이라 그런지 예법을 많이 따지는군. 좋아."

세표는 고개를 끄덕였다.

"나는 오로지 도법만 수련했다. 늘 사용하여 손에 익은 박산도를 쓰겠다. 자, 서로 소개는 끝났으니 시작해 볼까?"

"그럼……."

장랑이 먼저 움직였다.

그러나 선공은 세표가 먼저였다. 그는 처음부터 최선을 다했다. 일초 일초에 오십 평생 수련하고 쌓아온 내력을 고스란히 담아내려고 노력했다. 때문에 조금 느린 듯했지만 초식은 무척 훌륭했다. 하지만 장랑의 추운신법을 따라잡기에는 역부족이라 연신 헛손질만 하였다.

"이제부터가 진짜다."

세표는 공세를 멈추고 한곳에 내력을 집중시켰다.

스스스스!

박산도 주변에 희끄무레한 무형의 기운이 아지랑이처럼 피어올랐다.

완벽하지 않아도 도기가 분명하다.

'뜻밖이로군!'

도기와 검기는 일맥상통한다. 그러나 일반적으로 검기보다 도기가 이루기 어렵다. 검은 참오하는 단계로 수련하여 발전하지만 도는 실전적인 경향이 강한지라 참오의 단계를 건너뛰는 경향이 많아 도기를 이루기 어려웠다.

더구나 태어날 때부터 초일류무인으로 키워질 운명으로 명사의 집중적인 지도와 피나는 수련을 통하면 모를까? 그렇지 못한 평범한 무인은 평생 꿈을 꾸지만 쉽게 도달하지 못하는 단계가 바로 기의 응집 단계, 즉 검기나 도기의 발현이었다.

장랑은 방심할 수 없었다. 그리고 적의 입장이지만 칭찬까지 아낄 필요는 없었다.

"말로만 듣던 도기를 오늘 처음 직접 보게 되어 안계를 넓혔소이다."

"고맙다."

세표가 휘두르는 박산도가 허공을 갈랐다.

스아— 앗!

소리는 크지 않다. 그러나 슬쩍 스치기만 해도 단단한 바윗덩이도 무우 베어지듯 싹둑 잘려 나간다는 도기였다.

십여 차례의 공방이 이어졌다. 서로가 과감한 공격을 주고받았지만 정작 서로 옷깃 한번 스치지 못하였다. 두 사람 모두 동작 하나하나에 신중하고 신경을 곤두세운 탓이었다.

‘제발, 저놈이 이겨야 하는데…….’

지켜보는 사람 중에 가장 애가 타고 가슴 졸이는 사람은 소현설이었다. 그는 장랑이 이겨주기를 간절히 바랐다. 그래야만 이 자리를 무사히 빠져나갈 수 있었다.

해루가 나타나고 장랑 손에 조암이 죽은 이후 그는 더 이상 녹림맹에 몸담기 힘든 처지로 내몰렸다. 장랑과 세표의 대결이 시작되는 순간 줄행랑칠까 하는 생각도 했었다. 그런데 호기심, 그 호기심이 발목을 잡았다. 고수들 간의 대결은 여간해서 구경하기 힘들다. 소현설은 비록 산적 출신이지만 무공을 배운 이후 한시도 무인이라는 사실을 잊지 않았다.

“이제부터 조심하시오.”

장랑의 짤막한 경고성이 있었다. 그건 세표가 펼치는 공세가 이제 눈에 익었다는 증거였다.

우우웅!

세표의 박산도가 장랑의 가슴을 노리고 날아들었다.

꾸웅—!

장랑은 오른손으로 날을 세워 세표의 박산도를 밀어내는 한편 한발을 옆으로 움직여 왼손으로 세표의 손목을 낚아채려 했다. 그러나 세표는 어림없다는 표정으로 밖으로 튕겨 나가는 박산도를 재빨리 다른 손으로 감아쥐었다.

하지만 그건 장랑의 노림수였다. 세표가 양손을 자유롭게 쓰지만 엄밀하게 따져 오른손보다 왼손을 더 잘 사용했다. 그건 세표가 왼손잡이라는 말이었다. 장랑도 왼손잡이였다. 다만 양손을 골고루 쓰는 연습을 해서 다른 사람이 구분을 못할 뿐이었다. 같은 실력일지라도 왼손잡이와 오른손잡이의 싸움은 왼손잡이가 유리한 편이다. 하지만 왼손과 왼손과의 싸움은 다르다. 왼손잡이는 대부분 오른손잡이와의 싸움에 익숙한 편이라 의외로 왼손잡이에게 약하고 방어도 허술한 편이었다. 장랑이 생각한 대로 세표의 왼쪽 겨드랑이 부분이 그대로 노출되었고 그곳이 세표의 약점이었다. 장랑의 오른손 장심에 일순간 푸른색 아지랑이 같은 것이 잠깐 나타났다가 사라졌다.

픽!

"억!"

미약한 파열음과 낮고 짤막한 비명성.

바꾸어 잡은 박산도가 맹렬한 속도로 장랑의 가슴을 향해 날아오다가 방향을 잃었다. 세표는 튕겨지듯 뒤로 물러섰다. 장랑은 고통을 참지 못하고 인상을 쓰는 세표의 가슴을 파고들었다. 신체에 큰 상처를 남길 생각이 없었기에 주먹의 사용은 자제하였다. 어깨로 세표의 가슴을 치받은 장랑이 팔꿈치를 올려 목젖과 턱 사이를 강타했다.

"커억!"

얼굴을 찌푸린 세표는 비틀거리며 서너 걸음 물러섰다. 그런데 놀라운 일이 벌어졌다. 세표는 중심을 잃은 와중에서도 장랑에게 연속 삼 도를 휘둘렀다. 잠시 방심했던 장랑은 깜짝 놀랐다. 그는 자신도 모르게 내력을 잔뜩 끌어올려 같은 삼 장을 내질렀다.

펙! 펙! 펙!

약간의 시차를 두고 연속으로 울려 퍼지는 세 번의 타격음.

"크ㅡ 으윽!"

세표가 답답한 신음 소리와 함께 도를 떨구면서 피화살을 토해냈다. 그는 장력의 충격을 이기지 못하고 십여 걸음을 주르르 밀려가다가 커다란 고목에 등을 대고서야 겨우 멈추어 섰다. 그러나 멈추기만 했을 뿐이다. 그는 나무에 등을 대고 주르르 미끄러지듯 내려앉았다.

바닥에 엉덩방아를 찧고 앉은 세표의 열린 입에서 시커먼 선혈 덩어리가 뭉글뭉글 기어나왔다. 이윽고 그의 옷은 금방 혈의가 되어버렸다.

장랑은 말없이 다가가 그의 앞에 멈춰 섰다. 세표는 숨을 헐떡이며 힘겹게 고개를 들어 장랑을 올려다보았다.

"저, 젊은 나이에⋯ 대, 대단, 하구나."

장랑은 고개를 저었다.

"대단한 건 귀하였소. 사실 강호에 출도한 후 적수가 별로 없이 약간의 실망삼에 이은 어줍잖은 자만심을 가지게 되었소. 그런데 그 은연중에 가졌던 자만심을 깨뜨려 주어 진심으로 고맙게 생각하오. 또한 비장의 한 수로 꼭꼭 숨겨야 할 중

첩장까지 꺼내어 쓰도록 만들었소."

"그, 그것이… 격공장? 그것도 연성하기 무척 힘들다는 중첩장이었던가?"

"그렇소."

"허— 억! 허어억!"

세표의 상세는 의외로 중하였다. 그는 연신 가쁜 숨을 몰아쉬었다. 눈을 뜨고 있기조차 힘겨운지 눈도 스르르 감겨 버렸다.

"혀, 형님!"

천유가 급히 쫓아와 미끄러져 넘어가는 세표를 가까스로 부축했다. 천유의 손에 의해 세표는 똑바로 앉혀졌다. 그는 눈꺼풀을 파르르 떨면서 힘겹게 눈을 떴다. 천유를 바라보는 세표의 동공은 풀려 있었다.

"처, 천유야. 바, 방금 너도 보았지? 미, 믿기지 않지만, 너는 상대하기 버, 버거운 자야……."

천유의 두 눈에서 빗방울 같은 눈물이 마구 떨어졌다. 흐려진 시야를 밝히기 위해 손등으로 눈물을 씻어내는 모습이 안쓰러웠다.

"으으으— 억!"

세표가 힘겹게 토악질을 했다. 핏물은 자꾸만 입 밖으로 밀려 나오고 있었다.

"저, 정당한 대결이었다. 복, 복수 따위는 필요없으니 그,

그냥 물러서라. 대형이나 매, 맹주님이 아니면 대적하기 힘든
자야……."

"네, 형님. 말씀은 이제 그만 하세요."

천유는 마구마구 고개를 끄덕였다.

지금은 무조건 세표의 말을 믿어주는 척해야 했다.

"처, 천유야. 너, 너는……."

세표는 하고픈 말은 많은 것 같았다. 하지만 그것을 끝으로
더 이상 말을 더 잇지 못하고 혼절하여 고개를 앞으로 꺾고
말았다.

"혀, 형님……. 어어엉……."

천유는 통곡하면서 세표의 몸을 똑바로 뉘었다.

"죽지는 않을 것이오. 하지만 워낙 중상이라 회생이 쉽지
않을 것이오. 회생을 한다 해도 무인으로서의 생명은 끝난 것
과 다름없소. 그에게 미안할 따름이오."

세표는 강호에 나온 이후 전비를 제외한 인물 가운데 처음
으로 큰 긴장감과 함께 힘겹게 상대한 절정고수였다.

세표에게 했던 말은 모두 사실이었다. 산문을 나선 이후 몇
번의 싸움에서 너무도 쉽게 승리를 거두었기에 은연중 상대
를 얕보는 습관이 생겼고 또 그것이 몸에 배어버렸다. 하지만
세표와의 싸움에서 그 점을 깨달았지만 그때는 너무 급박한
상황에 놓이게 되어 손을 과하게 쓰고 말았다.

이때 천유가 박산도를 움켜잡고 장랑을 향해 돌아섰다.

"이노옴! 어디 나도 한번 그렇게 만들어봐라."

장랑은 천유를 똑바로 쳐다보았다.

"야아아—!"

천유가 악을 쓰며 장랑에게 달려들었다.

휘— 이잉!

천유가 휘두르는 박산도 역시 꽤나 매서웠다.

장랑은 이리저리 몸을 흔들면서 조금씩 뒤로 물러섰다. 천유는 세표와 비교가 안 될 정도로 실력이 한참 아래였다.

구태여 탐색전을 펼칠 이유도, 뒤로 물러서며 피하지 않아도 충분했다. 하지만 장랑이 조금씩 뒤로 물러서는 이유는 천유에게 좋은 장소에서 마음껏 초식을 펼칠 수 있는 기회를 주려는 것이었다.

천유의 도법은 세표가 사용한 도법과 같았다.

그러나 세표의 정교함과 달리 타고난 신력에 내공을 더하여 펼치는 패력도법이었다.

패력도법을 쓰는 사람은 보법에 취약한 편이다. 잡목이 우거진 풀숲은 보법이 약한 인물에게 거추장스럽기 짝이 없으며 초식 전개에 많은 방해가 된다. 그래서 넓은 장소로 물러선 것이다.

장랑은 천유가 최선을 다해 펼치는 초식을 방어로 일관하면서 일일이 받아주었다. 모르는 사람이 본다면 마치 약속 대련하는 사람들 같을지도 모른다.

"헉! 헉!"

오십여 초가 지나자 천유가 가쁜 숨을 몰아쉬었다. 한 초식, 한 초식 전력을 다한 최선의 공세를 편 탓이었다. 누가 봐도 두 사람의 실력 차는 컸다. 그러나 부족함을 알면서도 절대 포기하지 않고 달려드는 천유였다.

장랑은 쉽게 끝낼 수 있음에도 그의 공세를 묵묵히 받아주었다.

백여 초가 지났다.

'아! 답답하군.'

소현설은 갈 길 바쁜 장랑이 왜 느슨한 모습을 보이는지 이유를 몰랐다. 아무리 실력이 앞서고 체력이 좋아도 오랜 시간 상대하다 보면 지치기 마련이다. 눈앞의 적만 상대하고 돌아갈 생각이 아니라면 지금처럼 행동해서는 안 된다.

'저놈의 속은 알 수가 없네. 어? 내가 지금 무슨 생각을 하는 거야? 젠장맞을…….'

소현설은 자신이 문득 장랑의 입장에서 생각하고 있음을 깨달았다.

장랑과 천유의 지루한 공방이 이어지자 멍하니 서 있던 해루가 정신을 차렸다.

해루는 가슴이 칠링했다. 자신의 꼬드김 때문에 두 명의 도객이 생사불명의 상태에 빠졌다. 더구나 천유도 곧 제풀에 지쳐 쓰러질 것 같았다.

해루는 일단 자리를 피하고 봐야 한다고 생각했다.

"원군을 청하러 간다. 철, 철수!"

해루가 수하들을 물렀다. 그런데 맨 뒤에서 달려가야 할 그는 우왕좌왕하는 수하들을 뒤에 두고 제일 앞서서 뛰어갔다.

'동료들을 두고 도망을 치다니… 비겁한 놈이로군!'

장랑은 뒤로 서너 걸음 물러서며 천유의 공세에서 잠시 벗어났다.

장랑은 한 발을 들어 바닥을 내리찍었다.

쿵!

먼지가 풀썩이면서 주먹만 한 돌멩이 하나가 바닥에서 팅겨져 올라 장랑의 손아귀로 쏙 빨려 들어갔다. 해루는 벌써 오십 장 이상 멀어진 상태였다. 장랑은 그를 향해 별 망설임 없이 돌멩이를 집어 던졌다.

쒸― 잉!

장랑의 손을 떠난 돌멩이가 빨랫줄처럼 쭉 뻗어가더니 땅을 박차고 솟구쳐 오르던 해루의 종아리에 정통으로 박혀들었다.

"아아악!"

멀리서 메아리처럼 비명 소리가 들리고 해루는 비 맞은 새처럼 그대로 추락해 바닥에 떨어졌다.

第七章
노루봉에서의 혈투

張郎
行路

新迎請神真老君演此真妙經竟

吾降臨速得正一

道言廣奉

至大政元四月佛浴為

日弟子趙孟頫敬

팽가원은 한 달 하고도 보름 만에 산채로 돌아왔다.

폐관 수련.

말이 폐관 수련이지 폐관 수련을 핑계로 한 도피였다.

삼 년 전, 꾸준히 이어지던 진전이 갑자기 멈추었다.

충격과 당혹감.

한동안 투혼계곡에 틀어박혔다.

수하들은 사정도 모르고 너무 수련에만 몰두한다고 불평이 많았다.

그렇지만 한 달에 한두 번은 꼭 산채에 들러 추오리의 보고를 받았다. 며칠 전 생각을 바꾸었다. 진척도 없는데 언제까지 폐관 수련만 하고 있을 수 없었다. 맹의 업무도 조금씩 돌보면서 한계를 극복하기로 하고 돌아왔다.

"보계산장이 깨졌다고?"

팽가원이 되물었다.

추오리는 가슴이 철렁했다. 이런 경우는 지난 몇 년 만에 처음이었다. 보고를 할 때면 팽가원은 아무 생각 없는 사람처럼 그저 무의식적으로 고개만 끄덕여 왔다. 결코 지금처럼 되묻는 경우는 없었다.

"그, 그게… 정신병자 같은 놈이 하나 있습니다. 맹주님께서 신경을 쓰지 않으셔도 될 만……."

팽가원이 고개를 저었다.

"아니야. 신경이 쓰여. 자세히 설명해 봐."

추오리는 이마에서 진땀이 솟아났다.

난감한 상황이었다. 장랑이라는 놈에 대해 이야기하려면 먼저 보계산장에 대한 설명이 앞서야 했다.

산채를 버리고 민가의 장원을 차지하게 된 경위부터 설명해야 했다.

팽가원은 산적은 산적다워야 한다고 늘 강조해 왔다.

'어찌한다…….'

추오리가 주저하고 있을 때, 정탐 보냈던 왕눈이가 허겁지겁 달려들어 왔다. 순찰당주 해루가 제멋대로 십이도객을 움직였기에 왕눈이로 하여금 뒤를 밟게 하였다.

“어?”

왕눈이는 실내의 분위기가 이상함을 깨달았다.

“이크! 회의 중? 실례했습니다. 저는 이만…….”

왕눈이가 돌아나가려 했다.

“너, 왕눈이 아니냐?”

팽가원은 한눈에 왕눈이를 알아보았다. 왕눈이는 혼비백산하여 재빨리 부복했다.

“매, 맹주님도 계셨군요. 소, 송구하옵니다. 제가 눈이 어두워서 그만……. 그동안 별고없으셨는지요?”

“네가 여긴 어쩐 일이냐?”

“…….”

왕눈이가 고개를 들어 추오리의 눈치를 살폈다.

추오리는 눈치없이 달려든 왕눈이가 얄미웠다.

‘저, 저놈이…….’

팽가원은 예전부터 눈치가 빠르고 눈썰미가 예리한 편이었다.

예전부터 추오리가 암중 수하들을 자기편으로 끌어들이는 조짐을 알고 있었다. 하지만 애써 무시해 왔다. 추오리는 나름대로 머리가 잘 돌아가는 놈이다. 참모로서 괜찮았다. 그러나 한 무리를 이끄는 수장의 역할을 해내기에는 부족함이 많은 인물이었다. 때문에 추오리가 무슨 짓을 하던 큰 관심을 두지 않고 있었다.

그런데 산채 하나 떼어주며 내쫓다시피 한 왕눈이가 다시 맹 안에 머문다는 것은 있을 수 없는 일이었다.

팽가원은 추오리와 왕눈이를 바라보면서 생각에 잠겼다.

분명 무언가 있었다. 하지만 자세하게 들추어내면 분란만 생기고 종국에는 누워서 침 뱉는 꼴이 될 가능성이 컸다.

그러나 재발을 방지하는 차원에서 경고는 필요했다.

팽가원은 오랜 침묵 끝에 입을 열었다.

"추 호법과 왕눈이를 제외하고 다들 물러가라."

수십 명 인원이 한순간에 썰물처럼 빠져나갔다.

남은 사람은 추오리와 왕눈이, 그리고 팽가원뿐이었다.

"추 호법, 있는 사실을 그대로 털어놓으면 한번쯤은 불문에 붙이겠소. 가능하겠소?"

*　　　*　　　*

장랑은 세표의 실력과 무인다운 의기를 높이 평가하였다. 그리고 그 덕은 고스란히 천유가 보았다. 장랑은 천유에게 살수를 펼치지 않았다. 끝까지 포기하지 않고 끈질기게 달려드는 바람에 어쩔 수 없이 제압하기는 했지만 큰 상처를 남기지 않고 나무에 묶어두었다.

해루와 그의 일행도 마찬가지였다. 물론 해루는 하는 짓이 얄미워 손과 발의 뼈를 몇 군데 부러뜨리긴 했지만 무인으로

서의 생명에 지장을 줄 정도는 아니었다.

장랑은 껄끄러워하는 소현설을 협박과 회유를 통해 천유를 감시하고 해루를 돌보도록 하였다. 그리고 홀로 한 시진가량 산길을 걸어 올랐다. 속도는 내지 않았다. 길옆에 앉아 운기조식이라도 취하고 싶었지만 천천히 걸으며 호흡을 조절하고 기식을 가라앉히는 방법을 선택했다. 피로가 완전히 풀리지 않겠지만 그 정도만 해도 휴식의 효과는 충분하였다.

능선 길을 조금 더 오르면 녹림맹 본채가 자리한 노루봉에 도착할 것이다.

'으응?'

갑자기 등장하여 길을 가로막고 선 한 무리의 인물들.

모두 폭이 넓고 길이가 넉 자 반에 달하는 박산도를 들고 있다. 삼십대 후반에서 오십대 초반까지의 중년인 아홉 명.

한두 명을 제외한 나머지는 노골적인 살기를 드러내고 있었기에 그들이 아무런 말도 없이 길을 막고 섰지만 의도는 뻔해 보였다.

특히 왼쪽 맨 앞에 서 있는 사내가 내뿜는 살기는 너무나 강해 피부가 근질거릴 정도로 날카로웠다.

"십이도객?"

"……."

누구도 답이 없었다.

세표와 천유의 실력으로 보면 십이도객의 실력은 개인별

로 편차가 있었다. 하지만 십이도객의 이름을 강호에 널리 알리게 된 계기는 그들의 합격술이라는 말을 소현설에게 들었다.

이른바 십이연환진으로 흔히 보기 어려운 도진(刀陣)이었다.

십 년 전, 산해관 너머 북쪽 변방에서 수십 년 동안 흉명을 떨치던 유령신군(幽靈神君) 혁기룡이 중원 진출을 시도한 적 있었다. 그는 악명 높은 마두답지 않게 초절정의 무공 실력을 가진 인물이었다.

유령신군 혁기룡이 중원에서 처음 노린 사냥감은 삼원방(三圓幫).

산동의 바닷가 작은 수적 집단이었던 삼원방은 유령신군의 손에 의해 삼백 명 전원이 반나절 만에 반 이상이 죽고 나머지는 크고 작은 중상을 입었다. 단 두 달 만에 산동 일대 수적 모두를 자신의 수하로 삼은 유령신군은 기고만장하였다.

그가 다음 목표로 삼은 곳은 녹림맹.

강호인들은 도적 간의 싸움이라 직접 개입은 자제하고 관망을 하였다. 그러나 개입만 안 했을 뿐 지켜보는 관심은 지대하였다.

세인들은 유령신군 혁기룡과 녹림맹주 팽가원을 호적수로 보았다.

혁기룡은 대마두가 아니었으면 능히 강호이십사왕 중 한 자리를 차지할 만한 초절정무공의 실력자였기 때문이다.

혁기룡과 팽가원의 일전이 초읽기에 들어가는 듯 보였다.

그러던 어느 날 강호에 이상한 소문이 강호에 돌았다.

팽가원과의 대결을 위해 녹림맹으로 이동하던 혁기룡이 이름 모를 어느 무인에게 목숨을 빼앗겼다는 소문이었다.

강호인들은 경악했다. 혁기룡은 누구인가?

사람들은 혁기룡의 목을 딸군 인물이 누구인지 무척 궁금해하였다.

그리고 얼마 지나지 않아 유령신군 혁기룡의 목을 벤 인물의 정체가 밝혀졌다. 그는 한 사람이 아닌 열두 명의 무인이었다. 팽가원에게 수년 동안 도법을 전수받은 열두 명의 무인. 그들에게 즉시 십이도객이라는 별호가 붙었다.

그때 십이도객이 혁기룡을 물리친 합격술이 바로 십이연환진이었다.

"자네, 공동파 출신이라고?"

오른쪽 끄트머리 초로인이었다.

장랑의 눈길은 그를 향했다.

"그렇소. 공동의 문하요."

"세표와 조암, 그리고 천유. 그들은… 죽었나?"

그 사내는 차마 입이 떨어지지 않는 듯했다.

“이름은 알 수 없으나 당신이 말하는 사람들은 누군지 알 것 같소. 한 사람은 생사가 불명이요, 한 사람은 크나큰 중상을 입었으며, 한 사람은 비교적 가벼운 부상을 입었소.”

장랑은 남의 일인 듯 감정없이 담담하게 말했다.

“이, 이런 찢어 죽일 놈.”

왼쪽 편 가운데에서 중년인 하나가 무리를 이탈해 소리치며 앞으로 뛰쳐나왔다.

“칠제.”

그 소리에 뛰쳐나오던 중년 사내가 멈칫했다.

“흥분하지 마라.”

오른쪽 끝 초로인의 한마디에 뛰쳐나왔던 중년 사내가 장랑을 노려보며 원래 자리로 돌아갔다.

“……”

오른쪽의 그 초로인이 다시 입을 열었다.

“우리가 왜 길을 막고 섰는지 말을 하지 않아도 알 것이다. 긴말은 필요없겠지?”

“……”

장랑은 대답 대신 고개를 끄덕였다.

“저런 건방진 새끼.”

방금 뛰쳐나왔던 중년 사내가 소리쳤다.

“칠제, 오늘따라 말이 많구나.”

오른쪽 초로인이 인상을 썼다.

"저놈이 너무 버릇……."

"그만."

그 한마디와 함께 오른쪽 끝의 초로인이 한 걸음 앞으로 나왔다.

"아직 젖비린내도 가시지 않은 어린 적을 상대로 우리 아홉이 합격을 한다면 강호인들이 비웃을지도 모른다. 하지만 이미 세 명의 형제가 당했다. 나는 사람들의 조롱거리가 될지언정 확실한 마무리를 더 중요하게 생각한다."

장랑을 바라보며 하는 말이지만 대상이 누구인지 애매했다.

"자, 시작하자."

초로인이 어깨 높이로 손을 들어 올렸다가 내렸다.

스스스스슷!

아홉 명의 중년인들이 일시에 흩어지는가 싶더니 어느 틈에 장랑을 중심으로 반달 모양으로 감싸며 포진했다.

여럿이 한 사람을 상대하는 일반적 포진 형태는 원의 모양으로 둥글게 포위하는 것이다. 그런데 그들은 특이하게도 반달 모양이었다.

'반만 둘러싼다? 이것이 십이연환진? 세 명이 빠졌으니 구연환진이라 해야 맞겠군.'

장랑은 그들의 모습에서 허점을 찾으려 했다. 그런데 아무리 살펴도 진이라 부르기 어색한 부분이 많았고 실제로 너무나 많은 허점이 존재하였다.

직접 부닥쳐 보기 전에는 도무지 무어라 말할 수 없었다. 그런데 그들 아홉 사람이 장랑을 바라보는 눈길만큼은 정말로 매서웠다.

"하아아압!"

어느 순간 한 명의 사내가 장랑을 향해 달려들었다. 그는 욕설을 내뱉으며 가장 큰 적의를 드러내던 일곱째 단태강이었다. 그의 돌진은 한눈에 봐도 상당히 위협적이었다. 그러나 장랑은 피하거나 물러서지 않았다. 속전속결을 선택한 장랑은 오히려 그를 향해 한발 앞으로 내디디며 먼저 일장을 날렸다.

퍼엉—!

어처구니없게도 먼저 공격에 나섰던 단태강은 도 한번 제대로 휘두르지도 못하고 옆으로 튕겨서 날아갔다. 무려 오 장을 날아간 그는 작은 바위 위에 거꾸로 떨어졌다.

단태강은 언뜻 보기에 장랑의 단 일장에 당한 것 같았다. 그러나 실제 그 짧은 시간에 장랑은 다섯 번의 손질을 하였다.

장랑은 처음부터 강수로 나갔다. 그는 머리 위로 떨어지는 단태깅의 내삼노를 한 걸음 먼저 나간 이점을 살려 몸을 반쯤 회전시켜 피했다. 순간적으로 공격 대상을 잃은 단태강은 몸의 중심을 잡기도 전 고개부터 돌려 장랑을 찾았다. 그런데 그때 장랑은 단태강과 등을 맞대고 그의 몸을 한 바퀴 돌아 정면에서 단태강의 손목을 낚아채고 있었다. 단태강은 황급히 손을 빼내며 물러서려 했고, 장랑은 그보다 더 빨리 움직여 단태강의 가슴을 파고들었다. 그건 보법의 차이였다. 장랑은 왼손으로 단태강의 오른손을 꽉 틀어잡은 후 마령문의 절기 신풍권(神風拳)으로 관자놀이를, 손목을 놓아주면서 공동의 복마권(伏魔拳)으로 단태강의 복부를 힘차게 내질렀다.

쾌에엑!

우우웅!

세에엑!

단태강을 처리하고 몸을 돌리는 장랑에게 한꺼번에 서너 자루의 박산도가 무시무시한 기세로 등허리 쪽을 노리고 날아들었다.

장랑은 위험을 느끼고 몸을 날려 피하려 했으나 그 순간 마땅히 피할 곳이 없었다.

정면에 두 명, 좌와 우에 각 한 명씩, 그리고 뒤쪽에 세 명.

졸지에 사방이 가로막힌 형국이 되어버린 것이었다.

방법은 하나뿐이었다. 조금 위험하긴 해도 몸을 솟구쳐 올리는 수밖에 없었다.

파파팟! 팍팍!

장랑이 섰던 자리에서 흙먼지가 자욱하게 피어올랐다. 얼

른 봐도 깊이가 한 자나 되는 길쭉한 홈이 가로세로 교차되어
여러 개가 패어 버렸다.

이 장 높이로 신형을 뽑아 올린 장랑은 허공에서 몸을 두
바퀴 회전시키며 오 장가량 날아가 아래로 내려서고 있었다.

발이 땅에 닿는 순간 왼쪽 측면에서 서늘한 기운과 함께 도
신 하나가 수평으로 장랑의 목을 겨냥해 날아들고 있었다.

십이도객 중 둘째 와포룡이라는 초로인이었다.

미처 중심을 잡기 전에 날아든 공세였지만 장랑은 당황하
지 않았다.

한 발은 땅에 닿고 한 발은 허공에 떠 있는 상태에서 허리
를 뒤쪽으로 반쯤 접어 와포룡의 도신을 흘려보내고, 즉시 몸
을 세워 허리의 탄력을 이용 코앞에까지 달려들어 와 있던 와
포룡에게 손을 내밀었다.

그건 쾌비승람(快飛蠅攬)이라는 초식으로, 날아다니는 파
리를 잡아채는 동작에서 비롯된 초식이었다.

장랑은 너무나 손쉽게 와포룡의 손목을 낚아챘다. 와포룡
이 방심한 탓이었다. 와포룡이 깜짝 놀라 몸을 비틀어 빠져나
가려 했다. 그러나 장랑은 와포룡을 안으로 끌어당기면서 왼
발 끝으로 그의 무릎 슬골을 찍어서 찼다.

픽―!

장랑의 삼성 공력이 실린 발길질에 와포룡의 슬골(膝骨)은
단번에 부러졌고, 무릎이 꺾여 중심이 무너지는 와포룡을 장

랑은 오른발을 디딤 삼아 살짝 몸을 띄우며 왼쪽 무릎으로 중심이 앞으로 쏠려 있는 와포룡의 목과 턱 사이를 걷어 올렸다.

"꽥—!"

와포룡이 붉은 피가 섞인 허연 이빨 조각들을 한 움큼 토해내며 뒤로 재주넘는 사람처럼 벌렁 넘어갔다.

이때 또 한 명의 사내가 장랑에게 달려들었다. 그는 아홉째 관환이라는 인물이었다. 관환은 쓰러지는 와포룡을 안중에 두지 않고 훌쩍 타고 넘으며 공중에 뜬 상태에서 장랑의 정수리를 힘차게 내리찍었다.

장랑은 급히 허리를 비틀어 피하려고 하였다. 그런데 관환의 초식은 뜻밖에 변화가 많고 빨랐다. 수직으로 내리꽂히던 도신이 갑자기 사선을 그으며 장랑이 피하는 바로 옆으로 빠져나갔다.

치익—!

장랑의 왼쪽 어깨에서 발꿈치까지의 옷자락이 길게 베어졌다. 밖으로 드러난 장랑의 맨살에 기다란 혈선이 그어져 있었다. 상처는 다행히 깊지 않았다. 장랑은 상처를 쳐다볼 시간이 없었다. 땅으로 내려서는 관환의 몸에 바싹 달라붙은 장랑은 와포룡에게 썼던 마룡십팔수를 이용, 관환의 팔목을 단단히 움켜잡았다. 관환은 몸놀림이 비호같아 다른 형제들에게 늘 부러움을 샀지만 지금은 아니었다. 장랑이 최선을 다하

는 분월도의 속도를 따라올 수 없었다. 그는 장랑이 손목을
잡아당기자 속절없이 끌려왔고 장랑의 팔꿈치에 의해 가슴팍
을 찍혔다.

퍼억!

관확은 큰 충격으로 휘청이며 뒤쪽으로 튕겨 나가려 했다.
하지만 장랑은 그의 팔목을 놓아주지 않았다. 이때 또 정면과
측면에서 장랑의 가슴 쪽과 옆구리 방향을 노리고 두 개의 도
신이 날아왔다. 장랑은 할 수 없이 관확의 팔목을 움켜쥔 채
로 한 번 더 땅을 박찼다. 그건 관확을 방패막이로 삼을 수 없
기 때문이었다. 장랑은 손을 놓으면 운신이 자유로워지겠지
만 대신 관확은 동료들의 손에 큰 부상을 입을 수도 있는 상
황이었다.

파앗!

목표를 놓친 두 자루 박산도는 경사 완만한 산길에 두 개의
가늘고 긴 웅덩이를 만들어놓고 회수되었다. 장랑은 허공에
서 떨어져 내리며 관확의 안면과 가슴을 주먹과 팔꿈치로 연
이어 두들겼다. 장랑은 관확이 동료 손에 부상을 입게 하고
싶지 않았을 뿐 기습을 가한 행위를 용서한 건 아니었다.

퍽! 퍽! 퍽! 퍽!

마낙에 내려서는 순간에는 장랑의 무릎은 관확의 복부에
연속 네 번이나 박혀들었다.

“허어억—!”

관확이 썩은 고목 쓰러지듯 그 자리에서 맥없이 고꾸라졌다.

"확아!"

누군가 쓰러지는 관확을 바라보며 고함을 쳤다.

장랑에게 처음 말을 걸었던 초로인, 십이도객의 대형인 관율확이었고 관확은 그의 친동생이었다.

'이건 도저히 말도 안 되는 일이다. 어떻게?

관율확은 순간적으로 정신을 차릴 수 없었다. 아직 제대로 된 합격진을 펼치기도 전에 너무나 막대한 타격을 입었다. 관율확은 동생의 안위도 중요했지만 먼저 전열부터 정비해야 한다고 생각했다.

"그만! 모두 물러서라."

관율확은 먼저 한 걸음 빠지면서 고함쳤다.

십이도객 중 남은 다섯은 즉각 뒤로 빠졌다.

그들이 물러서며 싸움이 중단되자 장랑 또한 동작을 멈추었다.

장랑은 심각한 표정이었다. 손속에 사정을 두려고 나름대로 노력을 하였다. 죽이거나 부상을 입히기보다 전투 불능 상태로 만드는 것이 원래 의도였다. 그러나 또 한 사람의 중상자가 발생하고 꽤 중한 상처를 입은 사람이 여럿 나왔다. 하지만 어쩔 수 없었다. 십이도객들이 워낙 날카로운 공세를 펼쳐 왔기에 섬뜩했던 순간이 한두 번이 아니었다. 손속에 사정을 두는 것도 좋지만 살아남기 위해서는 강력한 초식을 펼칠 수밖에 없었다.

죽지 않으려면 죽여야 하는 곳이 강호라지만 십이도객과는 아무런 원한이 없었다. 장랑이 방금 십이도객이 물러서자 순간적으로 다행이라는 생각이 드는 건 바로 그 때문이었다.

운마행이 입산을 극구 말린 이유를 조금은 알 것 같았다. 사람은 때론 너무나 어리석어 깊은 착각에 빠진다는 말이 맞았다. 자신의 눈으로 직접 보고 체험하지 않으면 믿으려 하지 않는 사람들을 비웃고 경멸했지만 현재 자신이 딱 그런 부류의 인간이었다.

"이쯤에서 그만 합시다. 나는 이렇게 하려고 녹림맹을 찾은 것이 아니오."

장랑은 진심이었다.

"이놈! 네놈 손에 아우들이 쓰러졌다! 어디서 그따위 되지도 않은 말로……."

관율확은 고함을 치다 말고 감정이 복받쳤는지 울컥하였다. 장랑은 자신부터 냉정할 필요가 있다고 느꼈다.

"냉정하게 말해 시비를 걸어온 쪽은 녹림맹이오. 죄없는 한 노인을 죽이고 장원을 강탈했으며 선친께서 남겨주신 물건까지 빼돌린 쪽은 내가 아니란 말이오."

"네 말이 모두 사실이라고 치자. 하지만 네놈의 악독한 손에 당한 나의 형제들은 어떻게 하란 말이냐. 네놈이 죽든 우리가 죽든 사생결단을 내야겠다."

관율확은 말을 하면서도 부지런히 손을 놀렸다. 그의 손짓에 따라 십이도객들은 하나둘 장랑 주위를 감쌌다. 처음의 반달 모양이 아닌 일반적으로 보는 원형의 포위막이었다. 그들은 장랑과 일정 거리를 유지하면서 천천히 좌우로 움직였다.

장랑은 고개를 좌우로 흔들고 말았다. 피하려고 해도 피할 수 없는 상황에 빠져 버린 것이다.

장랑은 그들의 움직임을 주의 깊게 살폈다. 그들이 움직이는 위치와 방향은 일정한 형태가 있었다. 각자에게 주어진 역할과 정해진 방위를 점하고는 서서히 압박하는 익숙한 형태의 진법. 육합진이었다.

육합진은 잘 알려진 흔한 진법이었다. 그러나 흔하다고 무시해서는 곤란하였다. 흔하고 평범하면 수련에는 쓰일지언정 실전에서 사용하는 경우는 드물다. 그런데 육합진은 자주, 그것도 빈번하게 쓰인다. 이유는 간단하다. 쉽게 배울 수 있으면서 강력한 위력을 발휘하기 때문이다.

장랑은 긴장하기 시작했다. 십이도객은 처음 나타날 때와 다르게 신중하고 무척 진지했다. 눈빛 또한 완전히 달라졌다.

그들은 처음에 장랑을 대수롭지 않게 생각했을지 몰랐다. 그렇기 때문에 급하게 서둘렀다. 그저 빨리 쓰러뜨려 형제의 복수를 하고 싶을 것이다. 하지만 막상 상대해 보니 까다로운 상대임을 알고 최선을 다하고 있었다.

윙! 윙! 윙! 윙!

여섯 명 십이도객이 각자의 병기를 가로세로 교차하며 휘둘렀다.

장랑의 집중력을 깨뜨리고 시선을 흩뜨려 놓으려는 수단이었다.

그들은 장랑 주변을 빙글빙글 돌았다.

웅! 웅! 웅!

병기가 교차되는 속도가 빨라지고 주변을 빙빙 도는 속도역시 빨라졌다. 어느새 장랑은 그들이 만들어낸 도신의 희뿌연 벽 속에 갇혀 버렸다.

도벽은 완벽해 보였다. 한 치의 틈도 허용치 않는 금성철벽(金城鐵壁) 같았다. 장랑이 서 있는 반경 일 장의 공간을 제외하곤 밖이 보이지 않았다.

팟!

도벽 속에서 도신 하나가 불쑥 튀어나와 옆구리를 빠르게 스치고 지나갔다. 장랑은 거의 반사적으로 재빨리 몸을 돌려 피했다. 하지만 겨드랑이 아래 옷자락은 크게 베어져 맨살이 드러나 있었다.

칫!

또 다른 도신 하나가 튀어나와 손등에 작은 생채기를 만들고 지나갔다.

장랑은 자신이 난처한 상황에 빠졌음을 뒤늦게 깨달았다.

이런 식의 싸움을 원한 건 아니었다. 이젠 죽거나 죽이거나 둘 중의 하나의 선택밖에 남지 않았다.

이때였다.

"멈추어라!"

어디선가 들려온 다급한 노인의 음성이 장랑의 귓전을 때렸다. 지축을 흔들고도 남을 만한 커다란 음성이었다.

십이도객들이 일제히 동작을 멈추었다.

장랑도 소리가 들려온 방향으로 고개를 돌렸다.

이때 누군가의 입에서 무심결에 튀어나온 한마디.

"맹, 맹주……."

장랑은 목소리의 주인공이 누구인 줄 알았다.

황의를 입은 칠 척 장신의 반백 노인.

'저 사람이었군!'

녹림맹주를 만나기가 이렇게 어려울 줄 몰랐다.

장랑은 이십여 장 밖에서 급히 달려오는 반백의 노인을 똑바로 쳐다보았다.

헛된 소문은 아니었다. 노인에게서 절대강자의 풍모가 느껴졌다.

"어린 친구가 제법 실력은 있는데 손속은 잔인한 편이로구나."

"노인장! 초면에 너무 무례하오."

장랑은 상대가 팽가원임을 알면서도 일부러 '노인장'이라 불렀다. 어지간하면 공대를 하겠지만 이상하게도 팽가원에게는 공대가 나오지 않았다.

"노인장? 맞아, 내가 노인장이었지."

팽가원은 굳어진 표정을 풀고 미소를 지었다.

그리고는 신기한 무언가를 발견한 듯 계속해서 '노인장'이라는 단어를 되뇌었다.

"노인장……. 하하하. 생전처음 들어보는 말이지만 별로 나쁘지 않군."

"……."

장랑은 태연하게 웃고 있는 팽가원의 행동이 이해되지 않았다.

그가 아낀다는 십이도객들이 부상당해 바닥에 누워 있었다.

수하들을 아낀다는 소문이 잘못된 것인가? 하지만 장랑은 녹림맹주의 인간 됨됨이를 따지러 온 것은 아니었다.

"장랑이오."

장랑은 포권 대신 가벼운 목례로써 인사를 대신했다.

"꽤 빡빡한 친구로군. 나는 팽가원이다. 공동의 속가제자라고 들었는데 공동의 제자치고는 꽤나 훌륭하고 뛰어난 기도를 가졌구나."

"칭찬 같은데, 귀에 거슬리니 이상하구려."

"거슬려?"

팽가원은 눈살을 찌푸렸다. 누구도 자신 앞에서 이런 식으로 말하지 않는다.

그는 장랑의 눈동자를 똑바로 쳐다보았다.

장랑도 팽가원의 시선을 피하지 않았다.

"……."

눈싸움 같은데 엄밀히 따지면 기세의 싸움이었다.

눈빛은 의외로 많은 말을 담고 있다. 말로 하지 못하는 수많은 내용을 눈빛으로 담아내고 대신할 수도 있었다. 두 사람은 지금 눈빛으로 여러 가지 대화를 나누었으며 몇 번의 공방도 주고받았다. 실제로 싸운다면 팽가원의 승리가 당연하지만 눈으로 주고받는 싸움에서는 서로 비등했다.

두 사람은 한참 동안 그렇게 서로의 눈빛을 바라보고 있었다.

일각 가까운 시간이 흘렀다.

"으으으음."

팽가원의 입에서 작은 신음 소리가 나왔고 두 사람은 거의 동시에 눈빛을 풀었다.

"거슬렸다면 사과하지. 그런데 공동의 제자가 어찌 공동의 무공보다 타 문파의 무공을 많이 쓰는가? 아까 산을 내려오면서 언뜻 보니 강호에서 쉽게 구경하기 어려우며 낯설고 생경한 무공이던데?"

보법에 대한 이야기였다. 장랑은 분월도를 제외하고는 거의 공동파의 무공을 사용하였다.

"그건 쓸데없는 의문 같군요."

"쓸데없는 의문이라면 할 말이 없지. 흠, 그거 아나? 조금 전 자네가 펼친 그 보법이 다른 사람에게는 생경할지 모르지만 난 본 적 있거든. 내가 아는 어떤 노인이 사용하는 그것과 정말 많이 흡사하더군."

운마행 노인의 이야기였다.

장랑은 팽가원의 얼굴을 바라보았다. 운마행의 이름을 거론하면 이야기는 쉽게 풀릴지도 모른다. 그러나 그렇게 하고 싶지 않았다.

"궁금하다면 알려 드리겠소. 강호에 알려지지 않은 건 맞지만, 보법은 추운신법이고 공동파의 것이 맞소. 사용한 장법은 개천풍운장이 원형이지만 내 스스로의 취향에 맞추어 살짝 응용하여 펼쳤소."

팽가원은 고개를 끄덕였다.

"자신있게 말하는 것을 보니 둘러대는 것 같지는 않고… 하지만 계속 의문점이 남는군. 어떤가, 산채에 올라가서 좀 더 이야기를 나누어보는 것이?"

"나는 무공에 대한 담론을 위해 이곳에 오지 않았소."

"알아, 보세산상 문제로 왔다고 들었지."

"……."

"자네가 알고 있는지 모르지만 나는 공동파와 꽤 인연이 깊다네. 우화등선하신 송진자 선배는 아주 오래전에 뵌 적이 있었고, 아! 삼 년 전인가? 우연히 명일 도장을 만났는데 그 사람과 무공에 대한 담론을 벌여 이틀 밤낮을 이야기했는데 결국 끝을 보지 못하고 다음 기회로 미루었지.”

엉뚱한 소리였지만 장랑으로서는 결코 흘려들을 수 없는 말이었다.

“명일 도장? 사숙을 아시오?”

“알다마다. 명일 도장이 자네에게 사숙이 되나?”

“…….”

장랑은 말 대신 고개를 끄덕였다.

송진 사백조는 돌아가신 분이라 확인해 볼 길이 없지만 명일 사숙이라면 다르다. 얼마든지 확인이 가능한데 정말로 팽가원과 친분이 있다면 그를 대하기가 여러 가지 점에서 껄끄러울 수밖에 없을 것이다.

第八章
내력의 차이

張郎
行路

脯此影爲賜其福佑

迎請神眞老君演此眞妙經竟

降臨速得正一

道音廣奉

至大政元四月佛洽爲

日弟子趙孟頫敬

녹림맹주의 처소라고 해봐야 대단할 것도 없다. 산간 마을에서 흔히 볼 수 있는 목옥의 구조였다. 다만 크기는 일반 가정과 달리 큰 편이라 가옥 대여섯 개를 합쳐 놓은 정도는 되었다.

팽가원과 장랑은 투박하지만 크고 긴 나무 탁자를 사이에 두고 마주 앉았다. 대화의 분위기는 나쁘지 않았다.

팽가원이 입을 열었다.

"청명검은 넘겨주었다. 보계산장을 다시는 넘보지 못하도록 지시도 내렸고. 하지만… 지 총관."

팽가원 부름에 오십 중반의 사내가 지체없이 달려왔다.

학창의를 입었고 관인들이나 사용하는 옥관자 망건을 머리에 두르고 말총으로 만든 진한 회색 유건(儒巾)을 썼다.

"지 총관, 장원 한 채 가격이 얼마나 하지?"

"마을마다 지역마다 가격 차가 있습니다. 큰 도시에서 백 칸 규모의 장원을 구입하려면 은자 삼천 냥에서 사천 냥가량 필요합니다. 간혹 그보다 비싼 경우도 있지만 드문 경우이고, 아무리 비싸도 오천 냥을 넘기진 않습니다."

팽가원이 고개를 끄덕였다.

"들었지? 장원 한 채 값이 최대 오천 냥이야. 최고급 자재로 장원을 새로 짓고 내부를 호화롭게 꾸민다 해도 역시 그 금액을 넘기기 어려워. 허름한 장원의 삼 년 사용료가 은자 십만 냥이라면 말이 되는가?"

장랑은 정색을 했다.

"사람마다 가격 매기는 기준이 다르고 소중히 여기는 정도 차가 있습니다. 저 사람 말대로 따지면 보계산장의 가치는 은자 삼천 냥에 못 미칠지 모릅니다. 하지만 보계산장에는 나의 십 년 생활의 추억이 남아 있고, 내 아버지의 십 년 세월의 기억이 스며 있습니다. 그런 소중한 것들이 모두 깨끗이 지워지고 사라져 버렸는데 어찌 산술적 잣대로 평가하려 하십니까?"

팽가원의 표정도 심각하게 변하였다.

"따지고 보면 보계산장에만 그런 식의 소중한 기억이 남아 있는 건 아니야. 사연없는 사람은 아무도 없어. 어느 집, 어느 마을에나 애환과 곡절은 숨어 있기 마련이지. 다른 사람들을 너무 바보 취급하지 말게. 십만 냥은 너무 과해."

"모든 걸 자기 기준에 맞추어 판단하는 것을 흔히 오만과 편견이라 부르지만 나는 보계산장에 대해서만은 오만과 편견을 가지고 싶습니다. 십만 냥을 내십시오."

"보기보다 고집이 세군. 나는 벌써 많은 것을 양보했다. 거래란 원래 주고받고 하는 데 묘미가 있다. 그런데 받기만 하려 할 뿐 내놓는 것이 없으니 필연적으로 남는 건 감정에 이은 실력 대결뿐이야."

"생각이 그러하다면 굳이 마다할 이유가 없습니다."

장랑은 표정과 태도를 굳건히 했다. 원래 이런 식의 감정 대립을 위해 찾아온 것은 아니지만 여기서 물러서기 싫었다.

"으음."

팽가원의 표정이 더욱더 굳어졌다. 굳어졌다는 표현보다 일그러지려는 것을 억지로 참아내고 있다고 해야 옳았다.

녹림맹은 누구나 인정하는 용담호혈.

그런 녹림맹에 홀로 뛰어드는 행동은 만용에 가까운 용기와 과단성이 필요하다. 팽가원은 그것을 높이 샀다. 그것은 오랜만에 느껴보는 신선함이자 유쾌한 흥밋거리였다. 그렇지만 녹림맹주의 자리는 개인적 감상에 젖어 멋대로 행동해선 안 되는 위치였다.

팽가원은 굳어진 표정으로 천천히 몸을 일으켜 세웠다.

"뜻이 그러하다면 받아들이도록 하지."

팽가원이 일어서자 두 사람의 대화에 촉각을 곤두세우고 있던 녹림맹 인물들이 뒤로 표표히 물러섰다.

제법 널찍한 공간이 만들어졌다.

장랑은 두 손을 가볍게 겹쳐 포권을 해보인 후 곧바로 청명검을 뽑아 들었다.

퉁!

손을 벗어난 검갑이 멀리 날아가 떨어졌고 실내의 분위기는 싸늘하게 변했다.

장랑은 청명검을 중단과 상단 사이에 비스듬히 눕혔다. 그러면서 오른발을 두 족장가량 앞으로 내디뎠다. 그것은 기본 검식을 펼칠 때나 사용하는 아주 평이한 기수식이었다.

지켜보던 녹림맹 인물들의 얼굴에 거의 동시에 조소와 경멸의 눈빛이 떠올랐다. 상대하는 인물이 누구인 줄 알고 그런 무공으로 맞서려는 것인가? 하는 눈빛이었다.

장랑은 주변 반응이나 분위기 따위는 신경 쓰지 않았다. 지금 그의 눈에 들어오는 것은 팽가원의 웃음기 하나 없는 얼굴일 뿐이다.

사전에 충분한 탐색이 이루어져서였을까? 아니면 장랑 따위는 처음부터 안중에 없어서였을까? 팽가원은 굳은 표정을 빼고는 전혀 긴장하지 않아 도무지 싸움을 앞둔 사람 같지 않았다.

장랑이 자세를 잡고 서자 팽가원의 입이 열렸다.

"시작해라."

장랑은 가벼운 목례와 함께 움직였다.

"그럼."

단번에 서너 걸음만큼 내닫는가 싶더니 두 번째 발 딛음과 동시에 신형을 높이 뽑아 올렸다.

장랑은 낙하하는 시점에서 몸을 거꾸로 뒤집었다. 검끝이 향하고 있는 지점은 팽가원의 정수리 부분이었다.

캉!

장랑의 검이 수평으로 길게 누워버린 묵빛 장도에 가로막혀 더는 아래로 내려가지 못했다.

위에서 힘껏 찍어 누르는 힘과 밑에서 밀어내려는 힘이 상충되어 장랑의 검신은 순간적으로 팽팽하게 시위 메겨진 강궁처럼 완전한 반원 모양으로 휘었다.

휘리릭―!

결국 장랑은 반발력을 이용하여 원래의 섰던 자리로 공중제비를 돌아 내려설 수밖에 없었다.

별 소득이 없었다.

하지만 그때 이상한 일이 벌어졌다.

팽가원의 분위기가 조금 전과는 확연히 바뀌어 있었다.

"귀엽게 봐주려 했더니… 감히 날 능멸하다니."

팽가원은 화가 많이 난 얼굴이었다.

그럴 수밖에 없었다.

장랑은 무의식적으로 탐색을 위한 공세를 펼쳤지만 팽가원 입장에서 받아들이는 의미는 달랐다.

허공에서 아래로 검을 내려치는 수법은 고수가 하수에게나 쓰는 공세 방법이었다. 이는 장랑이 팽가원을 자신보다 하수로 여기거나 고의로 화를 돋우는 수단이라고 받아들일 수밖에 없었다. 초식은 초식일 뿐, 공세는 공세일 뿐 하나하나에 의미를 부여할 이유가 없었다.

하지만 장랑은 갑자기 태도가 돌변한 팽가원으로 인해 순간적으로 주춤거릴 수밖에 없었다.

그사이 팽가원이 장랑에게 질풍처럼 달려들어 반 장 앞에 이르렀고 묵빛 장도는 장랑의 몸통을 박살 낼 기세로 거세게 휘둘러졌다.

까앙! 깡! 까아앙!

장랑은 연속 세 번의 공세를 간신히 막아냈다. 그리고 적지 않은 충격을 받았다.

언뜻 분노에 사로잡혀 마구잡이로 휘두르는 듯 보이는 묵빛 장도에는 뜻밖에도 많은 내력이 실려 있었다.

장랑은 팽가원에게 뒤질세라 즉시 전신의 내력을 한곳으로 끌어 모았다.

스스스!

청강장검 주변에 아지랑이 같은 기운이 어리는가 싶더니

이내 푸르스름한 색으로 짙어졌다. 그리고 이내 검봉 앞으로 한 다발 무형의 기운이 형성되었다. 검을 빠져나온 푸르스름한 기운은 무려 두 자가량이나 되었다. 너무나 푸르고 선명하여 검기라 보기에는 적당치가 않았다.

"검강?"

팽가원은 목전에서 직접 보면서도 잘 믿기지 않았다.

"……."

"네가 그런 수준까지 도달했으리라 짐작하지 못했다. 나이를 생각하면 엄청난 성취이고 큰소리칠 만한 자격은 충분하다. 하지만 그 실력을 믿고 내게 도발을 해왔다면… 좋다, 네가 아직 우물 안 개구리에 불과함을 느끼도록 해주겠다."

스스스슝!

팽가원의 장도에서도 묵빛의 검강이 뿜어져 나왔다.

길이는 석 자를 넘어 석 자 반 길이.

장랑보다 적어도 한 자 반이나 더 길었다.

두 사람은 말없이 서로의 얼굴만 바라보았다.

그리고 누구라 할 것도 없이 거의 동시에 움직였다.

두 개의 강대한 기운이 정면으로 부닥쳐 충돌했다.

꽝! 꽝! 꽝! 꽝!

귀청을 찢어버릴 듯한 네 번에 걸친 굉음.

두 사람을 중심으로 오 장 이내가 뿌연 먼지 속에 휩싸였다.

　실내는 아수라장이 따로 없었다. 천장에는 어른이 들락거릴 만한 커다란 구멍이 뚫렸고 한쪽에 밀려 있던 의자와 탁자들도 넘어지고 뒤집혀 있었다.

　장랑과 팽가원은 각기 원래 자리에서 각기 이 장씩 밀려나 있었다. 밀려난 거리로 따지면 백중세로 보였다. 그런데 외관의 몰골은 천양지차였다.

　장랑의 입과 코에서 검붉은 선혈이 흘러나오고 있었고 얼굴은 창백하여 병자의 얼굴, 그것이었다. 반면 팽가원의 안색은 조금 하얗게 탈색된 정도 이외 큰 변화는 없어 보였다.

　'이럴 수가……'

　장랑은 허탈함을 느꼈다.

　변변한 초식 한번 펼쳐 보이지 못했다. 그저 힘과 힘이 부닥친 것 이외 다른 건 없었다.

　내상도 생각보다 심했다.

　팽가원이 장도를 늘어뜨린 채 여유로운 발걸음으로 장랑을 향해 다가왔다.

　결단코 팽가원을 만만한 상대로 여기진 않았다. 그렇다고 하더라도 이 정도까지 내력의 격차가 존재할 줄 몰랐다.

　팽가원에게 왜 도존이니 도왕이니 하는 호칭이 붙었는지 그 이유를 알 것만도 같았다.

　하지만 허탈함도 잠시였다.

　내상을 입었다고 맥없이 물러설 수 없었다. 강호의 경험이

나 배분 등등 여러 이유를 들어 이대로 패배를 인정하고 순순히 물러선다 해도 하등의 이상할 이유가 없었다.

그러나 이런 정도로 물러설 생각이었더라면 처음부터 팽가원의 제의를 조건 없이 받아들였을 터였다.

장랑은 이를 악물었다. 다가서던 팽가원이 주춤하며 묵빛 장도를 가슴 높이로 세워 들었다. 그건 얼마든지 상대해 줄 테니 마음껏 공세를 펼쳐 보라는 의미였다.

장랑은 가장 익숙하게 펼칠 수 있는 공동파 최고의 절기인 소양검법의 절초들을 펼쳐 냈다.

땅! 땅! 따당! 땅! 땅!

혼신의 힘을 다해 연속으로 내지르는 공세가 팽가원의 두터운 방어 동작을 뚫지 못하고 번번이 가로막혔다.

장랑은 공세를 펼치면서도 머릿속이 복잡해져 갔다. 상대가 되지 않는 자. 그러나 아무리 생각해도 이대로 물러설 수 없었다.

문득 팽가원이 평생 동안 도법 한 가지만 수련했다는 사실이 떠올랐다. 상대해 본 십대도객들은 의외로 장공에 약했다.

장랑은 생각을 바꾸었다. 통하지 않는 공세를 고집할 필요가 없었다. 검술이 통하지 않으면 가장 익숙하고 자신감이 넘치는 장공으로 승부를 걸어볼 작정을 하였다. 장랑은 들고 있던 청명검을 미련없이 던져 버리고 즉시 팽가원의 품속으로 뛰어들었다.

장랑의 행동은 황당하기 그지없는 선택이지만 팽가원은 놀라거나 당황하지 않았다. 그는 자세를 급격히 낮추고 달려드는 장랑의 머리와 뒷목을 향해 묵빛 장도를 힘차게 내려쳤다.

장랑은 왼발에 중심을 두고 급격하게 몸을 회전시키며 측면으로 빠졌다.

휘이익!

그렇다고 팽가원과의 거리 유지를 위해 완전히 빠져나가지는 않았다.

우우― 웅!

간발의 차이로 묵빛 장도가 장랑의 왼쪽 측면을 훑고 지나갔다. 장랑은 팽가원이 도를 회수하여 다음 동작으로 이어가려 하는 그 짧은 순간을 이용하여 최대한 그의 오른쪽 측면에 가까이 붙었다. 그리고 망설임없이 팽가원의 옆구리를 향해 일권을 내질렀다.

"음!"

팽가원은 역시 백전노장다웠다. 결코 피하기 쉽지 않은 상황이었음에도 별 무리 없이 옆으로 미끄러지듯 이동하면서 장랑의 공세를 무용지물로 만들었고, 도리어 우측 발로 따라붙는 장랑의 정강이를 걷어찼다.

장랑은 움찔했다. 도무지 역습을 할 만한 자세가 아니었음에도 발이 날아왔다. 하지만 장랑에게는 최근 변화의 참 맛을 느끼기 시작한 분월도가 있었다.

발목을 반보가량 비틀어 신형을 이동시키자 신기하게도 팽가원의 발길질은 장랑의 몸과 간발의 차이를 두고 아슬아슬하게 비켜갔다. 장랑은 방향을 바로 세우며 다시 한 번 팽가원의 가슴을 향해 일장을 내질렀다. 장랑의 왼손에서 뿜어진 일장이 기어코 팽가원의 옆구리를 두들겼다.

퍽!

"억!"

팽가원이 순간 움찔하였다. 호신강기의 보호와 장랑이 속도에 치중하느라 온전한 공력을 실어내지 못했기에 그 정도였다. 그러나 팽가원 입장에서는 십수 년 만에 처음으로 육장에 당한 일격이었다.

팽가원이 꽤 큰 정신적 충격을 받은 짧은 틈새는 장랑으로 하여금 크나큰 기회를 잡게 만들었다. 장랑은 복마권법과 복마장법에 이어 개천풍운장법까지 연이어 펼쳐 냈다.

퍽! 팍!

정신적 충격에서 벗어나지 못한 팽가원은 간헐적으로 장랑의 주먹과 장에 어깨와 가슴을 얻어맞을 수밖에 없었다.

선공의 승기는 이제 장랑에게 넘어갔다. 장랑은 운마행에게 고마움을 느꼈다. 이러한 연환식은 며칠 전만 해도 절대로 불가능했을 것이다.

한편 팽가원은 자존심이 상할 대로 상하였다. 십이도객을 무너뜨린 실력은 인정하지만 자신에게 어울리는 상대로는 생각하지 않았다. 그저 세상 물정 모르고 날뛰는 건방진 후배가 있어 그를 따끔하게 혼내주고 싶었고, 운마행의 귀띔도 있어 묵도를 들었을 뿐이었다.

그런데 이제 운마행의 충고가 무색하리만큼 일방적으로 밀리고 있었다. 한번 빼앗긴 승기를 되찾기는 생각보다 녹록치 않았다.

이십여 초가 흐르도록 역전의 기회는 오지 않았다.

장랑은 자신의 공격이 잇달아 성공하자 그 자신도 내심 크게 놀라고 있었다. 혹시나 하여 던졌던 승부수가 제대로 먹힌 것이었다.

장랑은 공세를 펼치는 내내 운마행 노인에 대한 고마움이 머릿속에서 지워지지 않았다. 지금까지 익혀왔던 신법은 분월도에 비한다면 어린아이의 걸음마 수준을 겨우 벗어난 정도에 불과했다. 운마행 노인이 큰 인심 쓰는 척했던 것도 무리가 아니라는 생각도 들었다.

시간이 지날수록 장랑은 자신감이 붙어갔다. 단순한 연환이 아닌 공세의 강약을 조절하는 변화까지 일으키고 싶어졌다. 또한 체계도 잡아야 한다는 생각도 들었다. 처음에는 경황이 없어 무조건 공세를 이어가야 한다는 강박관념으로 이런저런 무공을 두서없이 섞어냈다. 복마권에서 복마대력수로, 이어서 개천풍운장으로 공세의 변화를 끊임없이 시도하였다. 복마대력수가 온전한 수공(手功)이라면 개천풍운장은 장(掌)과 권(拳), 그리고 약간의 각법이 조합된 무공이었다.

일방적으로 밀어붙이기 시작한 후로 벌써 이백 초가 넘었다. 그런데 몰아붙이는 자와 막아내는 자의 반전은 이루어지지 않았고, 단 한 번 실수가 치명적 결과를 가져오는 고수들 간의 싸움인 탓에 팽팽한 긴장감은 연속되었다. 그리고 공방은 어느덧 삼백 초를 넘어서고 있었다.

이때 두 사람은 모두 물에 빠졌다 나온 사람처럼 땀으로 흠뻑 젖어 있었다.

팽가원은 속이 편치 않았다.

삼초지적도 되지 않을 것이라 평가했던 장랑과 삼백 초를 넘기는 지리한 싸움을 하게 될 줄 몰랐다.

그러나 마음 한구석으로는 흐뭇한 기분도 들었다. 강호에 발을 들여놓은 이후 수백 초 이상 격렬하게 싸워 본 기억은 다섯 손가락 안에 꼽을 정도로 아주 적었다. 더구나 변변한 공격조차 못하면서 오로지 수비에만 치중해 본 적은 운마행 노선배 이후 처음이었다.

무엇보다 놀라운 것은 장랑이 펼치는 보법이었다. 보법의 위력이 이토록 대단한 줄 몰랐다. 수세에 몰린 이후 장랑과의 거리가 석 자 이상 벌어져 본 적이 없었다.

거리가 너무 가깝다 보니 묵빛 장도는 무용지물에 가까웠고 오히려 거추장스럽게 느껴질 때도 있었다.

팽가원은 마음을 독하게 먹어야 할 시기라고 생각했다. 더는 이대로 끌려갈 수 없었기에 약간의 손해를 감수하더라도 거리를 벌려야 했다.

장랑의 주먹이 어깨와 가슴을 향해 날아왔다.

팽가원은 일부러 피하지 않았다. 오히려 칠 테면 치라는 식으로 가슴을 열어주면서 호신강기에 온 내력을 집중시켰다.

펑!

팽가원은 반탄력을 이용해 뒤로 훌쩍 물러섰다. 급작스런 변화에 깜짝 놀란 장랑이 급하게 따라붙으려 했지만 벌어진 거리는 이미 삼 장 이상 되었다. 거리가 확보되자 묵빛 장도가 드디어 위력을 발휘하기 시작했다. 간발의 차이를 두고 장랑의 몸통을 몇 차례나 스쳐 지나게 되면서 승기는 완전히 넘어왔다.

팽가원의 독문도법은 망아도법이었다. 그는 승기를 되찾은 이후 제일초식 만공회선(滿空回旋)부터 열여섯 번째의 교교일참(攪攪一斬)까지 이어지는 초식을 연속으로 펼쳤다.

사십 년 넘게 도법 한 가지만 수련하였기에 그 능숙함은 보법에 의지한 채 패기로 맞서는 장랑을 조금씩 궁지에 몰아넣을 수 있었다.

"윽!"

사백 초식 가까운 공수를 주고받던 어느 한순간 장랑의 입에서 나직한 신음성이 토해져 나왔다.

장랑의 왼쪽 팔뚝 중간쯤이 크게 베어 살점이 벌어졌다. 핏물에 젖은 허연 뼈가 그대로 드러났다. 그건 팽가원의 가슴 쪽을 너무 무리하게 파고들려다 당한 상처였다.

파아아—

연속으로 물러서는 장랑은 아찔아찔한 순간을 여러 번 맞이했다. 장랑은 내력을 십이성까지 잔뜩 끌어올렸다. 일수에 모든 것을 걸고 승부를 결정을 지으려는 의도였다.

"하아아압!"

장랑은 낮은 음성의 기합 소리와 함께 묵도가 그려내는 묵빛 환영 속으로 힘차게 달려들었다.

"앗!"

"미, 미쳤어!"

"저, 저런."

구경하던 녹림맹 인물들이 탄식을 토해냈다. 그들은 이미 장랑을 인정하였다. 도존 팽가원과 사백 초가 넘는 혈투를 벌일 능력을 지닌 사람은 강호상에 십수 명에 불과하다는 사실을 그들도 잘 알고 있었다.

승부는 이미 결정되었다. 때문에 그들은 장랑이 순순히 패배를 시인하고 물러서기를 바라고 있었다. 그런데 장랑이 이를 악물고 묵빛 장도의 그림자 속으로 달려드니 그가 삶을 포기하고 스스로 자폭하는 것으로밖에 보이지 않았다.

꽈꽈꽈꽝—!

하지만 그들의 예상은 절반만 맞고 절반은 틀렸다.

커다란 폭음과 함께 피투성이가 된 장랑이 튕겨 나왔다. 비틀거리는 신형을 겨우 바로 세운 장랑의 외관은 목불인견이었다. 옷자락은 이리 뜯기고 저리 찢겨 걸레나 다름없었다. 갈라지고 베어진 수십 군데 상처에서 핏물이 뚝뚝 떨어져 내렸다. 머리카락은 뭉툭 잘려 나가 사방으로 곤두서 버려 흉측해 보였다. 굳게 다물어진 입술을 비집고 검붉은 핏물도 흘러나왔다.

그렇다고 장랑만 일방적으로 당한 건 아니었다. 팽가원도 적지 않은 내상을 입었다. 다만 장랑은 항거 불능에 가까운 상태였고, 팽가원은 아직 무공을 펼칠 만한 여력이 남아 있을 뿐이었다.

第九章
조우(遭遇)

張郎
行路

脯此影為賜其福佑
迎請神真老君演此真妙經竟
降臨速得正一
道吉廣 奉
至大改元四月佛浴為
日弟子趙孟頫敬

이천 년의 고도 낙양(洛陽).

낙양 인근에서 가장 유명한 장소를 묻는다면 대개 백마사(白馬寺)와 관림당을 꼽는다.

두 곳 모두 사람의 발길이 끊이지 않는 곳인데 백마사는 불자들이 많이 찾는 곳이고 관림당은 그런 분류 자체가 필요없이 모든 사람이 찾는 장소였다.

얼마 전에 초라한 몰골의 청년 하나가 관림당 입구 쪽에 모습을 드러냈다. 얼핏 떠돌이 낭인의 분위기였는데 원체 그런 부류의 사람들이 많은 곳이라 특별히 사람들의 이목을 끌지는 않았다.

그는 차분한 가운데 간혹 이상하리만치 날카로운 눈빛으로 관림당을 드나드는 사람들을 관찰하였다.

그는 지금 누구를, 무엇을 찾으려는 것일까?

장랑은 허 집사 할아범의 복수와 청명검을 위해 녹림맹에 뛰어들어 혈투를 벌였고 만신창이가 되었다.

행동의 명목상 이유와 배경은 분명히 복수였다. 하지만 관림당 입구에 앉아보니 과연 그것이 전부였을까 하는 생각이 들었다. 만일 복수의 대상이 팽가원이 아니었다면 어떻게 행동했을까? 허 집사의 복수가 그토록 절실한 이유가 되었을까? 청명검에 소중한 추억이 남아 있는 것은 분명하지만 당장 목숨까지 버려도 좋을 만큼 대단하고 절대적으로 필요한 물건이었을까? 혹시 스스로 명분을 만들어 도존의 명예를 지닌 팽가원과 한번 질펀하게 싸워보고 싶다는 충동이 있었던 건 아닐까?

태행산을 내려온 지난 이십 일 동안 줄곧 골똘히 생각해 온 화두였다. 냉정히 생각해 보면 허 집사의 복수는 운마행 노인 말대로 보계산장에서 마무리되었다고 봐야 옳았다. 청명검을 찾으러 녹림맹에 간다는 것도 핑곗거리로 느껴졌다.

장랑은 지난 이십 일 동안의 행적을 되돌아보았다.

만신창이가 된 몸으로 산을 내려와 처음 찾은 사람은 운마행이었다. 그런데 운마행은 물론 막소미의 행적조차 찾을 수 없었다.

할 수 없이 내상을 다스리며 천천히 이동하다 보니 어느새 낙양에 도착했다. 낙양까지 꼬박 열흘의 시간이 걸렸다.

낙양의 관림당은 공동파와 연을 맺고 있는 몇 되지 않는 도관 가운데 하나였다. 관림당주의 배려로 열흘을 가까이 머물며 많은 생각을 하였다. 그러다 문득 관림당을 찾는 다양한 부류의 사람들의 표정과 행동을 관찰하게 되었다. 그리고 몇 가지 중요한 점을 깨달았다.

기쁨은 누군가가 주는 것이 아니고 스스로 만드는 것이다.

스스로 믿고 스스로 노력하고 스스로 행동하면 그것이 곧 기쁨이다.

다소 뜬금없고 자기합리화의 결론이지만 장랑은 그것을 앞으로 살아가는 마음의 지표로 삼기로 하였다.

장랑은 마음의 정리를 끝내고는 자리를 털고 일어서는 찰나.

"저, 혹시 공동파의 장랑 소협 아니십니까?"

누군가 아는 척을 하였다. 곁을 스쳐 지나던 덩치 큰 대한이었는데 그가 갑자기 걸음을 멈추고 되돌아와 물은 것이다.

나이는 대략 이십대 중후반으로 키가 칠 척은 되어 보였다. 검고 반짝이는 두 눈과 구릿빛 피부는 그가 위풍당당한 사내임을 증명하는 듯하였다. 그럼에도 얼굴에 가득한 미소는 우락부락함보다는 인상 좋은 이웃집 청년 같은 느낌을 주었다.

"소협이라 불릴 만한 인물은 아닙니다만, 이름은 장랑이 맞습니다."

그러자 거한의 미소는 금방 크고 환한 웃음으로 바뀌었다.

"하하하하, 저를 모르시겠습니까? 난주표국에서 만난 적 있었죠? 비천문의 호덕현입니다."

거한이 신분을 밝혔다.

장랑은 잠시 고개를 갸웃했다. 그러다가 비로소 얼굴에 미소가 떠올랐다.

"아!"

거한이 누구인지 기억이 났다.

난주표국에 머물 당시 많은 사람과 인사를 나누었다. 워낙 많은 사람을 만났던지라 기억력이 나쁘지 않은 장랑조차 그들 모두를 기억할 수 없었다.

당시 누구의 강요도 없는데 자발적으로 마적토벌대에 동참한 몇몇 중소문파가 있었다. 그중 별로 눈에 뜨이지 않고 조용한 가운데 자신들의 임무에만 신경을 쓰는 무리들이 있었는데 그들 가운데 하나가 비천문이었다.

거한은 비천문 부사 십여 명을 이끌고 왔던 호덕현으로 비천문주의 셋째 아들인가 그랬다. 위로 두 형이 있었고 서출이었음에도 비천문을 대표하여 토벌대를 이끌고 오는 중책을 맡았었다.

들기로는 두 형을 능가하는 비범함이 돋보여 나이 스물에 벌써 차기 문주로 낙점되었다고 했다.

"장 형을 여기서 뵙는군요."

나이는 호덕현이 장랑에 비해 칠팔 세나 위지만 그가 장랑을 대하는 말투와 행동은 오히려 동생이 형을 대하는 듯한 어려움이 있었다.

"호 당주님, 오랜만에 뵙습니다."

장랑은 포권으로 반갑게 마주 인사를 하였다.

그때는 겨우 수인사만 나눈 사이에 불과했지만 타지에서 만나니 일종의 동료애가 느껴졌다.

말수가 적은 장랑이 친근한 말투로 대하니 호덕현은 큰 덩치와 어울리지 않게 계면쩍어하였다.

"장 형을 꼭 다시 만나고 싶었습니다. 난주를 떠나기 전, 장 형께 꼭 부탁하고 싶었던 한 가지가 있었는데 그때 하지 못했거든요."

장랑은 의아한 표정을 지었다.

호덕현과는 단순히 인사만 나눈 사이로 함께 움직인 적도 없어 부탁을 주고받을 만큼 친밀한 사이는 아니었다.

"호 당주님께서 제게 무슨 부탁을?"

"지금 그 부탁을 한다면 들어주시겠습니까?"

장랑은 내심 망설여졌다. 그런데 호덕현의 표정을 보아하니 그리 어려운 부탁 같지 않았다. 또한 받아들이기 어려운 부탁이라면 즉시 거절하면 그만이었다.

"제 능력의 한도를 벗어나지 않는다면야… 말씀해 보세요."

"그럼… 말하겠습니다. 장 형, 우리 벗으로 사귑시다."

전혀 예상치 못했던 말이었다. 장랑은 잘못 듣지 않았나 하였다.

"네? 무슨 말씀인지?"

"길거리에서 함부로 꺼낼 말은 아니지만 정식으로 제의합니다. 벗으로 사귑시다. 이 호덕현, 이래 보여도 썩 괜찮은 놈입니다."

"호 당주님, 그 말씀은 나로서는……."

"장 형, 잠깐만요."

호덕현이 장랑의 말을 잘랐다.

"……."

"제가 급한 마음에 말을 꺼내긴 했습니다만, 여기서 계속 이야기를 하기에는……. 저쪽으로 자리를 옮깁시다. 저쪽 호화객잔은 낙양에서 꽤 유명합니다. 주인이 직접 담근 백주 맛이 기가 막힙니다."

호덕현은 신이 난 표정이었다.

그는 상냥의 대답도 듣지 않고 먼저 객잔으로 향했다.

장랑은 활기차게 걷는 호덕현의 뒷모습을 바라보았다.

지금까지 호덕현처럼 당황스런 상황을 만든 사람은 처음

이었다. 강호가 아무리 예의범절이 무시되고 상식이 통하지 않는 세계라지만 그것도 정도가 있는 법인데…….

장랑은 호덕현에게서 호감과 함께 묘한 친근감을 느꼈다.

관림당 주변에서 열흘 가까이 서성댔지만 호화객잔은 처음이었다.

객잔 내부는 호화롭고 규모가 상당히 컸다.

한눈에도 삼백 석이 넘어 보이는 좌석인데 빈자리가 없었다.

"장 형."

호덕현은 벌써 이층 계단 위에 올라 빨리 오라고 손짓을 하였다.

장랑은 계단을 오르다 이층 입구에 붙어 있는 이상한 문구의 푯말을 발견했다.

주인의 허락을 받은 사람만 출입 가능.

입구의 경고문(?) 때문인지 몰라도 이층은 일층과 달리 썰렁하였는데 호덕현은 익숙한 발걸음으로 전망 좋은 창가 쪽으로 움직여 자리를 잡고, 장랑은 그의 맞은편에 앉았다.

"무엇부터 먹을까나……."

"……."

“어이!”

호덕현은 큰 소리로 점소이를 불렀다.

“여기 놈들은 소리를 치지 않으면 잘 움직이지 않아서……. 앗! 이런!”

장랑을 향해 멋쩍게 웃던 호덕현이 갑자기 난처한 표정을 지었다.

영문을 모르는 장랑은 호덕현의 얼굴을 바라보았다.

“장 형, 이거 정말 죄송합니다. 장 형과의 해후가 너무 반가운 나머지 깜박했습니다. 급히 처리해야 되는 일인데……. 이각? 아니, 일각 정도면 충분합니다. 잠깐만 기다려 주시겠습니까?”

호덕현은 미안해서 어쩔 줄을 몰라 했다.

당혹스럽기는 장랑도 마찬가지였다. 그러나 모든 건 생각하기 나름이었다.

호덕현은 비천문의 외당 당주였다. 그가 당주로서 맡겨진 직분과 소임에 충실하다는 것은 나쁜 일이 아니었다.

자신으로 인해 호덕현이 직분에 충실하지 못하도록 하면 안 되었다.

장랑은 호덕현이 미안해하지 않도록 일부러 밝은 표정을 지었다.

“제가 호 대협을 너무나 번거롭게 하였군요.”

“당, 당치도 않은…….”

"여기 자리가 참 좋습니다. 여기 앉아 지나는 사람들 표정을 관찰하는 일도 나쁘진 않을 것 같습니다."

장랑은 아무렇지 않은 듯 말했다.

"그럼, 서둘러 다녀오겠습니다."

호덕현이 미안해하는 표정으로 자리를 떠났다.

다가오던 점소이가 급히 뛰쳐나가는 호덕현과 그의 뒷모습을 바라보는 장랑을 의아한 눈빛으로 쳐다보았다.

"조금 바쁜 사람이라서……. 기다리는 동안 간단한 요기부터 했으면 하는데… 행포고(杏鮑枯)에 라채(蘿菜)를 넣은 오채빈분(五彩賓粉)은 가능하겠소?"

장랑은 점소이의 따가운 시선에도 아랑곳하지 않고 값이 싼 소채 요리를 주문하였다.

"손님, 이층은 그런 음식보다……."

점소이가 쭈뼛거렸다.

"갑자기 그것이 먹고 싶어졌소. 참, 이 집의 백주는 천하일품이라고 하던데 백주 한 병도 주시오."

점소이는 어쩔 수 없다는 표정으로 물러갔고 그의 모습이 사라지자마자 시끌시끌한 남녀 한 쌍이 이층 입구에 모습을 드러냈다.

"누이, 조금 일찍 도착한 모양이군요. 아, 괜히 서둘렀어."

"늦게 도착하는 것보다 백배 나아."

그들 남녀는 한눈에 봐도 무림인이라는 느낌이 확 와 닿는 그런 옷차림이었다.

두 사람은 입구에서 한참을 시끄럽게 떠들었는데 사내는 유난히 목소리가 높았고 여인은 되도록 말수를 아끼려 하는 모습을 보였다.

그들 남녀는 주루를 한번 휘둘러 보다가 장랑과 시선이 마주쳤다.

사내는 이십대 초반, 여인 스물셋에서 넷 정도?

"흠, 가만. 누가 있네. 누이, 일단 가볼까요?"

"마음대로."

청년이 턱끝으로 장랑 쪽을 가리켰고 여인은 고개를 끄덕였다.

그들은 장랑을 향해 곧장 다가왔다.

청년은 망설임도 없이 장랑을 향해 당당한 자세로 포권으로 인사를 건넨 후 입을 열었다.

"안녕하십니까? 나는 조위(曹偉)라고 합니다. 낙양 일대에서 무위도식하는 백수건달로 소문이 나 있는 인물이죠. 이쪽 아리따운 선녀 분은 낙양서시(洛陽西施)라는 별호가 붙은 대단한 미인인데, 간혹 발끈하는 성격이 탈이죠. 수가 틀리면 손끝이 매섭게 돌변하는 경향이 있긴 해도 평소에는 다정다감한 동조경(董茗敬) 여협입니다."

청년의 말투는 가벼웠다. 그는 소개를 마친 후 장랑 맞은편으로 움직였다. 곧바로 자리에 앉지 않고 창가에 붙어 밖을 내다보다가 고개를 돌려 장랑을 바라보았다.

"전망은 역시 이 자리가 최고야! 안 그렇소, 형씨?"

조위는 가벼운 미소를 보였지만 말투는 불량스럽게 바뀌어 있었다.

"그렇군요."

"형씨, 여기 자리가 넓으니 합석해도 되겠죠? 탁자도 크고 하니까 불만이 없겠지만."

넉살이 좋은 건지, 아님 안하무인인지… 조위는 일방적인 통보를 한 후 장랑 맞은편에 앉아버렸다.

"조 공자, 무슨 실례야? 항상 이런 식이니 '낙양의 조위는 예의가 없고 몰상식하다' 라는 소리를 듣는 거야."

동초경이 조위를 향해 얼굴을 찡그렸다.

그녀는 장랑에게 살포시 고개를 숙였다.

"소협, 이해를 바랄게요. 우리는 이곳에 자주 오는 편인데 늘 이 자리를 이용했어요. 어떻게 보면 우리의 전용 자리라는 느낌이 있어서 그런 것 같으니 양해를 해주세요."

장랑은 조위의 예의없는 행동이 눈에 거슬리기는 했지만 동초경의 사과를 받고 보니 화를 낼 수 없었다.

하지만 정작 중요한 것은 그들과 합석할 생각이 없다는 것이었다.

"두 분, '사해동도는 모두 친구' 라고 하더군요. 객지에서 우연히 만나 이야기를 나누고, 또 마음이 맞아 서로 교류하며 사귀는 일만큼 흥거운 일이 없습니다. 하지만 그런 것도 상황과 서로의 이해가 맞아야 하는 법입니다. 저는 지금 선약도 있고 일행 또한 있습니다. 유감이지만 자리를 비워주기 바랍니다."

장랑은 나름대로 부드럽고 점잖게 거절할 생각으로 그렇게 말했다.

그런데 뜻밖의 반응이 돌아왔다.

"이봐, 친구. 그렇게 말귀를 못 알아듣나? 여기는 원래 우리 자리야. 합석하기 싫으면 조용히 자리를 뜨면 간단하잖아. 뭘 그렇게 복잡하게……."

맞은편의 조위가 벌떡 일어서면서 소리쳤는데,

"조 공자."

동초경이 조위의 말을 막았다.

"왜요, 누이? 내가 너무 심한가요?"

"그래, 너무 심해."

동초경은 손짓으로 조위를 다시 자리에 앉혔다. 그녀가 장랑에게 다가와 섰다.

"방금 말한 대로 이 자리는 우리의 지정석이나 마찬가지였어요. 그래서 자리를 빼앗겼다는 생각이 들어 조금 섭섭하기 해요. 그러나 어찌하겠어요? 소협이 먼저 자리를 차지했으니……. 참, 소협은 이곳 낙양에서 처음 보는 분인데 혹시 성함을 알 수 있을까요?"

동초경은 조용조용 이야기를 하였다.

"이름 밝히는 건 어렵지 않습니다. 하지만 그냥 물러서면 조용히 해결되는 문제인데 구태여 이름까지 묻는 이유를 알 수 없군요."

"그거야 아주 간단하죠. 소협이 누구인지 알아야 마음이 조금이라도 편해질 것 같아 그래요. 어때요? 제 마음을 편하게 해줄 생각이 없나요?"

동초경이 미소와 함께 장랑을 가만히 바라보았다.

이름을 밝히면 물러선다는데 마다할 이유가 없었다.

"장랑이라 합니다."

"아! 장 소협이었군요. 그럼, 실례되겠지만 하나만 더요. 어디서 왔고, 어느 문파 소속인지도 밝힐 수 있나요?"

"누님, 뭐가 그렇게 복잡합니까? 그냥 대충합시다."

조위가 불만스런 표정으로 중간에 끼어들었다.

그는 동초경의 방식이 불만이었고, 장랑의 태도가 건방져 보여 기분이 나빴다.

"조 공자, 조 공자는 말투가 과격한 편이야. 그건 상대를 기분 나쁘게 할뿐더러 반감까지 가지게 할 수 있어. 그래선 곤란하잖아."

"누이, 누이는 너무 마음이 착해 탈이야. 이런 자들은 누이처럼 빙빙 돌려 말하면 알아듣지 못해. 제길! 분수를 알아야지. 자고로 눈치없는 인간은 말이야 이렇게……."

조위는 말을 하면서 자신의 양손 관절을 꺾었다.

뚜뚝! 뚜두두두둑―!

손가락 관절 꺾이는 소리는 요란했다.

장랑은 쓴웃음이 나왔다.

조위의 말에 따르면 그녀가 계속 말을 거는 이유는, 자격이 없으면 스스로 자리를 비워야 한다는 은근한 압력이라는 말이었다.

설령 조위의 말과 달리 그녀가 그런 의도를 가지고 있지 않아도 지금의 이 상황은 불쾌하기 짝이 없었다.

장랑은 품속에서 한 냥짜리 은자 덩이를 꺼냈다.

거리에서 무술 품을 파는 사람들이 잘 써먹는 수법이라 조금 꺼려졌지만 그 순간 그 이외 마땅한 무력 시위 수단이 떠오르지 않았다.

장랑은 은자 조각을 한쪽 손으로 몇 번을 누르고 비비고 또 눌렀다. 그러자 은자 조각이 작은 술잔 형태로 바뀌었다.

"한번 보시겠소?"

장랑은 급조한 은배(銀杯)를 탁자에 내려놓았다.

내력을 배제하고 순수한 지력을 사용했다. 그러나 아무렇게나 누르고 비벼대진 않았다.

공동파의 절기 부석지공(剖石指功)과 소양지(少陽指)를 사용했다. 동초경과 조위가 그 두 가지 수법을 알아볼 안목이 있는지 모르나 일단 은배에 가벼운 경고의 의미도 담았다.

"이제 보니 소협은 무공의 고수였군요."

동초경이 혀를 쏙 내밀어 놀랍다는 표정을 지었다. 그런데 눈가의 잔웃음은 사라지지 않았다. 이는 말과는 달리 별로 놀라지 않았다는 의미였다. 하지만 조위는 달랐다. 그는 얼굴이 벌겋게 상기된 채 벌떡 일어섰다.

"무슨 짓이야? 이따위 하찮은 수법으로 우리를 협박하겠다는 거야? 사람을 뭘로 보고 그래. 진짜 뜨거운 맛이 무엇인지 보고 싶어?"

"조 공자, 가만있어 봐."

동초경이 흥분한 조위를 자리에 앉혔다. 그런 후 탁자 위에 놓인 은배에 자신의 얼굴을 가까이 들이댔다.

"아, 참으로 잘 만들었네요. 손재주가 너무 좋아요. 소협, 이거 내가 가져도 될까요?"

동초경의 말투는 상황을 즐기는 그런 말투였다.

조위는 동초경의 만류로 일단 자리에 앉기는 앉았다. 하지만 답답하고 화가 나 가슴이 터져 나갈 지경이었다.

덥수룩하게 자란 수염과 지저분해 보이는 얼굴.

찢긴 건 그렇다고 쳐도 낡고 오래되어 색 바랜 흑색 무복하며, 해지기 일보 직전인 가죽 신발. 봉두난발을 겨우 면한 머리카락. 한쪽에 놓인 청강장검은 청부를 업으로 사는 무인들이 주로 사용하는 싸구려 검 같았다. 이리저리 살펴도 떠돌이 무사의 전형적인 모습 이상으로는 안 보였다.

그런 인물이 내공을 익힌 무인이라면 누구나 할 수 있는 어쭙잖은 은자를 변형시키는 수법으로 협박을 해왔다.

평소의 동초경이라면 도저히 그냥 묵과하고 넘어가지 않을 일이었다. 그런데 지금 동초경이 왜 그러는지 모르겠다. 불같이 화를 내도 시원치 않을 마당에 오히려 더 관심을 기울이고 있었다.

낙양 일대는 물론이요, 하남에서 가장 예쁘고, 가장 도도하며, 가장 인기가 있는 여인이다. 그녀의 입 밖으로 흘러나오는 평소의 말 한마디는 늘 심장까지 후벼 파는 위력을 가진 독설이었고 그것이 그녀의 매력이었다.

조위는 숨을 크게 들이마셨다.

"누이? 오늘따라 왜 이러는 거요?"

"왜라니? 방금 봤잖아. 이분 장 소협은 손재주가 참 좋아. 봐! 정말 잘 만들었지? 조 공자도 하나 만들어달라고 부탁해 봐."

"누이—!"

조위는 기가 막혀 더 이상 말을 잇지 못하였다.

이때 이층 입구에서 청색무복을 잘 차려입은 청년 하나가 등장했다.

"어이, 거기 두 사람. 언제 왔어? 빠르네."

눈매가 날카롭고 피부가 창백할 정도로 하얀 그 청년은 조위와 동초경을 향해 반갑게 손을 흔들었다.

그가 나타나자 조위 때문에 눈살을 찌푸리던 동초경이 돌연 환하게 웃었다.

"구 공자, 어서 와요. 오늘은 조금밖에 안 늦었군요."

"또 공자야? 공자 소리는 이제 지겨워. 듣기 싫다고 몇 번을 말했어? 비록 육 개월 차이에 불과하지만 오빠는 오빠라고."

"육 개월? 나도 말했을 텐데? 나에게 있어 젊은 남자의 호칭은 모두 공자로 통일된다고."

"아휴! 좋아. 그건 그렇고, 내가 마치 매번 늦는 사람처럼 말하는데 지금까지 몇 번이나 늦었어? 자꾸 그러면 나 섭섭해진다는 걸 잊지 마."

"형님 오셨소?"

아직 얼굴에 불만이 지워지지 않은 조위가 마지못해 입을 열었다.

"왜 그래? 무슨 일이냐? 우리 조위 소협께서 웬일로 이렇게 심통이 났을까?"

"보면 모르겠소?"

"모르겠는데. 동 매가 또 순진하기 그지없는 조 아우를 골려먹었나?"

"구 공자, 이거 어때? 괜찮지?"

동초경이 장랑이 만든 은배를 그에게 건네주었다.

"어? 은배? 동 매가 이런 것도 만들어?"

구판기는 급조된 은배에 관심을 보였다.

그는 은배를 받아 들고 이리저리 돌려보면서 말했다.

"이거 보니 옛날 생각이 나네."

은이라는 금속은 무르면서 질긴 성질을 가진 금속. 큰 힘을 가하지 않아도 쉽게 변형되었다. 때문에 은의 성질을 이용하여 여러 재미있는 물건을 만드는 무인들이 종종 있었다. 물론 내공이 어느 정도 기초가 다져진 사람들의 이야기이지만.

구판기도 한때 신운(神韻) 삼아 단순한 형상의 은제품을 만들어보았다. 그때 가장 많이 만들었던 물건이 바로 은배였다.

"이거 참 잘 만들었… 가만? 이건 뭐야?"

구판기는 순간 자신의 눈을 의심하였다. 바닥에 선명하게 남아 있는 한 쌍의 태극 문양.

"동 매, 이 물건 정말 동 매가 만들었어?"

동초경이 고개를 저었다.

"설마? 난 그런 취미 없어. 그거 여기 장 소협께서 만들었어."

구판기의 시선이 장랑에게 돌아갔다.

믿기지 않았다.

태극 문양.

도가 계열의 무공을 수련한 사람들이 보통 그런 문양을 남겼다.

무당, 화산, 청성, 종남, 그리고 공동 등등…….

　문제는 새겨진 태극 문양이 너무나 작고 선명하다는 점인데, 흔히 소양지라 부르는 상승지법을 일정 기간 수련해야 남길 수 있는 문양이라는 것이다.

　일양지, 대력지, 쇄금지…….

　소양지를 부르는 이름은 각 문파마다 다르지만 소양지는 내공이 최소 반 갑자를 넘겨야 입문이 가능한 무공이었다.

　겨우 약관을 넘긴 청년이 수십 년 고련한 노도사들이나 가능한 소양지를 시전했다? 상식적으로 납득되지 않는 일이었다.

　구판기는 불신의 표정으로 다시 물었다.

　"동 매, 정말 여기 이 소협이 만들었어?"

　구판기가 긴장된 표정으로 묻자 동초경은 이상한 낌새를 느꼈는지 표정이 흐려져 고개만 끄덕였다.

　"저는 구판기라고 합니다. 실례가 되지 않는다면 만드는 모습을 제 눈으로 직접 보았으면 합니다. 혹시 가능하십니까?"

　구판기는 말을 꺼내놓고는 조심스럽게 장랑의 답을 기다렸다.

　그 순간이었다.

　꽈— 앙!

　조위가 주먹으로 탁자를 내려쳤다.

　"조 공자?"

"왜?"

동초경과 구판기가 고개를 돌려 조위를 바라보았다.

조위는 크게 흥분한 상태였다.

"누이, 구 형님. 지금 뭐 하는 겁니까?"

"뭐라니?"

"무슨?"

조위가 천천히 일어섰다.

"난 무시당하고 한 번도 참은 적 없소. 박살 내든지 내가 박살나든지 둘 중 하나였소. 말보다 주먹으로 해결해야 직성이 풀린단 말이오. 아시겠소?"

조위는 탁자를 넘어 장랑에게 달려들었다. 그런데 그보다 동초경의 움직임이 더 빨랐다. 그녀는 한 손으로 조위를 옆으로 밀쳤고 다른 한 손으로는 장랑의 옷깃을 잡아채려 하였다. 장랑을 보호하면서 조위와의 충돌을 막으려는 순수한 의도였다.

하지만 상황은 그녀의 의도와 전혀 다르게 나타났다. 탁자 위에서 미끄러진 조위는 중심을 잡지 못해 탁자 밖으로 굴러 떨어졌고 장랑에게는 손가락 끝 하나 대지 못하였다.

"에에?"

동초경은 눈을 크게 떴다. 아무리 창졸간에 벌어진 상황이라 해도 이건 아니다 싶었다. 조위가 나뒹군 건 그렇다 쳐도 장랑의 옷깃을 잡아챈 연라쇄심조가 실패한 것은 믿을 수 없었다.

연라쇄심조(燕拏鎖沁爪)는 아무나 피해낼 수 있는 금나수가 아니었다.

강호에는 많은 무가(武家)들이 존재한다. 그중 가장 강한 다섯 개의 가문을 오대세가(五大世家)라 부르며 그 다섯 개의 가문에는 들지 못하지만 여전히 강력한 무력을 지닌 열두 개의 무가가 존재했다.

십이무가(十二武家).

열두 개 무가 가운데 서열 두 번째가 동하장(董廈莊)이다. 그 동하장이 자랑하는 최고의 비전절기가 바로 연라쇄심조였다. 동초경은 그 동하장의 가주 동표형의 둘째 딸이었다.

동초경은 강호 출도 이래 연라쇄심조를 피하는 사람을 본 적이 없었다. 그녀는 장랑이 방금 우연히 피했다고 생각했다.

"소협, 잠시 실례를……."

동초경은 재빨리 장랑의 손목을 잡으려 했다.

그런데,

"어, 어떻게?"

동초경의 얼굴은 일순 당혹감에 휩싸였다.

장랑은 그 자리를 전혀 벗어나지 않았다. 단지 가볍게 어깨를 흔들며 손을 빼냈을 뿐이었다. 그럼에도 전력을 다한 연라쇄심조의 열여섯 번의 변화가 모두 빗나갔다.

"방, 방금 어떻게 한 거죠?"

"당신이 본 그대로요."

장랑은 대수롭지 않게 말을 했으나 동초경은 장랑의 움직임을 제대로 보지 못하였다.

"이제 보니… 장 소협은 엄청난 고수인가요?"

"이노옴, 죽인다."

이때 바닥에 멍하니 주저앉았던 조위가 벌떡 일어서더니 장랑을 향해 질풍처럼 달려들었다.

"조 공자!"

"아우!"

너무 급작스런 상황이었다. 동초경과 구판기는 거의 동시에 막아서려 했다. 하지만 그럴 수 없었다. 조위가 전력을 다한 무공을 펼치고 있기 때문이었다.

조위는 일류고수 중에서도 상위로 평가받는 인물이었다. 동초경이나 구판기 입장에서 전력을 다하는 조위를 제지하기란 쉽지 않은 일이었다. 더구나 조위가 펼치는 장법은 그의 성명절기인 귀령장(鬼靈掌)이었다. 과거 섬서의 패자이며 절대강자였던 거산패권(巨山覇拳) 조양광의 무공이었다. 그가 말년에 참오 끝에 심득을 얻어 만든 장법으로 위력이 대단하였다.

"헛―!"

당연히 있어야 할 타격음이 들리지 않았다. 대신 조위는 자신의 헛바람 새는 소리를 들어야 했다. 그리고 자신의 몸이 붕 떠오르는 느낌을 받았다.

'우직끈' 하는 소리와 함께 의자 하나가 박살났다. 조위는 의자 하나를 부수면서 바닥에 내동댕이쳐지고 말았다.

"조 공자."

"조 아우, 괜찮아?"

구판기가 먼저 조위에게 도착했다.

"형님, 저, 저놈이… 나를……. 이판사판이다. 이노옴!"

조위는 바닥에 앉아 악을 썼다.

"그만둬."

"형님."

"저 사람은 우리 상대가 아니야."

"형님!"

"내 말을 믿어."

"형님!"

"일단 내게 맡겨봐."

조위를 달래는 구판기는 진지했다. 그는 방금 상황을 똑똑히 보았다.

장랑의 솜씨는 정말 깔끔했다. 조위가 아무리 홍분했다지만 낙양 일대 젊은 층에서 적수를 찾아보기 힘든, 소위 잘나가는 신진고수였다. 그런 조위를 어린아이 다루듯 하였다.

믿기 힘든 일이지만 장랑은 분명 절정고수였다. 나이를 따져 보면 불가능에 가깝지만 강호란 원래 그런 곳이었다.

구판기는 호승심이 생겼다. 절정고수와 손속을 섞어보는 것은 흔히 겪기 힘든 일이었다. 지든지 이기든지 꼭 한번 붙어보고 싶었다.

그는 장랑을 향해 포권지례를 하였다.

"이 구판기, 안목이 짧아 눈앞의 고인을 알아보지 못했습니다. 아시겠지만 조위는 제 아우입니다. 잘했든 잘못했든 아우가 눈앞에서 당하는데 팔짱 끼고 구경만 할 형은 없습니다."

구판기는 자신이 끼어들 명분을 찾았다.

"구 공자."

동초경이 만류에 나섰다.

"동 매, 나서지 마."

구판기의 말투가 평소와 판이하게 달라졌다.

"커억—!"

복부를 통해 전신으로 퍼져 나가는 짜릿한 기운.

하늘이 샛노랗다. 서 있고 싶어도 서 있을 기력이 없었다.

구판기는 자신의 의지와 상관없이 무릎을 꿇고 말았다.

'뭐지?'

자신이 내민 양팔 사이 좁은 틈을 비집고 파고드는 손끝을 보았다.

‘겨우 이 정도로 날 상대해? 나를 너무 무시하네’ 하면서 속으로 비웃었다. 그런데 어찌 된 일인지 그 주먹을 막아낼 수 없었다.

‘바보 같았어.’

처음부터 상대가 되지 않음을 알고 덤볐다. 그래서 후회하지 않는다. 무인으로서 강한 인물과 손속을 겨루어보고 싶은 마음은 본능이니까.

“종남파의 건곤산수(乾坤散手) 같았는데 훌륭한 초식이었소.”

장랑의 한마디가 귓전을 파고들었다.

‘칭찬인가? 아님 비웃음?’

구판기는 다리가 풀렸지만 힘겹게 몸을 세워 올렸다.

“장 소협의 무공에 비하면 어린아이 장난 같아서…….”

“아니오. 훌륭하였소.”

장랑은 진심을 말하였다.

이때 호덕현이 그들을 향해 쏜살같이 달려왔다.

“무슨 일이야? 무슨 일입니까?”

그는 구판기 등과 장랑에게 번갈아가며 물었다.

“대형!”

“형님!”

“호 가가!”

조위를 비롯한 이남일녀는 대답 대신 반가움을 표시했다.

"인사는 그만두고, 무슨 일이야?"

호덕현은 인사를 받는 둥 마는 둥 하였다. 상황이 대충 짐작 갔다. 성질 급한 조위가 먼저 시비를 걸었을 가능성이 컸다.

호덕현의 시선은 구판기에게 고정되었다.

"구 아우, 설명해 봐."

"제가요?"

"그럼 누가 해?"

호덕현은 장랑을 대할 때처럼 사람 좋아 보이는 모습이 아니었다. 딱딱하지 않은 단호함, 그런 모습이었다.

"내가 말하죠."

동초경의 이야기를 다 듣고 난 호덕현의 얼굴은 처음보다 많이 굳어 있었다.

아우들이 장랑을 골려먹으려는 장난에서 일이 시작되었다.

하지만 진짜 큰 잘못은 자신에게 있었다. 오늘이 한 달에 두 번씩 만나는 정기모임이었다. 그것을 깜빡하고 장랑을 그 자리에 앉혀 버린 것이다.

호덕현은 장랑에게 허리를 굽혔다.

"모두 제 불찰입니다. 제가 요사이 구대문파 비검회 때문에 정신이 없어서… 이해해 주십시오."

"구대문파 비검회요?"

"네. 구대문파 비검회를 구경하는 동안 일의 공백이 생기
면 안 되기에 당겨서 일을 처리하느라… 방금도 그 일 때문
에……."
"……."

第十章
소림사에 오르는 길

張郎
行路

脯此最爲賜其福佑
迎請神真老君演此真妙經竟
降臨速滑正一　道言廣奉
至大改元四月佛浴爲
日弟子趙孟頫敬

　현재 무림의 가장 큰 관심사는 구대문파의 회동이었다.
　백오십 년 넘게 이어져 온 이 회동의 정식 명칭은 '구대문파 비검회'였다. 하지만 무림인들은 간편하게 그냥 구비회라 불렀다.
　회동 주최는 구대문파였으며 무림맹과 개방이 참관인 자격으로 참가했고 장소는 원래 대별산 백운산장이었다.
　구대문파 비검회의 목적은 현재의 무공을 보다 진보 발전시키기 위해 문파 간의 무공을 서로 비교하고 연구하는 것이었다.
　그러나 그건 어디까지나 대외적으로 내세운 명목일 뿐이

었다.

구비회의 실제 목적은 각 문파의 영수들과 일부 장로가 모여 무림의 대소사를 토론하는 것, 바로 그것이었다.

구비회가 한 달가량 남았을 때, 각지에서 모여들기 시작한 무림인들은 등봉에 서서히 모습을 드러냈다.

대부분의 무림인들은 구비회의 원래 목적을 몰랐다. 또 알려 하지도 않았다. 그들에게 있어 구비회는 오랜만에 전 무림인이 한자리에 모이는 축제 마당이었으며 활력소였다.

장랑이 등봉에 도착한 때는 구비회를 사흘 앞둔 시점이었다.

공동파 무인들에게 약속한 날짜보다 하루가 늦어졌다.

늦어진 이유는 호덕현 일행과 동행했기 때문이었다.

급하고 말이 많은 성격인 조위, 특이한 사건이나 별난 상황에 관심이 많은 동초경, 차갑고 냉정하지만 의외로 속정이 깊은 구판기, 그리고 그들을 잘 어우러지게 이끄는 호덕현.

장랑은 그들과 구비회가 열리는 장소에서 다시 만나기로 하고 일단 헤어졌다.

소림사로 오르는 길은 마차가 지나도 될 만큼 넓은 숲길이었다.

소림이 본 찰보디 마을과 너 사까운 위지에 말사인 연화각(蓮花閣)이 있었다. 연화각을 지나자 인적이 뜸해졌다.

구비회 기간 동안 일반 향객의 출입은 금해지고, 당일까지 구대문파와 직접 연관이 없는 사람은 연화각 위쪽의 입산은 허락되지 않았다.

장랑은 연화각을 지나치면서 그 주변에 관부의 인물로 추정되는 사람들 수십 명이 서성대는 모습을 보았다.

그들은 소림 본찰로 오르는 길을 제외하고는 숭산의 다른 봉우리로 이어지는 소로를 통제하고 있었다.

소림의 승려가 아닌 관부의 인물들이 숭산의 길목을 통제하기에 이상한 생각이 들기도 했다.

연화각을 지나쳐 비탈진 산길을 오른 지 이각이나 지났을까?

길 가장자리에 한 자에서 석 자까지 다양한 높이와 형태를 가진 돌무더기가 드문드문 눈에 띄었다. 불자들이 자신의 염원을 담아 쌓은 소규모 돌탑이었다. 장랑은 얼마 전까지 도사였기에 숙연한 마음이 들어 걷는 속도를 늦추었다.

"어이 거기. 잠깐만."

길옆 숲에서 인영 하나가 불쑥 튀어나오며 소리쳤다.

그가 장랑의 앞을 막아섰다.

조금 왜소한 체격에 평범한 얼굴, 특징 없는 인상을 가진 이십대 중반의 청년이었다. 깨끗하게 빨기는 했는데 누더기나 다름없는 낡은 옷을 걸쳤고 한 손에는 검을 들고 있었다.

이상한 건 거지의 몰골이 분명한데 어딘지 거지답지 않은 깨끗한 느낌이 드는 그런 인물이었다.

장랑은 그의 허리춤에서 특이하게 꼬여진 매듭 세 개를 발견하였다.

그것은 개방의 삼결제자의 표식이었다.

삼결이면 분타주에 해당되는 직급이었다. 설혹 분타주가 아니더라도 그에 비슷한 위치에 있는 인물만이 할 수 있는 표식이었다.

개방의 삼결제자가 길을 막아섰다면 사소한 이유는 아닐 터, 장랑은 걸음을 멈추고 그의 얼굴을 똑바로 쳐다보았다.

"개방의 형제께서 내게 무슨 볼일입니까?"

"……."

장랑이 물었지만 거지 청년은 대꾸를 하지 않았다.

대신 그는 무언가를 발견해 내려는 듯 눈빛을 날카롭게 빛내며 장랑의 머리에서 발끝까지를 꼼꼼하게 살폈다.

장랑은 황당하였다. 하지만 쳐다본다고 뭐라 하기도 우스운 일이라 그의 행동을 그냥 지켜보는 수밖에 없었다.

잠시 후 거지 청년은 뒤로 물러서면서 고개를 끄덕였다.

"완벽해. 소속이 어디신가?"

거지 청년은 예상외의 말을 꺼냈다.

"소속? 무슨 뜻입니까? 출신 문파를 묻는 것입니까?"

장랑이 영문을 몰라 되묻자 거지 청년은 얼굴을 찡그리며 인상을 썼다.

"내게는 신분을 감출 필요 없어. 어디 소속이야?"

"뭔가 오해를 한 모양이군요. 나는 개방의 제자가 아닙니다."

"누가 개방 제자라고 했어? 소속이 어디냐고 물었지."

거지 청년의 말투는 반 토막이 되었다.

장랑의 미간에 주름이 잡혔다. 개방의 분타주급으로 보여 한발 양보했을 뿐인데 상대는 그것도 모르고 막무가내였다.

"사람을 잘못 본 듯하니 이만 가보겠소."

장랑은 거지 청년을 옆으로 피해 가던 길을 가려 했다. 그런데 거지 청년은 다시 장랑의 앞을 가로막았다.

"거참, 말귀 못 알아듣네. 위에서 그렇게 시킨 거 다 알아. 하지만 한 시진 전에 각자 자리를 고수하라는 명령이 내려졌어. 설마 너만 전달받지 못했나?"

거지 청년의 말투는 이제 장수가 말단 병사를 다루듯 바뀌었고, 게다가 무척 고압적이었다.

내용도 어딘지 이상했다.

장랑은 사람을 잘못 본 것이라는 확신이 들었다.

"아마 사람을 잘못 본 듯싶소. 더 이상 귀찮게 하지 말고 길이나 비키시오."

"이 작자가? 내 눈을 뭐로 보는 거야? 그런 말로 어물쩍 넘어가려 하지 마. 간단히 훈계만 하고 끝내려 했더니… 일벌백계의 차원에서 너의 죄를 엄히 물어야겠다. 이리 와."

거지 청년의 행동은 도저히 이해할 수 없었다. 더구나 적당히 웃고 넘길 수 있는 수준도 아니었다.

"나는 개방과 아무 연관이 없다고 말했소. 사람을 잘못 보고 계속 이런 식으로 억지를 부린다면 당신이 비록 개방의 분타주라 해도 나는 더 이상 인내할 수 없소."

장랑은 단호함을 보였다.

"이놈 봐라? 정 대인이 그렇게 지시를 내리더냐?"

거지 청년이 장랑에게 눈을 부라렸다. 그도 모자라 여차하면 한 방 날릴 기세였다.

장랑은 인내심의 한계에 도달했다.

"당신이 무엇 때문에 그러는지 몰라도 더 이상 무례하게 군다면 나는 더 이상 참지 못하오. 이것이 나의 마지막 경고요."

한편, 숲 속에서 이들의 다툼을 지켜보는 두 쌍의 눈이 있었다.

"고 대인, 어떻소? 이제 화끈하게 한판 벌어질 것 같은데?"

"왕야, 이쯤에서 그만두라 하심이 좋을 듯합니다. 저러다 진짜 싸움이 난다면 곤란합니다. 엽 내관이나 저 청년, 어느 한쪽은 필시 다치게 됩니다."

처음 들린 젊은 음성은 기대 가득한 목소리였고, 나중의 중년인의 목소리는 당황스러움과 걱정이 많이 섞인 음성이었다.

“내가 등을 떠다밀지 않았고, 먼저 큰소리치고 뛰쳐나간
건 엽진숭 저놈입니다.”

“왕야, 그건 엽 내관이 잘 모르고 설치는…….”

젊은 음성이 말을 끊었다.

“엽가 놈이 비록 내관이긴 해도 외관상으로야 당당한 사내
가 아니오. 나는 엽가 놈이 스스로 뱉은 말에 책임지는 것을
봐야겠소.”

젊은 음성은 고집스러운 데가 있었다.

“엽 내관의 무공은 높은 수준입니다. 황궁의 금의위는 물
론 동창의 당두들까지도 엽 내관을 만나면 설설 깁니다. 만일
엽 내관 손에 저 청년이 크게 다치거나 죽기라도 한다면 그때
는 어찌하시렵니까? 여기는 소림의 안마당입니다. 소림이 좌
시하지 않을 테니 결코 가벼이 여겨서는 안 됩니다.”

고 대인, 즉 전(前) 병부시랑이자 현 하남 지휘동지(指揮同
知)인 고대동(高大動)의 얼굴은 근심이 가득하였다.

“엽진숭 저놈은 내가 잘 압니다. 저놈은 사람을 죽일 만한
심성을 갖추지 못하였소. 좀 더 지켜봅시다. 그리고 몇 대 치
고받는다 해서 설마 죽기까지 하겠습니까?”

“…….”

‘왕야, 설마가 사람 잡는 경우가 부지기수입니다.’

고대동은 그렇게 말하고 싶었다. 하지만 꾹 참았다. 무거
로 출사하여 관직에 오른 지 이십 년이었다. 강산이 두 번 변

할 동안 병부에서 한 발짝도 나가지 않은 채 승승장구하며 주요 요직을 두루 섭렵하였다.

마침내 상서 자리가 코앞에 보일 즈음 하남의 지휘동지로 옮겨왔다. 이태 전 일이었다.

직급으로 따진다면 승차가 분명히 맞다. 하지만 중앙 요직에서 지방으로 좌천되어 밀려난 것이다.

상황이 그렇다 보니 황태자와 버금가는 지위에 있으며 많은 권신들이 떠받들어 주고 있는 성왕야(成王爺) 주기옥에게 애써서 밉보일 필요가 없었다. 그러나 그것 때문에 바쁜 공사(公事)를 제쳐 두고 주기옥을 따라 험준한 산속을 헤매고 다니는 것은 아니었다.

주기옥과 엽진숭의 관계도 누구보다 잘 알고 있다. 엽진숭이 환관의 신분일지라도 주기옥과 어려서부터 함께 생활한 탓에 형제와 같은 사이였다. 당금의 황상 주기진과 배후에 숨은 황제라고 일컬어지는 환관 왕진과 같은 경우였다.

엽진숭의 독선과 오만함은 황성(皇城) 일대에 잘 알려져 있었다. 엽진숭은 이번 소림사 암행에서 거지로 분장하라는 주기옥의 엉뚱한 지시 때문에 골이 잔뜩 나 있었다. 어쩌면 지금 그 화풀이 대상을 만났을는지 몰랐다. 고대동은 일단 지켜보기로 했다.

“이놈! 네놈은 정녕 내가 누구인지 모른단 말이냐?”

“당신이 누구인지 내가 꼭 알아야 하오?”

엽진숭은 드디어 핑곗거리를 만들어냈지만 한편으로 화도 머리끝까지 치솟아올라 있었다.

"나 엽진숭이야, 대도의 엽진숭. 미관이라 할지라도 나 엽진숭을 모르는 이가 없거늘, 네놈이 정녕 죽고 싶어 이런단 말이냐?"

*　　　*　　　*

보름 전 주기옥의 명으로 대도 인근에 위치한 개방 융성 분타를 방문했다. 황실 내관이라는 신분을 밝히면 간단히 끝나겠지만 재미 삼아 분타주와 무공으로 내기를 벌였다.

결과는 백칠십이 초 만에 승리.

전리품으로 분타주가 입고 있던 누더기를 벗겨냈다. 거기까지는 기분이 좋았다. 하지만 밖에서 지켜보고 있던 주기옥이 새로운 지시를 내렸다.

'암행을 하려면 변복을 해야 하는데, 너는 그 거지 분장이 딱이야. 당분간 그 옷을 입고 다녀.'

개방 거지 놈 하나 놀려먹으려다 그놈 모습으로 분장을 하게 되어 암행이 하나도 즐겁지 않았다.

며칠 전, 하남자사이며 하남제독인 정대방 대인이 휘하 장수 중 정예를 뽑아 호위군으로 보낸다는 소식을 접했다.

그런데 인솔해 온 고대동 대인에 의하면 정 대인이 보낸 호위군 숫자가 삼백 명이라 했다.

암행이란 본시 최소 인원으로 최대한 은밀히 움직이는 것.

대도를 출발할 때 금의위 등 상십이위에서 차출해 준 호위 병력이 오백이 넘었다. 그런데 다시 삼백 명이 추가된다면 이번 소림사 암행에 팔백 명이 움직인다는 말이다. 그것이 어찌 암행이라는 말인가?

그런 생각은 주기옥도 같았다. 하지만 왕야의 입장에서 하남 제독이 충성의 의미로 보내온 병력을 물리치기란 쉽지 않은 일이었다.

엽진숭은 정 대인이 보낸 삼백 명은 자신이 돌려보내겠다고 큰소리쳤다. 그 명을 내리기 위해 지휘부가 머물고 있는 연화각을 향해 내려가는 길이었다.

"당신은 개방 방도가 아니고 경사에서 내려온 관리라는 소리인데, 관리가 어찌 그런 복장을 하고 다니시오?"

장랑이 따지듯 묻자 엽진숭의 얼굴은 금세 붉게 물들었다.

"그, 그건, 사정이 있어 그런 것이고 네놈 상관은 도대체 누구냐? 어떤 작자이기에 수하를 이리도 버르장머리없게 가르쳤는지 따져야겠다."

엽진숭은 버럭버럭 큰 소리를 치면서도 차마 일장을 날리시 못하였다.

그가 망설이는 이유는 있었다. 장랑의 장검에 매달려 움직이는 붉은색 수실. 평범해 보이는 그 수실은 남다른 의미가 담겨 있었다.

그 붉은 수실은 황제께서 무과 급제자에게 내리는 물건 중 한 종류였다. 다시 말하면 눈앞 인물은 평범한 신분의 무관이 아니라는 뜻이었다. 무거(武擧)를 통해, 그것도 향시(鄕試), 회시(會試), 전시(殿試)를 거쳐 황제의 손으로 직접 등위가 매겨진 인재라는 뜻이다.

향시나 회시면 몰라도 무전시까지 치렀다면 제법 든든한 배경이 있는 집안 출신이라는 말과 같았다.

“그건 내가 할 말이오. 당신이 개방의 인물이든, 지금 주장하는 중앙서 내려온 관리든 상관없소. 나는 단지 당신의 앞뒤 안 가리는 그 성격과 버릇없음을 따져야겠소.”

“오호라, 네놈이 제법 그럴듯한 배경을 가진 모양이구나. 그러나 내게는 안 통해.”

엽진숭은 상대가 아무리 대단한 집안 출신이라 해도 상관없었다. 주기옥에게 부담을 주긴 싫었지만 어쩔 수 없는 일이었다.

“각오해라, 이놈.”

엽진숭이 먼저 자리를 박차 몸을 솟구쳐 올렸다.

두 사람의 사이는 이 장이 채 못 되는 거리였다.

엽진숭은 단 한 번의 동작으로 장랑의 머리 위에 올라와 있었다. 그는 허공에서 걷는 모양으로 연거푸 다섯 번의 발길질로써 장랑의 머리를 노렸다.

장랑은 그 모습을 보면서 피식! 하고 웃음이 나왔다. 굳이 손을 들어 막거나 신법을 펼칠 만한 필요성조차 없었다. 분명히 멋지고 훌륭한 수법이지만 눈요기용이나 전시용 무공에 불과하였다. 화려함에 치중된 무공이라 그다지 빠르거나 위력적이지 않았다.

물론 펼치는 사람보다 수준이 떨어지는 무인에겐 충분히 위협적이거나 통하는 수법일지는 몰랐다. 하지만 장랑에게는 어림도 없는 수였다.

장랑은 엽진숭의 발길질 속도에 맞추어 뒤로 물러서면서 가볍게 고개만 좌우로 움직여 피해냈다.

기선 제압용 첫 번째 공세가 소득이 없자 엽진숭은 재빠른 공중제비로 허공에서 신형을 멋지게 한 바퀴 돌리며 바닥으로 내려섰다.

그리고 이어 회륜각을 펼쳐 냈다. 엽진숭의 가장 큰 장기 중 하나인 회륜각은 먼저 오른발로 상대의 머리를 돌려차고 이어 몸을 회전시켜 왼발로 옆구리 부위를 노려 가격하며, 다시 몸을 회전시켜 오른발로 장딴지 어림을 노리는 수법이었다. 즉 한 번 동작에 상중하 세 곳을 노리는 초식이었다.

팟! 팟! 팟!

엽진숭의 발끝이 날카로운 파공음과 함께 날아들었다. 하지만 그 또한 화려함을 위주로 하는 보여주기용 초식이었다.

엽진숭의 발끝은 장랑의 몸과 꼭 한 치가량 사이를 두고 계속 빗나갔다. 장랑은 그때까지 손 하나 까딱하지 않고 몸만 좌우로 흔들며 조금씩 물러서며 피했을 뿐이었다.

엽진숭은 안 되겠다 싶어 공세 방법을 장권으로 바꾸었다. 그의 오른 주먹이 맨 처음 노린 곳은 장랑의 콧잔등.

장랑이 옆으로 고개를 돌리려 하자 엽진숭의 얼굴에 회심의 미소가 떠올랐다. 그는 몇 번의 공세가 빗나가는 와중에 장랑이 그저 몸을 좌우로 흔들어 피하는 방법만 썼음을 기억하고 있었다.

엽진숭의 주먹은 완전히 뻗어지지 않았다. 대신 장랑을 향해 달려가는 그 기세, 그 속도로 장랑의 품속을 파고들었다. 주먹 대신 무릎과 발꿈치를 이용해 장랑의 복부와 가슴, 그리고 턱을 노리려는 계획이었다.

하지만 장랑은 엽진숭에게 품속을 허락하지 않았다.

오른발을 축으로 몸을 반 바퀴가량 회전시켜 엽진숭의 측면으로 돌았고 손날로 다가서던 엽진숭의 뒷목을 가볍게 내려쳤다.

퍽! 소리와 함께 엽진숭이 중심을 잃었다.

그는 앞으로 고꾸라질 듯 내쳐 달리다 풀숲 가까이 그루터기를 앞두고 겨우 멈추어 섰다.

간신히 중심을 잡고 몸을 세운 엽진숭의 얼굴이 수치감으로 붉게 달아올라 있었다.

엽진숭은 이상한 생각이 들었다. 지금까지 자신의 공세를 이토록 쉽게 피하는 인물을 만나보지 못했다. 게다가 너무도 간단하게 역습을 허용당하였다.

‘저 자식이 감히 나를……’

황궁에 매인 몸이 아니면 진작 출도했을지 몰랐다. 만일 출도를 하였다면 소위 후기지수라 불리는 신진고수 사이에서 반드시 두각을 나타냈을 것이라 확신하고 있었다. 그리고 그들 사이에서 우상으로 군림할 자신도 있었다.

그런 생각이 늘 머릿속에 가득하여 환관임에도 항상 가슴을 활짝 펴고 당당하게 활보하고 다녔고, 그걸 자부심이며 긍지의 원천으로 삼았다. 그런데 그 자존심이 한순간에 와르르 무너져 내리게 생겼다.

그건 자신에게 큰 위기였다. 엽진숭은 이를 악물었다.

“네 이놈! 천한 무인 놈 주제에 감히 내 몸에 손을 대? 이제 네놈은 죽은 목숨이야. 죽여도 곱게 안 죽이겠다. 주리를 틀고, 이를 뽑고, 손톱, 발톱 다 뽑아내고, 마지막에는 발기발기 찢어서 죽이고 말겠다.”

엽진숭의 목소리에는 분하고 억울한 감정이 고스란히 담겨 있었다.

장랑은 엽진숭을 바라보았다.

처음에 가졌던 불쾌한 감정을 누르고 손속에 사정을 두었다.

그러나 바보가 아니라면 그런 점과 확연한 실력의 차이를 느꼈을 터, 그쯤에서 도발을 중지하고 적당히 물러서기를 바랐다. 물론 자존심이 조금 상할지 모른다. 하지만 더한 굴욕을 당하지 않으려면 그것이 최선임을 알아차렸어야 했다.

그런데 배려에 대해 돌아온 반응은 입에 담기 민망한 욕설이었다.

"당신의 신분, 위치, 나에 대한 오해 등등 그런 건 난 모르오. 나는 방금 당신이 물러서기를 바라는 마음으로 한 번의 기회를 주었고, 당신은 그 기회를 잡지 않았소."

"이, 이놈이 무슨 헛소리를 하는 거야!"

"지금부터 호의를 거절하면 어떤 일을 당하게 되는지 일깨워 줄 테니 잘 기억해 두고 다음에는 같은 실수를 하지 마시오."

말을 끝낸 장랑은 그 즉시 몸을 날렸다.

장랑은 복마장법과 복마권법을 섞어냈다. 목숨을 빼앗거나 크게 다치게 할 생각은 아니었기에 위력이나 속도를 원래의 절반 이하로 많이 낮추어 펼쳤다.

팡! 팡! 파팡!

본래 가진 위력의 삼 할에 불과한 복마장법과 권법이지만 엽진숭이 힘겹게 피하고 난 그 빈 공간을 때리는 소리는 요란하였다.

엽진숭은 크게 당황하였다.

장랑이 공세를 펼친 이후 도무지 반격할 틈을 잡지 못하였다.

'젠장. 도대체 이놈은 뭐야? 어디서 이따위 괴물 같은 놈이 불쑥 튀어나왔어?'

다섯 살에 처음 무공에 입문하였다. 황궁의 호위무사들과 동창의 선배 고수들 아래에서 기초를 닦았다. 열 살 무렵 주기옥을 만났고, 열두 살에 그의 배려로 황궁비고 출입권을 얻었다. 그리고 이후 십 년 동안 틈나는 대로 황궁비고에 들어가 다양한 종류의 황실 무공을 배우고 익혔다.

지난 일 년, 주기옥의 허락을 받아 대도 인근의 여러 무관(武館) 및 무림방파로 비무행도 다녔다.

연전연승.

태산만 한 덩치를 가진 거한들도 한 방에 나가떨어졌다. 경사 일대서 유명한 무술사범, 수십 년 경력의 머리카락이 희끗희끗한 노관주(老館主) 등도 자신에게 백 초 이상 견디지 못하였다.

육 개월 전에는 과거 강호에서 큰 명성을 얻었다는 한맥장(寒貊莊)의 장주 노원상 대협을 아흔일곱 초식 만에 패퇴시켰다.

그런데 지금 얼토당토않는 일이 벌어지고 있었다

이름도 들어보지 못한, 그것도 비슷한 또래의 무명 낭인무사에게 일방적으로 당하고 있었다.

“저자의 실력이 대단한 모양입니다. 다른 건 몰라도 무공에서만큼은 자신있다고 큰소리치던 엽가 놈이 진땀을 빼고 있지 않습니까?”

주기옥은 재미있다는 표정이었다.

그러면서 동의를 구하려는 듯 고대동을 바라보았다.

“그, 그게. 제가 그쪽 방면으론 문외한이라서…….”

“고 대인께선 농담도 잘하시는군요. 고 대인께서 출사하였던 해가 병술년 맞지요?”

“네, 확실히.”

“그해 선황께서 직접 참관하신 무거에서 장원은 산동 출신으로 신기에 가까운 마상궁술을 선보였던 약관의 청년이었습니다. 그 청년의 성이 고씨라고 알고 있는데 맞습니까?”

“왕야께서 어찌 그렇게 오래된 일까지 알고 계시는지요? 벌써 이십 년이나 지난 일인데……. 소인 황감할 따름입니다.”

“황궁에서 눈칫밥을 먹으려면 그 정도 정보는 기본으로 꿰고 있어야 합니다.”

고대동은 놀란 입을 다물지 못하였다.

그러나 주기옥은 별거 아니라는 듯 어깨를 들썩였다.

“앗! 저런!”

주기옥의 입에서 작은 탄성이 흘러나왔다. 안타까움과 서운함, 그리고 약간의 분노가 섞인 탄성이었다.

고대동은 급히 시선을 장내로 돌렸다.

'환관 엽진숭! 기고만장하더니만 임자를 제대로 만났군.'

지금 엽진숭에게 있어 체면은 먼 나라 딴 세상 이야기였다.

체면이고 뭐고 오직 피해 도망칠 궁리만이 머릿속을 가득
채웠다.

'죽는 것이 차라리 편하다.'

라는 속담의 의미를 몸으로 직접 체험하고 있었다.

머리, 어깨, 팔, 다리, 복부 등등.

몸뚱이 곳곳, 주먹이 와 닿지 않는 부위가 없었다.

도망 다니다 지쳐 입에서 단내가 나고 얻어맞을 때마다 그
고통이 너무 커서 하늘이 샛노랗다 못해 허옇게 보였다.

스물세 살, 살아온 시간은 많지 않아도 고생을 모르고 남부
럽지 않게 살아왔다. 그런데 이제 그 삶에 종지부를 찍어야
할지 몰랐다.

아니, 그렇게 하고 싶었다.

주먹이 또 날아왔다. 맞지 않으려면 손과 발을 움직여야 한
다. 하지만 머릿속 생각과 달리 몸은 따라주지 않았다.

놈의 주먹과 부닥치거나 스쳐 지나간 부위는 금방 벌겋게
부풀어 올랐다. 그뿐이 아니라 느껴지는 아픔은 어떻게 말로
표현하기 힘들었다. 생살을 칼로 마구 후벼 파는 고통, 정말
로 죽는 게 차라리 나을 성싶었다. 한 대 맞을 때마다 통증은
젖은 종이에 먹물 번져 가듯 전신에 골고루 퍼져 갔다.

"아아아악! 이제 그만. 사, 살려줘. 그만."

엽진숭의 입에서는 애절한 음성이 계속 흘러나왔다.

장랑은 이제 그만 끝낼 생각이었다.

처음 몇 수를 제외하고 무공 초식을 사용하지 않았다.

전의를 완전히 상실하여 도망 다니기에 급급한 상대에게 공동의 절기를 사용한 것은 무공에 대한 모독이었다.

그래도 멈추지 않은 이유는 확실하게 버릇을 고쳐 놓으려는 생각에서였다.

"왕야, 이제 그만 멈추도록 하심이 어떠하옵니까? 저러다 엽 환관이 진짜 맞아 죽게 생겼습니다."

주기옥도 고개를 끄덕였다.

"뼈대가 무쇠처럼 단단한 엽가 놈이라도 저토록 심하게 두들겨 맞는다면 견디기 어렵겠군요. 이쯤이면 엽가 놈도 정신 차렸을지도 모르고, 자칫 골병이라도 든다면 정말 골치 아프기도 하니 이쯤에서 멈추도록 해야겠습니다."

"……."

엽진숭 길들이기.

그렇게 평가해도 좋았다.

하지만 오늘 고대동은 주기옥의 새로운 면을 보았다.

형제와도 같은 엽진숭이 피멍이 들 정도로 두들겨 맞고 있어도 눈 하나 깜짝하지 않는 독한 면모를 확인하였다.

‘무서운 사람이군.’

주기옥이 앞장을 섰고 고대동이 뒤를 따랐다.

잠시 후.

“멈추어라!”

고대동이 고함을 질렀다.

쩌렁쩌렁 울리는 고대동의 호통 소리에 장랑은 동작을 멈추었다.

중년 사내와 잘생긴 미남 청년이 그에게 천천히 다가왔다.

장랑은 고함을 지른 고대동에게 시선을 마주쳤다.

키는 크지 않지만 무척이나 다부져 보이는 몸매와 흔히 보기 어려운 호목(虎目)을 소유한 인물이었다. 고급 명주로 만든 갈색 무복을 입었으니 예사 신분은 아닌 듯 보였다. 무인의 기백은 느껴지는데 무림인 같지 않은 사내였다.

‘관부의 인물? 장수(將帥)인가?’

장랑은 고대동이 눈빛으로 기선을 제압하려 하자 물러서지 않았다.

“……”

전신 곳곳이 터지고 멍든 엽진숭은 이때 드디어 살아날 기회를 만났다.

“아이고, 나 살았네.”

엽진숭은 기쁜 마음에 소리를 질렀으나 장랑과 고대동의 기세 싸움에 방해될까 입을 닫았다. 그는 고개를 푹 숙인 채 이 장가량 뒤에 서 있는 주기옥에게 재빨리 달려가 그 곁에 섰다.

"소, 송구하옵니다."

"멍청한 놈."

주기옥은 그 한마디 이외 아무 말도 하지 않고 장랑과 고대동에서 눈길을 주었다.

장랑이 먼저 고대동에게 입을 열었다.

"일행이십니까?"

"그렇다네."

"잘되었군요."

"잘되다니? 뭐가 잘되었단 말이지?"

고대동은 순간적으로 당혹스런 표정을 지었다.

"일행에게 조금 과하게 손을 썼습니다. 왜 그랬는지는 쭉 지켜보고 있었으니 잘 아실 테고… 이만 가봐도 되겠습니까?"

"가는 건 말리지 않겠네. 그리고 잘못은 저 사람이 먼저 했으니 시시비비를 따지지 않겠네. 다만 자네의 실력이 너무 훌륭해 궁금증이 생겼다네. 도대체 어느 문파에서 자네와 같은 훌륭한 무인을 배출했을까? 실례가 되지 않는다면 자네의 출신 문파와 이름을 밝혀줄 수 있겠는가?"

고대동은 주기옥의 지시를 충실하게 그대로 따랐다.

장랑은 잠시 망설였다.

이름을 밝히는 것은 관계없지만 사문을 밝히게 되면 훗날 사문에 누를 끼치게 되지 않을까 염려되었다. 그런데 중년 사내의 눈빛은 어떻게 해서라도 꼭 알아내고 말겠다는 의미가 담겨 있었다.

"저는 장랑이라 합니다. 사문은 공동파로서 속가제자입니다."

"오오! 공동파였군. 나는 개봉(開封)에 사는 고가일세. 이분은, 아, 아니, 이 청년은 나와 친분 두터운 어느 분의 아들로 주 공자이고, 이쪽은 주 공자의 종복이며 호위무사인 엽진숭일세."

"그렇군요."

장랑은 중년 사내가 이상하게 보였다. 궁금하지도, 묻지도 않은 자신들을 소개하는 이유를 알 수 없었다. 하나 그럴 수도 있다고 생각했다.

단지 마음에 걸리는 것은 엽진숭이 주 공자의 종복이며 호위무사라는 점이었다. 본시 사람에게 덤벼든 미친개라 할지라도 그 개를 개 패듯 패서 죽였다면 일단 개 주인에게 전후를 설명하고 용서를 구하는 것이 도리였다.

장랑은 주기옥을 향해 허리를 살짝 굽혔다.

"수하를 엉망으로 만들어놓은 점 사과드립니다."

주기옥이 너털웃음과 함께 황망히 손사래를 쳤다.

第十一章
속가제자의 자격

張郎
行路。

泊脯此最善賜其福佑
斯近請神真老君演此真妙經竟
喜降臨逯得正一
道言廣奉
至大政元四月佛浴爲
日弟子趙孟頫敬

태실봉 중턱에 자리한 보리암(菩提庵).

관음보살이 모셔진 보리암은 주변 경관이 수려하고, 시야가 탁 트인 위치에 자리해 수도승들이 선호하던 암자였다.

불당은 달랑 원통전 하나뿐이지만 제법 규모 큰 요사체가 두 채나 지어져 있는 이유는 바로 그것이었다.

몇 해 전, 낙양갑부 두기원이 암자 하나를 지어 소림에 시주하였다. 보리암에서 위쪽으로 한참 올라가면 나오는 지장암(地藏庵)이 바로 그것이다. 지장암의 시주 이후 수도승들이 지장암으로 떠났고 보리암은 몇 해 동안 비어 있었다.

그런데 인적 끊긴 보리암에 며칠 전부터 낯선 인물들이 모습을 보였다. 승인들과 전혀 상관없는 연한 하늘색 도포와 도관을 갖춰 입은 도인들이었다.

소림은 구비회를 위해 따로 숙소를 짓거나 개축하지 않았다.

큰 공사를 할 만한 재원이 없을뿐더러 일부러 돈을 들여 숭산의 경관을 해칠 이유가 없었다. 때문에 입산이 허락된 구대문파 제자와 소림에게 초청받은 일부 무림인에게 제공된 숙소는 각 절과 암자에 딸린 요사채였다.

응진각(應眞閣)은 보리암의 요사채 가운데 오른편 전각이었다. 넓지 않은 툇마루에 두 명의 중년 도사가 나란히 앉아 멀리 숭산의 아래쪽 풍치를 감상하고 있었다.

"대사형, 옥하가 도착하기로 약속한 날짜에서 하루가 지났습니다. 스승님을 비롯한 여러 어르신께서 은근히 기다리시는 눈치던데 손 놓고 가만있어도 되겠습니까?"

"걱정 말게. 명일 사숙이 누구인가? 그분이 오라고 명을 내렸다면 반드시 올 거야."

장문인 대제자 옥평 도장과 옥진 도장이었다.

"그럴까요? 뭐 솔직히 저는 옥하 그 아이에게 별로 신경 쓰고 싶지 않습니다. 사문의 여러 어른들께서 가지신 기대가 신경 쓰일 뿐입니다. 대사형께서는 옥하 그 아이의 얼굴이라도 기억하십니까?"

옥평 도장은 옥진 도장의 말투에서 묘한 질투심이 느껴졌다. 옥평 도장은 그럴 리 없다고 생각했다. 하지만 혹시라도 어린 사제에게 시기나 질투의 감정을 가지고 있나 없나를 조심스럽게 살필 수밖에 없었다.

"자네는 어떤가?"

"저야 뭐……."

옥진 도장이 우물쭈물 답을 하지 못했다.

의외의 모습이었다. 옥진 도장의 쾌활함은 공동파 도인들 사이에 잘 알려져 있었다. 낙천적인 성격인 그의 명랑함을 싫어하는 사람은 없었다. 다만 쾌활함이 지나쳐 간혹 뜻없이 내뱉은 한마디가 분란을 만드는 경우가 있었다.

옥평 도장은 서둘러 대화를 마치고 싶었다.

"옥하의 얼굴은 나도 기억나지 않아. 그 아이가 건청전을 뻔질나게 드나들 즈음 인사 몇 번 받아준 것이 전부야. 그때가 열 살 무렵이었으니 기억한다 해도 그때와 지금은 많이 다르겠지."

"그러셨군요. 저도 오가다 몇 번 스쳐 지난 적은 있었지만 십 년이 다 되어가는지라 모습이 떠오르지 않습니다."

이때 스물 안팎의 청년 도사가 그들에게 다가왔다.

"대사백님."

"현법이구나. 무슨 일이냐?"

"방금 소림에서 전갈이 왔습니다. 오늘 저녁 저희 쪽 참석 인원을 다시 확인한다고 합니다."

"아! 오늘이었구나. 사형께서도 오늘 가실 겁니까?"

옥진 도장이 옥평 도장에 앞서 아는 체를 하였다.

"이 친구야, 낄 때 안 낄 때 구분을 해야지. 오늘 저녁은 젊은 친구들을 위한 자리야."

"저는 아직 젊습니다."

옥진 도장의 장난스런 말에 빙긋 웃음으로 답한 옥평 도장은 현법에게 고개를 돌렸다.

"다른 아이들보다 네가 문제로구나. 너는 어떻게 하고 싶으냐?"

"저는, 사백님께서 허락해 주신다면 가보고 싶습니다."

젊은 도사 현법은 기대하는 눈치였다.

"그래, 노인들 시중이 보통 일은 아니지. 오늘 저녁은 내가 할 테니 너는 아무 걱정 말고 다녀오너라."

"사형, 무슨 소리입니까? 대사형께서 잔심부름을 하시겠다는 말입니까? 그건 안 됩니다. 차라리 제가 하겠습니다."

옥진 도장이 정색을 하였다.

현법의 표정은 어두워졌다. 옥평 도장은 불혹을 넘긴 나이, 옥진 도장도 그와 비슷한 나이였다.

"이 사람, 나이를 아무리 먹어도 제자는 제자, 스승님은 스승님일세."

＊　　＊　　＊

주기옥은 장랑이 마음에 쏙 들었다.

무림인이야 주변에 널려 있었다.

황궁 안은 물론 왕부에도 나라의 녹을 먹는 무림인이 꽤 많이 있었다. 그것도 평범한 무림인이 아니라 과거 중원이 좁다 하며 활개치고 다니던 쟁쟁한 인물들이었다.

검의 달인, 도의 달인, 창의 달인, 권법의 달인, 그리고 십팔반무예의 달인까지… 한 분야에서 일가를 이룬 사람들이었다.

그런데 방금 직접 눈으로 확인한 장랑의 실력은 그들과 비교해 별로 떨어져 보이지 않았다. 설령 조금 부족하다 해도 아직 젊기에 향후 큰 발전을 기대할 수 있었다.

주기진에게 맞설 세력으로 무림을 끌어들이려 생각하는 그에게 장랑은 첫 번째 대상으로 적합하였다.

언제부터인지 모른다. 일 년 먼저 태어났다는 단 하나의 이유로 황제 자리에 오른 주기진을 그냥 두고 볼 수 없었다.

그 알량한 황제 자리가 탐나서가 아니다. 자유를 빼앗겨 갇혀진 황실에서의 권력보다 마음껏 자유를 누리며 살아가는 것이 오히려 더 행복하다.

노회한 권신들의 술수와 암투가 판치고, 탐욕과 질투, 그리고 시기에 따른 권력의 쟁탈전은 꼴도 보기 싫다.

그럼에도 화는 났다. 모든 걸 소유한 자와 소유하지 못한

자의 차이에서 오는 비애. 같은 조건임에도 높은 자리에서 굽어보는 자와 올려다보는 자의 차이. 그 슬픔은 아무도 모른다. 그래서 상실감을 채워줄 무언가가 필요했고 그것을 찾는 중이었다.

문무백관 가운데 상당수를 같은 편으로 끌어들였다. 이름난 장수 가운데 자신을 지지하는 인물도 적지 않았다. 그럼에도 이복형 주기진이 동원 가능한 인원의 절반의 절반도 못 미친다.

얼마 전 무림을 호령하는 오대세가와 그 외 십여 개의 거대 무림문파가 이복형 주기진에게 충성의 맹세를 하였다.

선수를 빼앗긴 기분이지만 중립을 지키고 있는 무림맹과 구대문파가 있었다. 그들을 자신의 편으로 끌어들이면 그깟 오대세가 따위는 문제되지 않는다.

그런 의미에서 장랑은 구대문파를 끌어들이는 작업의 시금석이 될 것이다.

주기옥은 장랑을 향해 자세를 바로 하고 섰다.

"내 제안을 그렇게 일언지하에 딱 거절해 버리니 쑥스럽네. 그런데 매사를 그렇게 무 자르듯 하면 인생이 너무 단조롭지 않을까?"

"……."

"당장은 죽기보다 싫지만 나중에 마음이 바뀌어 후회하는 경우도 많거든. 그런 건 알고 있을까?"

주기옥은 진지했다.

"당신의 말에도 일리는 있소."

장랑은 고개를 끄덕였다. 주기옥의 말은 묘한 설득력이 있었다. 그의 말처럼 세상의 일이란 늘 유동적이고 변수가 많았다. 하지만 지금의 상황하고는 맞지 않는 이야기였다.

"그럼 생각을 바꾸어 승낙하는 것인가?"

주기옥의 얼굴에 화색이 돌았다.

"그런 뜻은 아니오. 원론적인 이야기일 뿐이오. 이쯤에서 끝냅시다. 시간만 지체되고 서로 득이 되지 않으니."

장랑은 그 말을 남기고 서둘러 자리를 떴다.

"오늘만 날이 아니니 일단 물러서도록 하지. 하지만 조만간 다시 만날 것 같은 생각이 들어. 그때 조금 더 구체적으로 이야기를 진행해 보자고."

주기옥이 멀어지는 장랑의 뒤통수에 대고 소리쳤다.

그리고 돌아서서 엽진숭을 향해 한마디 했다.

"이놈아, 큰소리 탕탕 치더니 꼴좋다."

"……."

"옷이나 갈아입어. 이젠 그런 모습도 재미없어."

장랑이 소림을 거쳐 보리암에 도착한 때는 유시(酉時) 무렵이었다.

삼십여 명 공동파 도사들이 장랑을 맞이했다. 그들 입에서 반가움과 칭찬의 말들이 쏟아졌다.

화제는 대개 난주표국에서 일어났던 일이었다.

만약당에 머물 당시 그들은 눈길 한번 주지 않았다. 그들은 장랑의 존재조차 몰랐었다. 그러나 지금은 공동 제일의 속가 제자 용호권 막금상의 뒤를 이어갈 유력한 후보 중 하나로 대우하고 있었다.

자리를 비운 장문인 명공 도장과 일부 장로를 제외한 나머지 도사들과 어색한 인사치레가 끝이 났다.

장랑은 명일 도장을 따라 그의 숙소로 자리를 옮겼다.

"사숙의 배려를 저버려서 죄송합니다."

"그런 사소한 것은 마음에 담아두지 말거라."

"……."

"기도가 많이 달라져 있구나. 이후에 무슨 일이 있었느냐?"

"없었습니다."

장랑은 짤막하게 대답했다. 전비의 문제는 당분간 비밀이고 녹림맹의 방문은 지극히 개인적 문제였다.

"비록 네가 산문을 나섰다고 해도 공동파의 제자라는 사실은 변하지 않는다. 네 행동 하나, 판단 하나가 공동파에 득이 되기도 하고 실이 되기도 한다."

"명심하고 있습니다."

두 사람의 대화가 조금씩 무르익어 갈 무렵 문밖에서 인기척이 느껴졌다.

명일 도장이 말을 끊고 밖을 향했다.

"거기 누구냐?"

"네, 옥진입니다."

"무슨 일이냐?"

"사숙의 말씀이 끝나기를 기다리고 있습니다."

명일 도장은 짐작되는 바가 있었다.

"기다린다는 말은 곧 옥하를 기다린다는 뜻이냐?"

"그렇습니다."

"용건이 무엇이더냐?"

옥진 도장이 조심스럽게 입을 열었다.

"사제가 본산 누구의 지원도 받지 않고 홀로 피나는 수련을 통해 높은 성취를 얻었음은 잘 알고 있습니다. 저를 비롯한 동문들은 사제의 성취에 전혀 도움을 주지 못했습니다. 그 점은 정말 미안하게 생각합니다. 그렇기에 조금 망설였습니다. 하지만 여러 제자들이⋯⋯."

"그만. 알아들었다."

명일 도장은 옥진 도장의 말을 끊었다. 장황하게 설명하지 않아도 무슨 내용인지 알 수 있었다.

"나도 도인이기 전에 한 명의 무인으로서 너희들 심정을 이해한다. 하지만 순서가 틀렸어."

명일 도장은 옥진 도장에게 실망감을 느꼈다.

“……..”

“옥하는 먼 길을 달려온 몸이다. 먼저 숙소를 배정해 주고 편히 쉴 수 있도록 배려해야 도리다. 그런 연후에 차분하게 이야기를 나누며 동문 사형제 간의 정리를 세워야겠지. 내 말이 틀렸느냐?”

“그렇습니다.”

“너희가 진심으로 옥하를 한 식구로서 인정한다면 이래서는 안 된다.”

“사숙, 생각이 너무 짧았습니다.”

이때 잠자코 있던 장랑이 나섰다.

“사숙, 제가 한마디 해도 되겠습니까?”

“말해보거라.”

“저는 이해합니다. 괜찮습니다. 사숙께서 허락하신다면 지금이라도 좋습니다.”

“그래? 너는 저 아이가 무슨 생각으로 왔는지 짐작한다는 말이냐?”

“네. 알 듯합니다.”

쇠뿔도 단김에 빼라 했다. 장랑은 산을 오르며 이런 상황을 예측했었다.

공동파의 도사가 되는 것은 어렵지 않다.

하지만 공동파를 대표하는 무인이 된다는 것은 쉽지 않은 일이었다.

여러 단계의 시험과 검증 과정을 거쳐야 했다.

공동파의 도사라면 누구나 입초 과정을 거친다. 입초는 통상 입산 후 오 년에서 육 년이 지난 시점에 치러지는데 법술을 행하기 위한 음양과 오행, 그리고 육십사괘에 대한 지식을 확인하고, 육양공(六陽功)과 복마구식(伏魔九式)을 완벽하게 익혔는지 여부를 판별하는 시험이었다.

입초의 결과에 따라 법술도사(法術道士)가 되느냐 공도도사(功道道士)가 되느냐 구분이 지어졌다. 또한 입초관을 통과해야 비로소 산문 밖으로 나갈 수 있는 자격이 주어졌다.

두 번째는 입선관(立仙關)으로 내용은 입초 관문과 대동소이했다. 다만 난이도에서 입초관보다 몇 배 까다롭고 수준도 높았다. 그런데 입초관이나 입선관은 도사로서의 자질을 평가하는 의미가 강했다.

공동파는 도사 복장에 병장기를 휴대하려면 반드시 지선관(志仙關)을 거치도록 하였다. 지선관을 통과하지 못하면 무인으로서 강호 활동에 제약을 받을 뿐 아니라 강호에서 공동파라는 이름을 쓰지 못하게 하였다.

이 지선관은 공동파의 대표무공인 복마공(伏魔功)의 수준을 평가한다. 복마공이란 흔히 복마삼종(복마검법, 복마장법, 복마권법)과 음양미종보(陰陽迷從步)를 의미했다.

복마공의 입문은 그다지 어렵지 않았다. 그러나 성취 단계가 올라갈수록 점차 까다로워지고 난해해지는 특성을 가진 무공이었다.

지선관에 도전하려면 복마삼종의 성취가 적어도 오성은 되어야 하는데, 무리없이 통과하려면 적어도 육성의 성취를 가져야 했다.

즉, 검을 패용하는 공동파의 도사라면 복마삼종의 성취가 최소 육성 이상이라는 말이 된다.

복마공을 수련하여 육성의 경지까지 올리는 일은 결코 쉽지 않다.

무공에 자질이 뛰어나다면 복마공에 입문하고 십 년 정도, 자질이 평범하다면 십오 년 이상 수련에 전념해야 한다.

그래서 지선관을 통과한 공동파 도사들은 자부심이 높았다. 지선관의 통과는 곧 강호일류고수의 자격과 다름이 없기 때문이었다. 이번에 산문을 나온 공동파 도사들은 예외없이 모두 지선관을 통과한 제자들이었다.

특히 옥평 도장과 옥진 도장, 그리고 옥인 도장의 경우 지선관보다 한 단계 위인 선의관(仙意關)을 거친 인물이었다.

선의관은 직책을 맡는 도사들이 필수적으로 거치는 관문으로, 복마삼종 이외 공동파의 상승무공이나 진산절기를 한 가지 이상 완벽하게 익혀야 한다.

장랑은 입초, 입선, 지선 등 세 가지 절차를 거치지 않았다. 물론 선의관도 마찬가지였다.

옥진 도장은 산문을 나서기 전부터 장랑이 그 세 가지 절차를 거치지 않았음을 입버릇처럼 떠들고 다녔었다. 속가의 자격은 까다롭지 않으나 진정한 공동파의 속가제자로 인정받으려면 그 세 가지 절차 가운데 적어도 두 가지 정도는 통과해야 했다.

보리암의 작은 공지에 삼십여 명의 공동파 무인들이 넓게 둘러앉아 있었다.

그리고 그 중앙에 명일 도장과 장랑이 서 있었다.

"옥하의 실력은 내가 직접 확인했고 보증하여 장문 사형도 인정한 바 있다. 하지만 너희들 말대로 규율은 규율이다. 예외란 있을 수 없다. 나도 그런 너희들의 의견에 동의한다. 요식 행위에 불과하더라도 거칠 것은 거쳐야 한다. 단, 여기는 본산이 아닌 관계로 약식으로 진행한다. 누가 먼저 나서보겠느냐?"

명일 도장의 말이 끝났다. 그런데 아무도 나서지 않았다.

모두 장랑의 상대로 나설 수 있는 자격은 있지만 각기 눈치만 살폈다.

"아무도 나서지 않는구나. 그럼 여기 옥하는 지선관을 통과한 것으로 생각하겠다. 이의있느냐?"

"저, 저기요. 혹시 제가 나서면 실례가 안 되겠습니까?"

젊은 도사 한 명이 뒷줄에서 슬그머니 일어섰다.

현광이었다. 열여덟 나이에 복마공 성취가 육성에 도달하여 무공의 자질을 인정받았고 오 년이 더 지난 지금 복마공이 모두 팔성에 접어든 무재(武才) 중 한 명이었다.

그는 현법, 현수, 현공과 함께 현자 배분 전체를 이끌고 있는 현배사호(玄輩四虎) 중 일인이었다.

맞은편에 앉았던 현법이 황급히 손짓을 하여 현광을 제지하려 했으나 현광은 딴청을 피웠다. 현법은 장랑의 무위를 직접 눈으로 보았기에 만류하는 것이었다.

현광의 옆에 앉았던 현학도 마찬가지였다. 옷자락을 잡아당겨 앉히려 했지만 현광은 요지부동이었다.

'이 자식은 왜 내 말을 안 믿는 거야. 에휴!'

현학은 고개를 절레절레 저으며 포기를 하고 말았다.

명일 도장은 현광과 현학을 바라보았다. 현학이 만류하기에 그냥 지켜보고 있었지만 현학이 만류를 포기하자 표정이 어두워졌다.

지선관의 시험은 배분에 상관없이 자격만 된다면 누구나 참여 가능하였다. 그러나 이건 아니지 싶었다.

원칙에 위배되지 않더라도 사질이 사숙을 검증한다는 사실만은 강호의 웃음거리가 될는지 몰랐다.

현광은 옥진 도장의 제자 가운데 한 명이었다.

명일 도장의 시선을 옥진 도장에게 돌렸다.

"너는 무슨 뜻을 가졌느냐?"

“그것이······.”

옥진 도장은 당황하여 곤혹스런 표정을 지을 수밖에 없었다.

장랑은 잘못을 저질러서 쫓겨난 인물이 아니었다. 그렇기에 형식적으로 파문을 한 후 곧바로 복권을 시켜주었다. 그렇기에 속가제자에 머물고 있는 것이다. 속가제자일지라도 자신의 사제임에는 틀림없었다. 사형제끼리면 몰라도 제자를 앞세워 장랑이 사질에게 망신당하도록 할 이유가 없었다.

이때 현광이 재빨리 허리를 굽혔다.

“사숙조님, 이건 사부님과 아무 상관도 없습니다. 저는 단지 현명과 현학, 그리고 현법 사형 등이 입에 침이 마르도록 칭찬하며 존경한다는 장랑 사숙께 고명한 한 수를 가르침받고 싶었을 뿐입니다.”

“그래? 좋다. 네 말이 사실이라 해도 네가 지금 이 자리에 나선다면 너는 괜찮을지 몰라도······.”

“사숙, 잠시만요.”

장랑은 현광을 꾸짖으려는 명일 도장의 말을 중단시켰다.

장랑은 암묵적 불문율을 모르지 않았다.

사형제들의 반발은 예상했지만 사질들의 반발은 예상 못 했었다. 하지만 현광의 입장에서 보면 나이가 비슷한 동년배의 사숙을 쉽게 받아들이고 싶지 않은 기분을 이해했다. 그렇다고 그냥 좌시할 수도 없었다.

“저는 본산에 있을 때 사질들과 어울려 본 기억이 없습니다. 이런 기회를 통해 서로가 서로를 폭넓게 이해할 수 있다면 그 또한 나쁘지 않다고 봅니다.”

장랑은 현광에게 사숙의 따끔함을 몸으로 느끼게 해줄 결심을 굳혔다.

“아무리 그래도 이건……. 좋다, 네가 그렇게 생각한다면 서로를 알아갈 기회를 가져야겠지.”

장랑의 눈빛을 확인한 명일 도장은 고개를 끄덕이며 한 걸음 뒤로 물러섰다.

“잘 알겠지만 서로 부상을 입히거나 다치게 해선 안 된다. 시작해.”

명일 도장이 뒤로 완전히 빠지고 장랑과 현광이 마주 섰다.

장랑이 빙긋 웃으며 입을 열었다.

“내가 사숙뻘 되니 삼 초를 양보하겠다.”

‘안하무인이로군! 이보시오, 사숙. 자만심은 금물이오.’

현광은 그렇게 생각하였다. 하지만 겉으로 그런 표현은 할 수 없는 일.

“감사합니다. 기꺼이 삼 초 양보를 받겠습니다.”

기뻐하면서 받아들이는 척하였다.

현광은 자신의 몸을 활처럼 휘게 하였다가 앞으로 튀어나갔다.

순식간에 장랑 앞에까지 움직인 그는 복마대력수의 붕조

수파(鵬爪首破) 초식을 필두로 장랑의 가슴과 어깨를 연속 다섯 번이나 찍어댔다.

타격을 주기보다는 장랑의 굳건한 자세를 무너뜨리려는 시도였다. 때문에 본래 가진 위력을 보다 속도에 중점이 주어진 공세였다.

전광석화와 같은 동작들이 연속으로 이어지자 장랑은 뜨끔하였다.

그러나 현광의 공세가 예상보다 빨라서일 뿐 위협적이거나 피하지 못할 정도의 속도는 아니었다.

장랑은 한 손으로 현광의 공세에 막아내며 세 걸음 물러섰다. 그러다가 돌연 걸음을 멈추고 오히려 앞으로 한 걸음 나섰다. 이는 현광의 손끝에 일부러 어깨를 들이민 격이었다.

"앗! 저런."

"뭐, 뭐야?"

"갑자기 왜 저러는 거야?"

구경하던 공동파 도사들 입에서 놀람과 안타까운 탄성이 나왔다.

무모한 짓이었다. 오조파수와 복마귀조(伏魔鬼爪)는 복마대력수 가운데 가장 큰 파괴력을 가진 초식이었다. 현광이 위력을 감소시키고 속도에 치중했다 하여도 그 정도만으로도 두세 치 가량의 청석판도 간단히 부수고 깨뜨릴 정도의 위력이 들어 있었다.

퍽!

둔탁한 격타음이 울려 퍼졌다.

"엇?"

경악성과 함께 일 장가량 튕겨 나간 사람은 현광이었다.

장랑은 그 자리서 움직이지 않았다.

현광이 겨우 몸을 멈춰 세웠다.

"어, 어떻게 이런 일이?"

믿기지 않았다. 마치 일 장 두께의 두터운 철벽을 두들긴 느낌이었다. 더구나 반탄력까지……. 잠시 착각했나 싶었지만 손끝은 벌겋고 아리한 통증이 남아 있어 착각은 절대 아니었다.

"아직 이 초 남았다."

멍한 얼굴로 자신의 손끝을 바라보는 현광을 장랑이 재촉했다.

'방심했다. 어디 이번에는…….'

현광은 정신을 추슬렀다.

"갑니다."

현광은 장랑을 향해 달리다가 돌연 몸을 회전시키며 왼발 끝으로 장랑의 관자놀이를 노리며 휘돌려 찼다. 그건 장랑의 상기 중 하나인 비각퇴(飛脚腿)였다. 장랑의 얼굴에 웃음기가 돌았다. 자신의 장기 가운데 하나인 비각퇴로 자신이 공격을 받아서였다. 장랑이 한 걸음 물러섰다. 현광은 장랑이 물러선

만큼 다가서며 발을 바꾸어 같은 방법, 같은 부위를 노렸다.

장랑이 또 한 걸음 물러섰다.

현광은 자신의 공세가 먹혀들고 있다고 생각했다.

연환퇴법.

발을 바꿀 때마다 발끝이 원을 그리며 회전, 목표를 노리는 지극히 간단한 수법이었다. 하지만 속도를 빨리하면 마치 풍차가 빙글빙글 회전하는 것처럼 보인다 하여 연륜각(連輪脚)이라고도 불렀다. 이 또한 장랑의 장기 중의 하나였다. 하지만 현광도 최근에 가장 많이 수련하고 있는 퇴법이기도 했다.

"괜찮은 수법이로군."

장랑은 진심에서 우러나온 칭찬을 하였다. 바람을 가르며 거세게 날아오는 발끝에 순간적으로 묵직한 기운이 감돌았다. 위력도 위력이지만 그 빠르기도 무시 못할 정도였다. 꽤 많은 연습을 했다는 증거였다.

보통의 각법이나 퇴법은 동작이 크고 위력이 큰 반면 느린 단점이 있었다. 또한 발과 발을 바꾸는 순간 잠깐이지만 동작이 끊기는 경우가 종종 있었다. 때문에 연륜각은 하수들에겐 통하지만 일정 수준에 도달한 고수들에게 잘 먹히지 않았다. 하지만 현광이 펼치는 연륜각은 그러한 단점이 눈에 뜨이지 않았다. 그러나 그것도 몇 차례일 뿐이다. 장랑같이 안력이 잘 발달하고 감각이 예민한 고수는 어떻게 해서라도 그 약점을 찾아낸다. 장랑은 여섯 걸음을 물러선 후에 현광이 펼치는 비각퇴의 약점을 찾아냈다. 장랑은 물러서기를 멈추었다.

"삼 초가 지났어. 이제 각오하도록."

장랑은 날아오는 발끝을 허리를 옆으로 틀어 피했다. 팔꿈치로 현광의 허벅지를 들어 올리듯 찍었다.

어느 퇴법이던 공세를 펼칠 때 가장 큰 약점으로 지적되는 부분이 허벅지였다. 발끝은 회전력 때문에 속도가 빠르다. 반면 몸통과 가까운 신체 부위는 중심 축과 가깝기 때문에 느릴 수밖에 없었다. 그런데 몸통은 양손이 있어 적절한 방어를 하였다. 하나 허벅지는 그 중간이었다. 속도가 어중간, 방어도 어중간한 곳이 허벅지였다.

팍―!

팔꿈치에 공세가 막히자 현광은 주춤하면서 연륜각을 멈추며 물러서려 하였다. 그러나 그 순간 장랑은 한 걸음 전진하며 현광의 가슴으로 바싹 다가들었다.

장랑의 주먹이 정확히 현광의 복부에 쑤셔 박았다.

"켁―!"

현광은 복부에서 느껴지는 말 못할 고통을 이기지 못하고 탁한 비명 소리를 토해냈다. 장랑은 현광이 잠깐 비틀거리는 틈을 노려 복마대력수로 그의 완맥을 틀어잡았다.

완맥이 잡히면 누구라도 옴짝달싹 못하는 처지가 되고 만다. 현광이라고 예외일 수 없었다.

"져, 졌습니다."

현광은 패배를 시인하였다. 패배를 시인하였다기보다 완벽하게 제압을 당했으니 저항을 포기했다고 봐야 옳았다.

장랑은 말없이 현광의 완맥을 풀어주었다.

"한 수 잘 배웠습니다."

현광은 나설 때의 당당함은 온데간데없이 고개를 푹 숙인 채 원래 앉았던 자리로 돌아갔다.

"연륜각에 그런 약점이 있었구나. 하지만 옥하가 복마구식과 복마대력수를 너무 훌륭하게 조합한 탓이지."

명일 도장이 환하게 웃으며 말했다.

"아닙니다. 사질이 실수하는 바람에 조그만 잔재주가 우연히 통했을 뿐입니다. 사질의 실수가 없었다면 꽤 오랫동안 시달려야 했을 겁니다."

"겸손해할 필요 없다. 여기 모인 우리는 한 가족이다. 누구를 시기하거나 질투할 이유가 없다. 또한 입에 발린 칭찬이나 지나친 겸손도 필요없다."

"알겠습니다."

명일 도장이 주위를 둘러보았다.

"다음은 누구냐?"

"제가 겨루어보겠습니다."

"제가 해보겠습니다."

"제가……."

장랑이 보여준 신위에 고무된 탓일까? 무인의 본능일까?

옥자 배분 제자 여럿이 거의 동시에 나섰다.

"옥하 사제가 우리 공동파의 권장을 너무나 능수능란하게 펼치는 모습을 보니 기분이 절로 좋아집니다. 그런데 과연 검도 그만큼 잘 쓰는지 궁금증이 생기는군요."

남자답지 않게 호리호리하며 가냘파 보이는 신형, 그러나 날카롭고 예리한 눈매를 가진 인물이었다. 그는 옥자 배분 도사 중에서 옥평 도장을 제외하고 가장 무공이 높은 인물이었다. 검 한 가지만 따진다면 옥평보다 더 뛰어난 실력을 지녔다고 평가받는 옥인 도장이었다.

옥평 도장과 함께 차기 공동제일검의 자리를 두고 다투는 인물이기도 했다.

"그래, 옥인이 가만 앉아 있다면 그것도 이상한 일이겠지."

명일 도장의 얼굴에 함박웃음꽃이 피었다.

옥인 도장이라면 괜찮았다. 내력에서 옥평 도장에게 약간 떨어지지만 검술로 펼치는 초식의 화려함과 정교함, 그리고 검을 다루는 기교만큼은 옥평보다 월등히 나은 실력을 가지고 있었다. 수년 전에 절정고수 반열에 올랐으니 장랑과 재미있는 승부가 예상되었다.

*　　　*　　　*

스무 명 가까운 인원이 자리를 차지하고 앉아 있었다. 그런데 누구 하나 입을 열지 않고 있었다.

"……."

침묵의 시간이 길어졌다. 반 각가량 시간이 흘렀다. 이런 상황에서 반 각은 평소보다 몇십 배 길게 느껴지는 법이다. 그러나 모두 말이 없었다.

"……."

자신들도 모르게 침묵에 길들여진 것일까? 모두가 꿀 먹은 벙어리 같았다.

"모두 말이 없으니 뒷방지기에 불과한 이 늙은이라도 한마디 해야겠소."

침묵을 깨고 드디어 입을 여는 사람이 있었다. 허리가 구부정하고 숱이 없는 머리카락은 듬성듬성한데 그나마 모두 하얗게 바래 있었다. 검버섯이 만발한 얼굴과 그 얼굴에 가득한 주름살, 그 골도 깊었다. 아직까지 목숨이 부지된다는 것이 신기하게 보이는 노도사였다. 그러나 쩌렁쩌렁한 목소리는 청춘들과 별로 다르지 않았다.

노도사를 바라보는 소림 방장 원경 대사의 표정이 조금은 밝아졌다.

"영허자 노선배님, 노선배님의 고견을 세이공청(洗耳恭聽)하겠습니다."

무당파의 영허 도인. 전전대(前前代) 인물로서 세수가 백삼십에 이른 노인이었다. 나이는 둘째 치고 배분만 따져도 참석

자 중에서 가장 높았고 무림 전체로 봐도 최고의 원로였다. 그렇기에 그의 말 무게와 영향력은 대단히 컸다.

"여러 말 필요없지 않을까? 복잡하게 머리 굴리지 말고 간단히 정리하세. '어떻게든 싸우자' 이것이 내 생각일세."

"네?"

원경 대사는 자신이 잘못 들었나 하였다.

영허자는 보기와 달리 온화한 성격으로 신중론자로 유명하였다. 그런 그가 '싸우자' 라는 의견을 제시했다는 것은 정말 놀라운 일이었다. 그리고 그건 현재 상황이 그만큼 심각하다는 뜻이었다.

"영허자 노선배님 의견에 동의합니다. 빈니가 불문에 귀의하여 정진한 세월이 육십 년입니다. 그간 세속의 명리와 복잡한 이해관계에 얽매이지 않고 사욕없이 불도에 전념해 왔다고 자부합니다. 그러나 지금 저는 참을 수 없습니다. 아직 수양이 부족하다고 꾸지람 주십시오. 겉과 속이 다른 위선자라고 욕을 하십시오. 기꺼이 달게 받겠습니다. 맞서 싸우겠습니다."

아미파의 장문인 혜인 사태였다. 그녀가 스스로 오욕을 뒤집어쓸 각오로 영허자 편에 섰다.

송남파의 장문인 삼양 도장도 나섰다.

"맞습니다. 여기서 물러선다면 우리 구대문파는 물론이요, 전 무림이 구심점을 잃고 무너지게 됩니다. 종남도 싸우겠습니다. 여러분, 여러분들도 결단을 내리십시오.”

무당과 아미, 그리고 종남이 합세해 같은 목소리를 내었다.

“동참하겠소.”

“대세에 따르겠소.”

“치욕을 견디는 것도 한계가 있소.”

“구대문파는 이미 한 몸. 싸우겠소.”

지금까지 왜 그렇게 긴 침묵이 흘렀는지 모를 정도였다. 단번에 의견이 하나로 모아졌고 칠대문파가 강한 결속력을 보여주었다.

갑자기 소림과 공동만 남게 되는 상황이었다.

‘갑자기 왜들……’

공동파의 장문인 명공 도장은 심각한 표정에서 벗어나지 못하였다. 그도 결론을 내리고 동참하고 싶지만 그럴 수 없었다.

심정적으로야 싸우자고 나선 문파들과 생각이 같았다. 문제는 현실에 처한 상황이었다. 아무리 장문인 지위에 있다 해도 문파의 존망이 걸린 문제를 독단으로 결정할 수 없었다.

홍무제 주원장은 대명제국 건설 후 정국이 안정되자 그를 도왔고 그를 지지하여 피 흘려 싸웠던 사람들과 거리를 두었다. 이른바 팽(烹)이었다. 그중 홍무제가 가장 역점을 두었던 부분이 무림인과 인연을 끊는 작업이었다.

무림인들에게 '홍무절연'으로 불리는 그 사건은 명 황실과 강호무림 사이에 벌어진 최초의 대규모 갈등이었다. 많은 사람이 죽고 많은 사람이 다쳤다. 그러나 당시 그토록 심각하게 받아들여졌던 '홍무절연' 사건도 다음 세대에 벌어진 일에 비하면 겨우 시발점 정도에 불과하였다.

영락제 주체가 반란을 일으켜 조카 건문제를 죽이고 스스로 천자라고 칭했다. 영락제는 황위에 오르자마자 주원장과 마찬가지로 반란을 도왔던 많은 무림인을 숙청하고 역적으로 몰아 죽음으로 밀어 넣었다. 그가 주원장과 다른 점은 환관 세력을 혐오하지 않아 환관들에게 힘을 실어주고 그들로 하여금 무림인을 탄압하도록 했다는 점이다.

주체가 죽을 때까지 이십여 년 동안 지속되었던 탄압은 선덕제 주첨기가 황위에 올라 있던 십 년 동안 주춤했다.

현재 황제 주기진은 어린 나이에 황제 자리에 올랐다. 그러나 너무 어린 탓에 여인들의 치마폭에 휩싸여 그동안 올바른 정사를 펴지 못하였다. 그런데 얼마 전, 성년을 맞이한 그가 친정(親政)을 선포하였다.

그는 친정의 큰 과제로 장성을 넘나들며 골머리를 썩이는 북쪽 오랑캐 오라이트의 토벌을 결정하였다. 이른바 북로토벌(北虜討伐) 선언이었다.

주기진은 환관 왕진을 총애하여 왕진으로 하여금 토벌대 결성을 지시하였고 감군(監軍)의 지위까지 내렸다. 그리고 준비가 끝나는 대로 친정(親征)에 나선다는 계획을 밝혔다.

친정에 대한 소문이 나돌 무렵 소림사에 황실의 밀지가 도착하였다.

황제에 대한 장황한 찬양 문구와 쓸데없는 잡설을 제외한 요점은 크게 세 가지였다.

구대문파는 각 파의 정예를 차출하여 총 일천 명 규모로 북로 토벌군에 합류시킬 것.

구대문파는 군비로 은자 이백만 냥을 헌납할 것.

구대문파는 정벌이 끝날 때까지 일체의 강호 활동을 금할 것.

하나같이 받아들이기 어려운 요구 사항이었다. 받아들이기 어려운 정도가 아니라 절대 받아들일 수 없는 요구였다.

거기서 의문이 생겼다.

많고 많은 무림의 문파 중에서 왜 구대문파만 지목하여 그런 요구를 하였는가? 수십만에 달하는 정벌군 규모에 천 명은 턱없이 적은 숫자로 전력에 큰 도움이 되지 않지만 각 문파는 근간(根幹)이 흔들리는 중대한 문제인데 황실에서 왜 모를까? 혹시 알고 요구했다면 그건 더 큰 문제였다. 또한 강호 활동을 무엇 때문에 금하려 하는가? 조정을 통한 공식적 통로를 이용한 요구가 아니고 황실에서 내리는 밀지(密旨)의 형태일까? 진정한 의도는 무엇일까? 혹시 배후에 어떤 세력이 존재하지 않을까?

따져 볼수록 의혹은 늘어가고 커졌다.

소림을 비롯한 구대문파 수장들의 결론은 알지 못할 미지의 세력이 존재한다는 것이다. 그들이 황실 뒤에 숨어서 황실의 힘을 이용하여 무림을 압박한다는 생각이었다.

뚜렷한 근거는 없었다. 하지만 모두의 경험과 감각이 그렇게 말했다.

정벌을 위해 각지에 흩어진 정규군을 한자리에 모으고, 녹슬고 망가진 병장기를 손질하고, 군량과 말 먹이를 수집하는 등등, 정벌에 앞서 준비해야 하는 것들은 많았다. 따라서 정벌이 시작되려면 아무리 빨라도 일 년의 준비 기간이 필요했다. 설령 급하게 당기고 당긴다 해도 육 개월 이내에 정벌에 나서는 것은 불가능하였다. 그런데 여기서 반대로 생각하면 구대문파에게는 최소 육 개월의 시간이 있다는 말도 성립되었다.

구대문파 가운데 칠대문파가 정벌 전까지 황실과 정면으로 싸울 것을 결의하였다. 소림과 공동파가 찬성하면 만장일치였다.

"저희 소림도 뜻이 여러분들과 같습니다. 소림도 동참하겠습니다."

마침내 소림 방장 원경 선사가 입장을 밝혔다.

"잘 생각하셨소. 소림이 빠진다면야 말이 안 되지요."

삼양 도장이 누구보다 밝은 얼굴로 원경 선사를 대하였다.

이제 남은 곳은 공동파뿐이었다.

실내에 모인 사람들의 시선은 자연스럽게 명공 도장의 입에 쏠렸다.

"흐흠……."

명공 도장은 고민을 거듭했지만 결론을 내리지 못했다.

삼양 도장이 기다리다 못해 나섰다.

"공동파는 어떤 결정을 내리셨소?"

명공 도장은 입을 열 듯 말 듯 망설이다가 결국 입을 열었다.

"저희 공동은… 하루만 더 시간을 주십시오."

*　　　*　　　*

"그건 목검이 아닌가?"

"저는 이것이 편합니다."

옥인 도장의 얼굴에서 사람 좋아 보이던 미소가 슬그머니 사라졌다.

"편하다면 어쩔 수 없는 일이지만……. 좋네, 나도 목검을 사용하도록 하지."

옥인 도장은 잠시 망설이다가 목검을 쥐었다. 그러나 마음 한쪽에 앙금처럼 남는 기분은 장랑에게 무시당했다는 느낌이었다.

그런데 장랑의 생각은 그것이 아니었다. 간단한 검증 절차이기에 구태여 승패를 가를 필요가 없었다. 단지 복마검법의 성취를 평가하는 수준이라면 목검이 좋았다. 위험을 무릅쓰고 진검을 써야 할 이유가 없었다. 그렇다고 목검이 위험하지 않다는 뜻은 아니었다. 덜 위험하다는 의미였다.

"한 수 배우겠습니다."

장랑이 허리를 반쯤 굽혀 정중하게 예를 표하였다.

두 사람이 목검을 세워 든 자세가 같았다. 복마검법의 기수식이었다.

스윽!

옥인 도장이 앞으로 한발을 내딛는다고 생각되는 순간 한 줄기 검은 빛살이 장랑의 목젖을 향해 빠르게 날아들었고, 순간적으로 장랑의 목젖을 관통하고 지나는 느낌을 불러일으켰다.

"아앗!"

지켜보던 공동파 도사 삼십여 명은 일제히 놀라 벌떡 일어섰고 이어 안타까운 탄성을 내질렀다. 장랑은 급히 고개를 젖히며 옆으로 한발 비켜섰지만 하나로 묶고 남은 귀밑 머리카락 몇 올이 살려 바람에 나부끼는 모습을 보아야 했다.

'대단하군.'

옥인 도장의 실력을 의심하지 않았지만 막상 당하고 보니 그가 구사하는 쾌검과 실력은 대단한 수준이었다.

이때 옥인 도장은 목검을 회수하여 사선 방향으로 들었다가 천천히 장랑의 정면을 향해 옮겨 겨누고 있었다. 그것은 마치 '경고는 끝이 났으니 이제부터 진짜다' 하는 무언의 의사 표현 같았다.

"차아—!"

옥인 도장의 입에서 폭갈이 터지고 수직으로 서 있던 그의 목검이 일순 두 개로 분리되면서 장랑의 좌우 어깨를 동시에 노리고 날아왔다.

"복마쌍선(伏魔雙線)!"

"복마쌍선이다."

"와! 둘 다 너무 또렷해!"

"우와! 대단해."

현자 배분의 몇몇 제자들과 옥자 배분 제자들이 놀란 입을 다물지 못하였다. 그럴 만도 하였다. 쌍을 이루고 날아가는 두 개의 목검은 둘 다 실체가 있는 것처럼 또렷하였다.

아무리 안력이 좋은 사람일지라도 진짜를 구분하는 건 불가능해 보였다. 두 개의 선이 같은 모양 같은 색으로 보인다는 것은 복마검법의 성취가 십이성에 도달했다는 뜻이었다.

복마검법은 오랫동안 부단하고 꾸준한 노력이 있으면 십성 경지까지는 무난히 도달할 수 있었다. 하지만 십성을 넘어서는 건 무척 어려웠다. 노력만으로 되지 않는다. 이른바 상승무공의 단계에 접어들기 때문에 깨달음을 얻어야 했다.

그 사실을 잘 알고 있는 장랑은 깜짝 놀랄 수밖에 없었다.

옥인 도장이 자신만만한 태도를 보인 까닭을 그제야 알아차렸다. 복마검법을 수련하는 공동파의 제자 중에서 평생 십성의 벽을 넘지 못해 끝내 좌절하는 제자가 제법 많았다.

그러나 옥인 도장이 펼친 초식이 완벽하다고 해서 장랑이 감당해 내지 못할 이유는 없다. 정작 문제는 장랑이 받아치거나 피하는 순간 복마쌍선 초식은 갑자기 복마멸세(伏魔滅說)로 바뀐다는 점이다.

복마멸세는 살상력이 강하기 때문에 비무에서 사용하기에는 너무 위험한 초식이었다. 더구나 복마쌍선과 복마멸앙은 처음부터 연환을 고려해 만든 초식이기에 중도에 멈추고 싶어도 멈추기 어려웠다.

옥인 도장은 처음부터 너무 강한 초식을 사용하였다. 장랑은 비무를 원했지만 옥인 도장은 승부를 원하는 것이었다.

'속전속결도 좋지만 조금 서두르고 있군. 그렇다면……'

방법은 하나뿐이었다. 다음 초식으로 넘어가지 못하도록 강제할 수밖에 없었다. 장랑은 급히 물러서면서 한쪽은 목검으로 다른 한쪽은 일장을 내질렀다.

꽝! 꽝!

연속 두 번의 폭음이 주변 사람들의 귓전을 때렸다.

"뭐, 뭐지?"

“뭐야?”

앞쪽에 앉았던 몇몇이 놀라서 분분히 자리를 박차고 일어섰다.

“격공장?”

“설마? 복마검법을 십이성까지?”

“격공장이 맞아.”

“언제 십이성까지 도달했어?”

구경하던 공동의 도사들은 방금 본 광경이 놀라워 서로 의견을 교환을 하였다.

오른쪽은 옥인 도장의 목검과 장랑의 목검이 부닥쳤다. 그런데 다른 쪽은 목검의 잔영(殘影)과 장랑의 맨손이 부닥쳐 갔다. 하지만 모두가 똑똑히 목격한 것은 옥인 도장의 목검과 장랑의 손바닥은 분명히 한 자 이상 떨어져 있었고 목검의 잔영도 단순한 그림자가 아닌 실체가 있는 그림자라는 것이었다.

실체가 있는 그림자, 그것은 좀처럼 볼 수 없는 괴사였다. 그러나 복마검법을 십이성 이룰 경우 나타나는 특징이기도 했다.

‘으음!’

처음부터 심각한 표정으로 장랑과 옥인 도장의 움직임에 주목해 온 옥평 도장은 터져 나오는 침음성을 속으로 삼켰다.

장랑의 무위에 대해 처음 들은 건 장랑이 펼치는 무공을 직접 목격한 현자배 제자를 통해서였다. 대단한 실력을 가졌다고 말을 전해준 그 제자. 그 제자 앞에서 아무런 표현도 하지 않았다. 그러나 돌아서면서 피식 웃으며 장랑이라는 존재에 대해 잊어버렸다.

소림으로 출발하기 직전, 칭찬에 인색한 명일 도장이 장랑의 이름을 거론하였다. 이례적 일이기에 그날 비로소 속가제자로 신분이 바뀌어 버린 장랑에 대해 관심을 가지게 되었다.

하지만 그때도 장랑의 실력은 자신보다 두어 수 아래로 평가하고 있었다.

그런데 조금 전 장랑이 현광을 너무나 간단히 제압하는 모습을 보고 크게 놀랐다. 현광은 현자 배분 제자 중에서 다섯 손가락 안에 꼽힐 정도로 출중한 실력을 가진 제자였다. 그도 현광을 오 초 이내에 완벽하게 제압하지 못한다.

옥인 도장이 나섰다. 자신과 옥인의 실력 차는 흔히 말하는 백지 한 장 차이 정도였다. 초식의 운용에서 밀리지만 내력에서 앞선 탓에 우세한 것이다. 전력을 다해 겨루어도 이백 초식 이내에 승기를 잡기가 어려운 상대였다.

옥인이라면 무난하게 장랑을 제압하리라 여겼다. 그런데 옥인이 일방적으로 밀렸다. 더구나 자신도 이루지 못한 복마검법 십이성의 경지를 이룬 상태에서 밀렸다.

한동안 십일성에 머물던 옥인이 어느 틈에 십이성의 경지를 도달한 것이 놀랍고 그것을 패퇴시킨 장랑도 놀라웠다.

옥평 도장은 갑자기 허망하고 서글픈 생각이 들었다.

아홉 살 나이에 공동산에 입산하여 삼십 년 넘게 무공에 모든 걸 던져 수련하였다. 남들보다 빠른 성취를 이루어 기뻤으며, 동문 사형제 사이에서 믿음과 존경을 얻었고, 웃어른들에게는 신뢰를 받아 차기 장문인 자리는 예약된 것과 다름없었다. 그러나 진정으로 원하는 것은 무인(武人)으로서의 명예였다. 공동파 제일의 고수, 나아가 공동파의 무공으로 천하십대고수 반열에 오르는 것이 목표였다. 그런데 두 명의 사제는 벌써 자신을 앞질러 가고 있었다.

장랑의 갑작스런 역공에 밀려난 옥인 도장은 이내 몸을 바로 세웠고 재차 공세에 들어갈 자세를 잡았다.

스스슷!

옥인 도장의 목검 끄트머리에서 희미한 아지랑이 같은 무형의 기운이 빠져나왔다. 아직 제대로 완성되지 않았지만 분명히 검기였다.

"우와! 저건 검기야."

"검기? 검사 같기도 하고… 아무튼 어느 쪽이든 대단해!"

"벌써 저런 경지에 들어서다니… 옥인 사백님은 정말 대단하신 분이야."

"야호!"

현자 배분 제자들 사이에서 환호와 감탄사가 튀어나왔다.

옥인 도장의 목검이 이번에는 장랑의 가슴 어림을 노리고 연속으로 찔러 들어왔다. 삼각형 모양의 찌르기. 그것은 복마교룡(伏魔蛟龍) 초식이었다. 장랑이 물러서면 물러서는 대로, 피하면 피하는 대로 옥인 도장의 목검은 장랑의 가슴을 쫓아 끈질기게 따라다녔다.

그도 그럴 것이 장랑이 펼치는 보법은 공동파의 도사라면 누구나 능숙하게 펼칠 수 있는 음양미종보였기에 그 변화를 누구보다 잘 알고 있는 옥인 도장이 장랑의 신형을 놓칠 리 만무하였다.

내력에서는 장랑이 월등히 앞설지 모른다. 그러나 장랑이 태어나기 전부터 음양미종보를 수련해 온 옥인 도장이 장랑의 움직임을 따라잡지 못하면 그것도 우스운 일이었다.

장랑과 옥인 도장은 이십 초가 흐르도록 계속 쫓고 쫓기기를 반복하였다. 장랑은 부지런히 피해 다니며 옥인 도장의 표정을 살폈다.

역습을 당해 잠시 경직되었던 얼굴이 많이 풀어진 듯 보였다.

'그렇다면.'

장랑의 신형이 갑작스럽게 빨라졌다. 이리 번쩍 저리 번쩍 정신없이 움직였는데 단순히 빠르기만 한 것이 아니었다. 절노와 ㅠ직이 있었고 경쾌한 춤사위를 보는 듯한 착각도 일으켰다.

"추운신법인가?"

"저, 저건, 추운신법이다!"

구경하던 공동파 도사들이 이구동성으로 외쳤다. 그들의 표정과 목소리에 감탄이 배어 있었다.

정확히 표현하면 추운신법이 아니라 분월도였지만 원류가 같은지라 추운신법이든 분월도든 상관없었다. 장랑은 옥인 도장이 그물망처럼 펼치는 검기 사이를 아무렇지도 않게 헤집고 다녔다. 특히 분월도의 절묘한 움직임은 장랑이 별다른 방어와 역공을 하지 않았음에도 옥인 도장의 맹공을 주춤하게 만들었다.

명공 도장은 착잡한 심경을 가슴에 가득 안고 보리암을 향해 움직였다.

장문인 자리가 이토록 힘겹고 버거운 줄 몰랐다. 아무리 고민을 해도 올바른 답이 나오지 않았다. 어느 쪽을 택하든 위험 부담이 너무 컸다. 우유부단하다고 손가락질받아도 상관없다. 차라리 그런 수모를 당하는 정도로서 공동파가 빠져나올 구멍이 생긴다면 열 번, 백 번, 천 번, 만 번 얼마든지 감내할 자신이 있었다.

공동파가 희생없이 빠질 수 있다면 구대문파의 지위를 잃어도 좋다. 하지만 그건 마음속에서 생각으로 그칠 뿐이었다.

이기면 상처뿐인 영광을 얻을 것이요, 지면 공멸(共滅)로 가는 지름길을 택한 셈이다. 어느 쪽을 선택하든 죽음의 구렁

텅이가 기다렸다.

보리암 입구 쪽 그루터기에 노도사 한 명이 편안한 자세로 앉아 있었다. 그가 갑자기 자리를 털고 일어섰다.

"장문 사형."

"으응, 명경이구나."

명공 도장은 반가워하는 사제에게 힘없고 맥 빠진 대꾸를 하였다.

"사형, 안색이 나빠 보입니다. 어디 불편하십니까? 아니면 무슨 언짢은 일이라도?"

"그저 조금 골치 아픈 일이… 그런데 저쪽은 무슨 일이냐?"

명공 도장은 뒤늦게 문도들이 한자리에 빙 둘러 모여 있음을 발견했다. 너무 깊이 생각에 빠져 걸은 탓일까? 평소라면 백 장 밖에서도 충분히 느낄 수 있을 정도로 열기가 뜨거웠음에도 바로 코앞에 닥쳐서야 알아차렸다.

명경 도장이 잔잔한 미소로 입을 열었다.

"지금 옥인과 옥하가 비무 중입니다."

"비무? 지금이 한가하게 비무 따위나 즐길 때인가?"

명공 도장은 '비무'라는 말에 울컥하였다.

"……?"

"모두 정신이 똑바로 박히긴 한 게야? 당장 중지시키게."

명공 도장은 불현듯 버럭 소리를 지르고 말았다.

"사형?"

명경 도장은 이해할 수 없다는 눈빛을 보였다. 장문인 명공 사형의 모습이 평소와 달라도 너무 달랐다. 장문인이지만 권위를 내세우지 않았기에 늘 인자한 아버지와 같은 존재였다. 동문과 제자들이 무슨 짓을 하던 화를 내거나 질책하는 경우는 극히 드물었다. 특히 제자들이 수행 중에서도 시간을 쪼개 무공 수련을 하는 경우 입가에 함박웃음을 머금고 달려가 격려를 아끼지 않던 인물이었다.

"내 말이 안 들리는가? 당장 중지시키게."

"네? 네."

명공 도장의 불호령으로 비무는 중단되었다.

큰 망신을 당할 위기에까지 몰려 있던 옥인 도장은 체면만 약간 손상되는 정도에서 겨우 살아났다.

소문만 무성했던 장랑의 실력을 눈으로 직접 확인한 공동파 제자들은 이후 그 누구도 장랑을 가볍게 여기지 못하게 되었다.

비무가 벌어졌던 장소는 그대로 회의장으로 탈바꿈하였다.

한자리에 모인 공동파 문도들은 심각한 표정으로 서 있는 장문인 명공 도장의 입만 바라보았다.

"지금부터 내가 하는 이야기를 잘 듣거라……."

명공 도장은 지난 수개월 동안 소림과 주고받은 서신을 비롯한 지금까지 벌어졌던 내용, 그리고 향후 예상되는 상황까지 모두를 있는 그대로 털어놓았다.

"그러니까 소림사는 일 년 전에 이미 수상한 기미를 알아차려 나름대로 대책을 찾다가 결국 구대문파에게 연락을 취한 것이고, 구비회 개최까지 결정했다는 겁니까?"

"그렇다네."

명진 도장은 장로의 자격으로 물었고 명공 도장은 장문인의 자격으로 대답하였다.

"아무리 봉문 중 이라지만 그동안 뭘 하고 있었을까? 모든 잘못은 제게 있습니다. 저를 벌하여 주십시오."

명진 도장이 자신을 한탄하며 가슴을 쳤다. 장로이자 문이각(聞耳閣)의 각주로 지낸 시간이 삼 년이다. 며칠에 한번 꼴이지만 감숙과 청해, 그리고 산서 일대에서 퍼져 있는 속가제자들로부터 들어오는 정보가 적지 않았다. 봉문했다는 이유로 꼼꼼히 읽고 분석하지 않은 잘못이 큰 것 같았다.

"말도 안 되는 소리 말게."

이때 명경 도장이 벌떡 일어섰다. 그도 장로 자격으로서의 발언이었다.

"장문 사형께서는 무얼 망설이는 겁니까? 다른 문파가 원하는 대로 그들과 공조하면 그만 아닙니까? 이 자리에 장문 사형의 결정에 대해 토를 달 사람은 아무도 없습니다. 또 불만을 가졌다면 그는 공동파의 제자가 아닙니다."

"쉽게 말하지 말게. 적어도 제자 백여 명의 생명이 달려 있는 문제야. 잘못된 정보에 잘못된 결정이라면 더 큰 문제가 발생돼. 그때는 구대문파의 존립 자체까지 흔들리게 되고, 최악의 경우 모두 멸문까지 당하는 수가 있어.”

“저는 장문 사형의 생각이 너무 깊은 것 같습니다. 황실과 조정에 정신 나간 자들이 득실거리는 것은 사실입니다. 그러나 불문의 성지요, 도문의 성지인 구대문파에게 함부로 칼을 겨눌 수 없습니다.”

“저도 비슷한 생각입니다. 소림에 모이는 정보는 개방과 하오문과 달라서 양은 조금 적을지언정 정보의 질이 높습니다.”

“저도 장문 사백님께서 제자들을 너무 아낀 나머지 조금 지나치신 우려를 하고 계신 듯 보입니다. 하지만 장문 사백님께서 제자들을 그토록 걱정하고 계신다고 생각하니 저는 기분이 무척 좋습니다. 때문에 사문에서 설령 죽음의 전쟁터로 내몬다 해도 저는 웃으면서 죽을 수 있습니다.”

명일 도장과 명수 도장, 그리고 옥아 도장이 연달아 자신의 생각과 의견을 내놓았다. 그리고 사문을 위해 자신의 목숨을 초개와 같이 여길 수 있다는 옥아 도장의 발언은 결정적이었다. 제자들의 생명을 그토록 염려하는 사문과 장문인이 있는데 자신의 목숨을 아까워할 공동파 도사들이 아니었다.

장랑은 명공 도장에게 따로 부름을 받았다.

“나는 자네를 생각할 때면 늘 미안한 생각이 앞서곤 하지.”

“…….”

“그때의 나로서는 불가항력이었어.”

장랑은 명공 도장의 말뜻을 이해했다.

한때 섭섭한 생각이 없지는 않았다. 그러나 성인이 되어가면서 생각해 보니 당시 명공 도장의 역할과 비중은 크지 않았다. 장문인이라고 해도 장로회의에서 대다수를 차지한 인물은 그에게 사백과 사숙들이었다. 심지어 사숙조까지 자리를 함께했다. 그런 상황에서 신임 장문인의 발언권은 약할 수밖에 없었다. 그나마 명공 도장이 중립적인 입장에서 서서 판단을 유보하며 시간을 끌어준 덕분에 사부인 명해 도장의 눈물 어린 호소가 통할 수 있었다.

“이해합니다.”

“이해해 준다니 다행이로군.”

“…….”

“내가 자네를 이렇게 따로 부른 이유는 한 가지 부탁을 하고자 함일세. 물론 자네에게 도움이 되는 일이고.”

명공 도장은 말을 꺼내놓고 잠시 동안 장랑의 얼굴을 바라보았다.

장랑은 별다른 반응을 보이지 않았다.

“이번 구비회에는 예전과 다른 특별한 행사가 있을 예정이네.”

"……."
"나는 그 행사에 자네가 참석하기를 바라네."
"……."

명공 도장은 장랑에게 행사 내용을 자세히 설명하였다. 그리고 자신이 아는 한도 내에서 최대한 많은 정보도 제공하려 하였다.

장랑은 명공 도장의 이야기에 흥미가 생겼다.
"분명 자네에게 도움이 될 거야."
"알겠습니다."

『장랑행로』 2권 끝